VRIENDENDIENST

DONNA LEON BIJ DE BEZIGE BIJ

Duister glas

DONNA LEON

VRIENDENDIENST

VERTALING
FRANS REUSINK

2006
DE BEZIGE BIJ
AMSTERDAM

Cargo is een imprint van uitgeverij De Bezige Bij, Amsterdam

Copyright © 2000 Donna Leon en Diogenes Verlag AG, Zürich
All rights reserved
Copyright Nederlandse vertaling © 2006 Frans Reusink
Oorspronkelijke titel *Friends in High Places*
Omslagontwerp Studio Jan de Boer
Omslagillustratie Arcangel Images/Hollandse Hoogte
Foto auteur Jerry Bauer
Vormgeving binnenwerk Peter Verwey, Heemstede
Druk Hooiberg, Epe
ISBN 90 234 2090 X
NUR 305

www.uitgeverijcargo.nl

Voor Christine Donougher en Roderick Conway-Morris

... Ah dove
Sconsigliato t'inoltri?
In queste mura
Sai, che non è sicura
La tua vita

Waar ga je zo snel naartoe?
Je weet dat je je leven
Binnen deze muren niet zeker bent.

> *Lucio Silla*
> Mozart

1

Toen de deurbel ging, lag Brunetti languit op de bank in de woonkamer, met een boek opengeslagen op zijn buik. Omdat hij alleen was in het appartement, wist hij dat hij moest opstaan om open te doen, maar voordat hij dat deed, wilde hij de laatste alinea van het achtste hoofdstuk van de *Anabasis* uitlezen, nieuwsgierig als hij was naar de rampen die de zich terugtrekkende Grieken nu weer te wachten stonden. De bel ging nog eens – twee dwingende, korte zoemgeluiden. Hij legde zijn boek opengeslagen en met de rug omhoog neer, deed zijn bril af, legde die op de leuning van de bank en stond op. Hij trok zich niets aan van de nadruk waarmee de bel had geklonken en slenterde naar de voordeur. Het was zaterdagochtend, hij had vrij, hij had het huis voor zich alleen, Paola was naar Rialto om Noordzeekrab te halen – en toen ging de deurbel.

Hij ging ervan uit dat het een van de vriendjes van Chiara of Raffi was of, nog erger, een van die bezorgers van de blijde boodschap die er genoegen in scheppen de rest van de hardwerkende mensheid lastig te vallen. Hij vroeg van het leven niets meer dan op zijn rug te liggen en Xenophon te lezen in afwachting van zijn vrouw die thuis zou komen met Noordzeekrab.

'Ja?' zei hij in de intercom en probeerde zo onvriendelijk mogelijk te klinken om jongeren zonder doel te ontmoedigen en geloofsfanaten van welke leeftijd dan ook af te schrikken.

'Guido Brunetti?' vroeg een mannenstem.

'Ja. Wat is er?'

'Ik ben van het Ufficio Catasto. Het gaat over uw appartement.' Toen Brunetti niets terug zei, vroeg de man: 'Hebt u onze brief ontvangen?'

Nu herinnerde Brunetti zich dat hij ongeveer een maand geleden een of ander officieel document had gekregen, een brief vol termen in ambtenarenjargon die ging over de koopakte van het appartement of de bouwvergunning die bij de koopakte hoorde – hij wist het niet meer precies. Hij had er een blik op geworpen, was van kleur verschoten door de formele taal die gebruikt werd, had de brief teruggestopt in de envelop en op de grote majolica-schaal gelegd die op de tafel rechts van de deur stond.

'Hebt u onze brief ontvangen?' herhaalde de man.

'Ehm, ja,' antwoordde Brunetti.

'Ik wil u graag even spreken.'

'Waarover?' vroeg Brunetti, die de hoorn onder zijn linkeroor duwde en zich vooroverboog om bij de stapel papieren en enveloppen te komen die op de schaal lag.

'Uw appartement,' antwoordde de man. 'Over de inhoud van de brief.'

'Natuurlijk, natuurlijk,' zei Brunetti, die tussen de papieren en enveloppen zocht.

'Daar zou ik met u over willen praten als dat kan.'

Brunetti, verrast door dit verzoek, gaf toe. 'Goed,' zei hij en drukte op de knop waarmee hij de *portone* vier verdiepingen lager kon openen. 'Bovenste verdieping.'

'Dat weet ik,' antwoordde de man.

Brunetti hing de hoorn op de intercom en trok een paar enveloppen onder uit de stapel. Hij zag een rekening van ENEL en een ansichtkaart van de Maldiven die hij niet eerder had gezien en snel doorlas. En er lag een envelop waarop in de linkerbovenhoek in blauwe letters de naam vermeld stond van de instelling die de brief verzonden had. Hij haalde de brief eruit, vouwde hem open, hield het papier op armslengte voor zich zodat hij de letters kon onderscheiden en las hem vluchtig door.

Het taalgebruik was inderdaad ondoorgrondelijk: 'Ingevolge statuut nummer 1684-B van de commissie van Schone Kunsten'; 'Verwijzend naar sectie 2784 van artikel 127 van het Burgerlijk Wetboek van 24 juni 1948, subartikel 3, paragraaf 5'; 'in gebreke gebleven bij het verstrekken van de vereiste documenten aan dit kantoor van afgifte'; 'waarde vastgesteld in overeenstemming met subparagraaf 34-V-28 van het Decreet van 21 maart 1947'. Vluchtig liet hij zijn ogen over de eerste pagina gaan en bekeek toen de tweede, maar hij zag alleen maar officiële taal en getallen. Hij had ruime ervaring met de werkzaamheden binnen de Venetiaanse bureaucratie en wist dat er in de laatste alinea vaak iets verborgen stond. Dus las hij die door en inderdaad: hij werd ervan op de hoogte gesteld dat het Ufficio Catasto contact met hem zou opnemen. Hij keek nog even op de eerste bladzijde, maar het bleef onduidelijk wat er achter de woorden school.

Omdat hij vlak bij de voordeur stond, kon hij de voetstappen horen op de bovenste trap, waardoor hij de deur kon openen nog voordat de bel ging. De man voor hem liep nog op de trap en had zijn hand al opgeheven om aan te kloppen. Het eerste wat Brunetti opviel was het schrille contrast tussen de geheven vuist en de volmaakt pretentieloze man erachter. De jongeman, geschrokken omdat de deur zo plotseling openging, keek verrast. Hij had een lang gezicht en een smalle neus, zoals zoveel Venetianen. Verder had hij donkerbruine ogen en bruin haar, dat eruitzag alsof het onlangs was geknipt. Hij droeg een pak dat misschien wel blauw was, maar evengoed grijs had kunnen zijn. Hij had een donkere das om met een klein, niet te onderscheiden patroon erin. In zijn rechterhand hield hij een versleten, bruinleren aktetas, en daarmee stemde het beeld volledig overeen met dat van de kleurloze ambtenaren met wie Brunetti ooit te maken had gehad – alsof een deel van hun opleiding bestond uit het beheersen van de kunst jezelf onzichtbaar te maken.

'Franco Rossi,' zei hij, waarbij hij de aktetas overbracht naar zijn linkerhand en de rechter uitstak.

Brunetti schudde hem kort de hand en stapte opzij om hem binnen te laten.

Beleefd vroeg Rossi om toestemming en liep het appartement binnen. Eenmaal binnen stond hij stil en wachtte tot Brunetti hem vertelde waar hij heen moest.

'Deze kant op, alstublieft,' zei Brunetti en nam hem mee naar de kamer waar hij had liggen lezen. Brunetti liep naar de bank, stopte het oude *vaporetto*-kaartje dat hij als boekenlegger gebruikte in het boek en legde het op tafel. Hij gebaarde Rossi tegenover hem te gaan zitten en nam zelf plaats op de bank.

Rossi zat op de rand van de stoel en trok de aktetas op zijn knieën. 'Ik besef dat het zaterdag is, signor Brunetti, dus ik zal proberen niet te veel van uw tijd in beslag te nemen.' Hij keek naar Brunetti en glimlachte. 'U hebt onze brief ontvangen, nietwaar? Ik hoop dat u in de gelegenheid bent geweest erover na te denken, signore,' zei hij, opnieuw glimlachend. Daarna opende hij zijn aktetas. Hij haalde er een dikke, blauwe map uit. Die legde hij zorgvuldig midden op de aktetas en schoof een los blaadje dat onder uit map stak en op de grond dreigde te vallen, veilig terug naar binnen.

'Om eerlijk te zijn,' zei Brunetti en nam de brief uit zijn zak, waar hij hem in had gestopt toen hij de deur opende, 'was ik net bezig hem te herlezen, en ik moet zeggen dat ik het taalgebruik nogal ondoorgrondelijk vind.'

Rossi keek op en Brunetti zag aan zijn gezicht dat hij daar werkelijk verrast door was. 'Is dat zo? Ik dacht dat hij buitengewoon duidelijk was.'

Brunetti glimlachte vlotjes en zei: 'Dat zal ongetwijfeld het geval zijn voor mensen zoals u, die hier dagelijks mee te maken hebben. Maar voor mensen die niet vertrouwd zijn met de in uw vak gebezigde taal en terminologie, is dit redelijk lastig te begrijpen.'

Toen Rossi niets zei, vervolgde Brunetti: 'Natuurlijk kennen we allemaal de taal van ons eigen vakgebied. Pas wanneer we te maken krijgen met de taal van een ander vakgebied, wordt het moeilijk.' Hij glimlachte opnieuw.

'In welk vakgebied bent u thuis, signor Brunetti?' vroeg Rossi.

Omdat hij niet de gewoonte had rond te bazuinen dat hij bij de politie werkte, antwoordde Brunetti: 'Ik heb rechten gestudeerd.'

'Kijk eens aan,' antwoordde Rossi. 'Je zou zeggen dat onze terminologie in dat geval niet al te zeer verschilt van de uwe.'

'Misschien komt het omdat ik niet zo goed thuis ben in de wetsartikelen waarnaar in uw brief wordt verwezen,' zei Brunetti gladjes.

Rossi dacht hier even over na en antwoordde: 'Ja, dat is heel goed mogelijk. Maar wat begrijpt u nu precies niet?'

'Wat het inhoudt,' antwoordde Brunetti, die niet langer bereid was te doen of hij het begreep.

Opnieuw die verwarde blik, maar tegelijk zo oprecht dat Rossi er een bijna jongensachtige uitstraling door kreeg. 'Wat zegt u?'

'Wat het inhoudt. Ik heb de brief gelezen, maar omdat ik niet weet naar welke bepalingen verwezen wordt, zoals ik u al verteld heb, weet ik niet wat het inhoudt, waar het over gaat.'

'Over uw appartement natuurlijk,' antwoordde Rossi vlot.

'Ja, zo ver was ik inmiddels ook al,' zei Brunetti op een toon die verried dat hij zijn geduld aan het verliezen was. 'Aangezien de brief van uw kantoor afkomstig is, had ik dat intussen al begrepen. Maar wat ik niet begrijp is waarom uw kantoor belangstelling heeft voor mijn appartement.' Bovendien begreep hij niet waarom een medewerker van dat kantoor de zaterdag had gekozen om hem op te zoeken.

Rossi keek naar de map op zijn schoot en toen naar Brunetti, die zich er ineens over verbaasde hoe lang en donker zijn wimpers wel niet waren – als van een vrouw. 'Ik begrijp het,' zei Rossi, knikte en keek weer omlaag naar zijn map. Hij sloeg hem open en haalde er een kleiner exemplaar uit, bestudeerde het etiket op het omslag en overhandigde hem toen aan Brunetti. 'Misschien dat het hierdoor duidelijker wordt.' Voordat hij de map die op zijn schoot lag, dichtklapte, maakte hij een keurig stapeltje van de papieren die erin lagen.

Brunetti opende de map en haalde de papieren eruit. Hij

zag dat de vellen dichtbedrukt waren, leunde naar links en pakte zijn bril. Boven aan de eerste bladzijde stond het adres van het gebouw vermeld, daaronder de plattegronden van de appartementen op de verdiepingen onder de zijne. Op de volgende bladzijde was een lijst opgenomen met de vroegere bewoners van al die ruimten, te beginnen met de opslagruimten op de begane grond. Op de volgende twee bladzijden stond zo te zien een kort overzicht van de verbouwingen die sinds 1947 in de appartementen in het gebouw waren uitgevoerd, met de data waarop bepaalde vergunningen waren aangevraagd en verstrekt, de datum waarop met het werk was begonnen en de datum waarop de voltooide verbouwing was goedgekeurd. Zijn eigen appartement werd niet genoemd, wat Brunetti deed vermoeden dat de informatie daarover nog tussen de papieren van Rossi te vinden was.

Voor zover hij er wijs uit kon worden, concludeerde Brunetti dat het appartement onder dat van hen voor het laatst in 1977 was verbouwd, toen de huidige bewoners erin waren getrokken. Voor het laatst officieel verbouwd, wel te verstaan. Ze hadden regelmatig bij de Calista's gegeten en genoten van het vrijwel onbelemmerde uitzicht vanuit hun woonkamer. Maar de ramen op de plattegrond waren vrij klein, en er leken er maar vier te zijn, en geen zes. Ook zag hij dat de kleine gastenbadkamer links van de hal nergens stond aangegeven. Hij vroeg zich af hoe dat kon, maar Rossi was zeker niet degene aan wie je zoiets kon vragen. Hoe minder het Ufficio Catasto wist over toevoegingen en veranderingen in het gebouw, des te beter was het voor iedereen die er woonde.

Hij keek Rossi aan en vroeg: 'Deze gegevens gaan flink ver

terug in de tijd. Hebt u enig idee hoe oud het gebouw is?'

Rossi schudde zijn hoofd. 'Niet precies. Maar gezien de locatie en de vensters op de begane grond zou ik zeggen dat het oorspronkelijke gebouw dateert uit het einde van de vijftiende eeuw, niet eerder.' Hij wachtte even en dacht na over wat hij had gezegd. Daarna vervolgde hij: 'En ik schat dat de bovenste verdieping in de negentiende eeuw eraan is toegevoegd.'

Brunetti keek verbaasd op van de plattegronden. 'Nee, die is van veel recentere datum. Van na de oorlog.' Toen Rossi niet reageerde, voegde hij daaraan toe: 'De Tweede Wereldoorlog.'

Rossi zei nog steeds niets en Brunetti vroeg: 'Denkt u ook niet?'

Na enige aarzeling zei Rossi: 'Ik had het over de bovenste verdieping.'

'Ik ook,' zei Brunetti scherp, geërgerd dat een functionaris van een kantoor dat zich bezighoudt met bouwvergunningen, zoiets eenvoudigs niet begreep. Op mildere toon vervolgde hij: 'Toen ik het appartement kocht, begreep ik dat die na de laatste oorlog was toegevoegd, en niet in de negentiende eeuw.'

In plaats van te antwoorden knikte Rossi in de richting van de papieren die Brunetti nog steeds in zijn hand hield. 'Misschien moet u iets beter kijken op de laatste bladzijde, signor Brunetti.'

In verwarring gebracht las Brunetti de laatste alinea's nog eens, maar voor zover hij kon concluderen betrof het uitsluitend de twee appartementen onder het zijne. 'Ik begrijp niet wat u mij duidelijk wilt maken, signor Rossi,' zei hij, keek op en deed zijn bril af. 'Dit gaat over de appartementen hieronder, niet over ons appartement. Over deze verdieping wordt niet gesproken.' Hij draaide het papier om en keek of er iets op de achterkant geschreven stond, maar die was leeg.

'Daarom ben ik hier gekomen,' zei Rossi, die rechtop in zijn stoel was gaan zitten. Hij boog voorover en zette de aktetas links naast zijn voeten. De map bleef op zijn schoot liggen.

'Is dat zo?' zei Brunetti en leunde voorover om de andere map aan hem te geven.

Rossi nam de map van hem aan en opende zijn eigen grotere map. Voorzichtig legde hij de kleine map in de grote en sloeg hem dicht. 'Ik ben bang dat er enige twijfel is gerezen over de officiële status van uw appartement.'

'"Officiële status"?' herhaalde Brunetti en keek links van Rossi naar de stevige muur en vervolgens naar het net zo stevige plafond. 'Ik ben bang dat ik niet begrijp wat u bedoelt.'

'Er bestaat enige twijfel over het appartement,' zei Rossi met een glimlach die op Brunetti ietwat zenuwachtig overkwam. Voordat Brunetti om opheldering kon vragen, vervolgde Rossi: 'Dat wil zeggen: er zijn geen papieren op het Ufficio Catasto die aantonen dat er ooit bouwvergunningen zijn verleend voor deze verdieping in zijn geheel, dat ze na de bouw zijn goedgekeurd of' – nu glimlachte hij opnieuw – 'dat het appartement ooit is gebouwd.' Hij schraapte zijn keel en zei: 'Volgens onze gegevens is de verdieping hieronder de bovenste verdieping.'

Aanvankelijk dacht Brunetti dat hij een grapje maakte, maar toen zag hij dat de glimlach verdween en besefte hij dat Rossi het meende. 'Maar de plattegronden zijn bij de papieren gevoegd die we kregen toen we het appartement kochten,' zei Brunetti.

'Kunt u die laten zien?'

'Natuurlijk,' antwoordde Brunetti en stond op. Zonder zich te verontschuldigen liep hij naar Paola's werkkamer, bleef even staan en bestudeerde de ruggen van de boeken, die drie wanden van de ruimte besloegen. Ten slotte pakte hij van de bovenste plank een grote, lichtbruine envelop vol papieren en nam die mee naar de andere kamer. Hij wachtte even in de deuropening om de envelop te openen en haalde er een grijze map uit die ze bijna twintig jaar geleden van de notaris hadden gekregen die de aankoop van het appartement voor hen had afgehandeld. Hij liep naar Rossi toe en gaf de map.

Rossi opende de map en begon te lezen, waarbij zijn vinger langzaam langs de regels gleed. Hij sloeg de bladzijde om, las de volgende en ging zo door, tot het eind. Een gedempt 'hmmm' ontsnapte aan zijn lippen, maar hij zei niets. Toen hij klaar was, sloeg hij de map dicht en legde hem op zijn knieën.

'Zijn dit de enige papieren?' vroeg Rossi.

'Ja, alles wat ik heb zit daarin.'

'Geen plattegronden? Geen bouwvergunningen?'

Brunetti schudde zijn hoofd. 'Nee, daar herinner ik me niets van. Dit zijn de enige papieren die we ten tijde van de koop hebben ontvangen. Ik geloof dat ik er sindsdien niet meer in gekeken heb.'

'U vertelde dat u rechten had gestudeerd, signor Brunetti?' vroeg Rossi ten slotte.

'Ja, dat klopt.'

'Hebt u een advocatenpraktijk?'

'Nee, die heb ik niet,' antwoordde Brunetti en liet het daarbij.

'Als dat wel zo was geweest, of als dat zo was geweest op het moment dat u deze papieren hebt ondertekend, zou het me hebben verbaasd als bladzijde drie van de akte u niet zou zijn opgevallen. Dat is de paragraaf waarin bepaald wordt dat u het appartement koopt in de wettelijke en fysieke staat waarin u het hebt aangetroffen op de dag waarop het uw eigendom werd.'

'In elke koopakte en bij elke verkoop zijn dat volgens mij standaardformuleringen,' zei Brunetti, die zich vagelijk een van zijn colleges burgerlijk recht herinnerde en hoopte dat hij het bij het rechte eind had.

'Het gedeelte over de fysieke staat is dat inderdaad, maar dat over de wettelijke staat niet. En dat geldt ook voor de volgende bepaling,' zei Rossi. Hij sloeg de map opnieuw open en zocht tot hij de bewuste passage had gevonden. '"Bij het ontbreken van de *condono edilizio* aanvaardt de koper de volle verantwoordelijkheid om dat document tijdig te verkrijgen en ontheft daarbij de verkoper van elke verantwoordelijkheid of van gevolgen die zich kunnen voordoen met betrekking tot de wettelijke status van het appartement en/of van het in gebreke blijven bij het verkrijgen van deze *condono*."' Rossi keek op en Brunetti meende bij hem een diepe treurigheid te bespeuren: hoe had iemand ooit zo'n document kunnen ondertekenen?

Brunetti kon zich een dergelijke bepaling niet herinneren. Indertijd waren ze er beiden zo op gebrand geweest het appartement te kopen dat ze precies hadden gedaan wat de notaris hun vroeg en datgene hadden ondertekend wat hij hun had gevraagd.

Rossi bladerde terug naar het omslag, waarop de naam van de notaris stond vermeld. 'Hebt u die notaris uitgezocht?' vroeg hij.

Brunetti kon zich zelfs diens naam niet herinneren en moest even op het omslag kijken. 'Nee, de verkoper stelde voor dat we hem zouden nemen, en dat hebben we gedaan. Hoezo?'

'Zomaar,' zei Rossi net even te snel.

'Waarom? Weet u iets over hem?'

'Ik geloof dat hij geen notariskantoor meer heeft,' zei Rossi zacht.

Brunetti, die nu zijn geduld verloor door al die vragen van Rossi, vroeg met stemverheffing: 'Ik wil weten wat dit allemaal betekent, signor Rossi. Bestaat er onduidelijkheid over het eigendom van dit appartement?'

Rossi glimlachte opnieuw nerveus. 'Ik ben bang dat het iets ingewikkelder ligt, signor Brunetti.'

Brunetti begreep niet wat er ernstiger kon zijn dan dat. 'Wat is er dan?'

'Ik ben bang dat dit appartement niet bestaat.'

2

'Wat?' bulderde Brunetti, die zich niet meer kon inhouden. Hij hoorde de woede in zijn eigen stem, maar deed geen poging die te onderdrukken. 'Hoe bedoelt u: niet bestaat?'

Rossi leunde achterover in zijn stoel alsof hij buiten het onmiddellijke bereik van Brunetti's woede wilde blijven. Hij keek alsof hij het raar vond dat iemand zo hevig reageerde op het feit dat hij het bestaan van een waarneembare werkelijkheid in twijfel had getrokken. Toen hij zag dat Brunetti geen agressieve bedoelingen had, ontspande hij enigszins, schikte de papieren op zijn schoot en zei: 'Ik bedoel dat het voor ons niet bestaat, signor Brunetti.'

'En wat betekent dat: voor u niet?' vroeg Brunetti.

'Dat betekent dat er op ons kantoor geen documenten van bestaan. Geen aanvragen voor bouwvergunningen, geen plattegronden, geen uiteindelijke goedkeuring van de werkzaamheden die zijn verricht. Kortom, er bestaat geen tastbaar bewijs dat dit appartement ooit is gebouwd.' Voordat Brunetti iets kon zeggen, legde Rossi zijn hand op de map die Brunetti hem had gegeven en vervolgde: 'En helaas kunt u ons daar ook niet aan helpen.'

Brunetti herinnerde zich een verhaal dat Paola ooit had verteld over een Engelse schrijver die, geconfronteerd met een filosoof die maar bleef volhouden dat de werkelijkheid niet bestond, tegen een steen had getrapt en had gezegd dat hij daar maar eens over na moest denken. Hij richtte zijn aandacht op dringender zaken. Zijn kennis over de werkwijze van andere gemeentelijke instellingen was gering, maar hij had niet de indruk dat dit soort informatie werd beheerd door het Ufficio Catasto waar, voor zover hij wist, alleen documenten aangaande eigendomskwesties werden bewaard. 'Is het gebruikelijk dat uw kantoor zich met dit soort zaken bezighoudt?'

'Nee, vroeger niet,' antwoordde Rossi met een verlegen glimlachje, alsof het hem verheugde dat Brunetti voldoende geïnformeerd was om zoiets te vragen. 'Maar als uitvloeisel van een nieuwe beleidsstrategie heeft ons kantoor de opdracht gekregen een overzichtelijk, geautomatiseerd bestand aan te leggen van alle appartementen in de stad die door de commissie Schone Kunsten zijn betiteld als historisch monument. Dit gebouw is er daar één van. Wij zijn op dit moment bezig de papieren en documenten van de verschillende instellingen in de stad te verzamelen. Op die manier zal er één centraal kantoor zijn, het onze, waar de complete documentatie van elk appartement op de lijst wordt bewaard. Uiteindelijk zal er met zo'n gecentraliseerd systeem enorm veel tijd kunnen worden bespaard.'

Brunetti, die zag dat Rossi tevreden lachte toen hij dit had gezegd, herinnerde zich een artikel in *Il Gazzettino* van twee weken geleden waarin stond dat het baggeren van de kanalen in de stad was gestaakt vanwege geldgebrek. 'Hoeveel appartementen zijn er?' vroeg hij.

'O, daar hebben we geen idee van. Dat is een van de redenen waarom dit onderzoek plaatsvindt.'

'Hoe lang geleden is men met het onderzoek begonnen?' vroeg Brunetti.

'Elf maanden geleden,' zei Rossi direct. Brunetti wist zeker dat hij desgevraagd de precieze datum ook nog had kunnen noemen.

'En hoeveel van die uitgebreide rapporten hebt u tot nu toe samengesteld?'

'Nou, omdat sommigen van ons zich bereid hebben verklaard op zaterdag te werken, hebben we er al meer dan honderd afgerond,' zei Rossi, die geen poging deed zijn trots te verbergen.

'En hoeveel mensen werken er aan het project?'

Rossi keek naar zijn rechterhand en telde, beginnend bij zijn duim, hoeveel collega's hij had. 'Acht, volgens mij.'

'Acht,' herhaalde Brunetti. Hij wendde zijn gedachten af van de berekeningen die hij had gemaakt en vroeg: 'Wat betekent dit allemaal? Voor mij, in het bijzonder?'

Rossi antwoordde terstond. 'Wanneer we de papieren voor een appartement niet hebben, vragen we eerst aan de eigenaar ze te overleggen, maar in deze map zit niets wat ons kan helpen.' Hij wees op het dunne mapje. 'U hebt alleen maar een koopakte, dus we moeten ervan uitgaan dat u van de vorige bewoners geen documenten hebt gekregen over de oorspronkelijke bouw.' Voordat Brunetti hem kon onderbreken, vervolgde hij: 'En dat betekent dat ze of zoek zijn, wat inhoudt dat ze ooit hebben bestaan, of dat ze dat nooit hebben. Bestaan, bedoel ik.' Hij keek naar Brunetti, die niets zei. Rossi ging verder: 'Als ze zoek zijn, en als u beweert dat u ze nooit hebt gehad, dan moeten ze in een van de stadskantoren liggen.'

'Wat gaat u in dat geval doen om ze te vinden?' vroeg Brunetti.

'Tja,' begon Rossi, 'zo eenvoudig ligt het niet. Wij zijn

niet verplicht exemplaren van die documenten te bewaren. In het Burgerlijk Wetboek staat duidelijk dat dit de verantwoordelijkheid is van de eigenaar van het betreffende pand. Als u geen exemplaar bezit, kunt u niet hardmaken dat wij het onze zijn kwijtgeraakt, als u begrijpt wat ik bedoel,' zei Rossi en glimlachte opnieuw. 'En het is voor ons niet mogelijk op zoek te gaan naar de papieren, want we kunnen het ons niet permitteren mankracht in te zetten bij een zoektocht die tevergeefs zou kunnen zijn.' Hij zag hoe Brunetti hem aankeek en legde uit: 'Omdat ze misschien niet bestaan, begrijpt u.'

Brunetti beet op zijn onderlip en vroeg: 'En als ze niet zoek zijn en in plaats daarvan nooit hebben bestaan?'

Rossi keek op zijn horloge en schoof het naar het midden van zijn pols. 'Dat, signore,' verklaarde hij ten slotte en keek op naar Brunetti, 'betekent dat de vergunningen nooit zijn verstrekt en dat de bouwwerkzaamheden nooit zijn goedgekeurd.'

'Dat is goed mogelijk, toch?' vroeg Brunetti. 'Net na de oorlog is er enorm veel gebouwd.'

'Ja, dat klopt,' zei Rossi met de geveinsde bescheidenheid van iemand die zich zijn hele werkzame leven alleen maar met deze kwesties heeft beziggehouden. 'Maar de meeste projecten, of dat nu kleine restauraties of ingrijpende verbouwingen betrof, hebben een *condono edilizio* gekregen en bezitten dus een wettelijke status, althans, bij ons kantoor. Hier is het probleem dat er geen *condono* bestaat,' zei hij en zwaaide met zijn hand alsof hij de betreffende muren, de vloer en het plafond wilde omvatten.

'Als ik mijn vraag mag herhalen, signor Rossi,' zei Brunetti, die zijn best moest doen rustig te blijven en met een olympische redelijkheid trachtte te praten, 'wat betekent dit voor mij, en meer in het bijzonder voor mijn appartement?'

'Ik ben bang dat ik niet de bevoegdheid heb daarop te antwoorden, signore,' zei Rossi en gaf de map aan Brunetti terug. Hij boog vooover en pakte zijn aktetas. Hij hield hem onder zijn arm geklemd en stond op. 'Mijn taak is om de huiseigenaren te bezoeken en na te gaan of de ontbrekende papieren in hun bezit zijn.' Hij keek ernstig en Brunetti had de indruk dat hij werkelijk teleurgesteld was. 'Het spijt me dat ik moet constateren dat u ze niet hebt.'

Brunetti stond op. 'Wat gebeurt er nu?'

'Dat hangt af van de Commissie van het Ufficio Catasto,' zei Rossi en liep in de richting van de deur.

Brunetti stapte naar links, waarmee hij Rossi niet daadwerkelijk in de weg ging staan, maar wel degelijk een obstakel vormde tussen hem en de deur. 'U zei dat u denkt dat de verdieping hieronder in de negentiende eeuw is toegevoegd. Maar zou de zaak er anders uitzien als die later is toegevoegd, in dezelfde periode als deze verdieping?' Brunetti trachtte het sprankje hoop dat in zijn stem doorkonk, te verhullen – tevergeefs.

Rossi dacht hier lang over na en zei uiteindelijk met de nodige voorzichtigheid en reserve: 'Misschien. Ik weet dat die verdieping wel over alle vergunningen en bewijzen van goedkeuring beschikt, dus als kan worden bewezen dat deze verdieping in dezelfde periode is gebouwd, dan kan daarmee worden aangetoond dat de vergunningen ooit moeten zijn verleend.' Hij overdacht de kwestie nog eens: een ambtenaar die voor een nieuw probleem wordt geplaatst. 'Ja, dan zou de zaak er anders uitzien, hoewel ik niet in de positie verkeer om daarover te oordelen.'

Brunetti, die even opleefde omdat hem mogelijke oplossing te binnen schoot, liep naar de terrasdeur en opende hem. 'Ik wil u iets laten zien,' zei hij, wendde zich naar Rossi en zwaaide met zijn hand door de open deur. 'Ik heb altijd gedacht dat de vensters van de verdieping hieronder hetzelfde waren als die van ons.' Zonder om te kijken naar Rossi vervolgde hij: 'Als u even kijkt hier beneden, aan de linkerkant, dan ziet u wat ik bedoel.' Met het gemak van iemand die dit al vaak had gedaan, leunde Brunetti, steunend op zijn brede handpalmen, over de ongeveer één meter hoge muur om de vensters van het appartement eronder te bekijken. Maar nu hij ze wat beter bestudeerde, zag hij dat ze helemaal niet hetzelfde waren: de raamkozijnen beneden waren versierd met lijsten van wit Istrisch marmer, terwijl zijn eigen vensters niet meer waren dan rechthoeken in de bakstenen muur.

Hij duwde zichzelf omhoog en keerde zich om naar Rossi. De man stond er als versteend bij: hij hield zijn arm uitgestrekt in Brunetti's richting en had zijn vingers uiteengespreid, alsof hij kwade geesten wilde verdrijven. Hij keek Brunetti met open mond aan.

Brunetti zette een stap in zijn richting, maar Rossi week snel terug, de arm nog steeds uitgestrekt.

'Gaat het wel?' vroeg Brunetti en bleef stilstaan bij de deur.

De jongeman probeerde iets te zeggen, maar er kwam geen geluid uit zijn mond. Hij liet zijn arm zakken en zei iets, maar zijn stem was zo zacht dat Brunetti hem niet kon horen.

In een poging te doen alsof hij de ongemakkelijke situatie niet opmerkte, zei Brunetti: 'Nou, ik geloof dat ik het wat die vensters betreft bij het verkeerde eind had. Er is helemaal niets te zien.'

Rossi's gezicht ontspande en hij probeerde te glimlachen, maar hij bleef gespannen – een nervositeit die oversloeg op zijn gastheer.

Brunetti zette zijn gedachten over het terras opzij en vroeg: 'Kunt u ongeveer aangeven wat de gevolgen van dit alles zullen zijn?'

'Neemt u me niet kwalijk?' zei Rossi.

'Wat gaat er nu gebeuren?'

Rossi stapte nog verder achteruit, en op een toon alsof hij een toverformule uitsprak en zichzelf al talloze malen hetzelfde had horen zeggen, antwoordde hij: 'Wanneer er tijdens de bouw een vergunning is verstrekt maar geen uiteindelijke goedkeuring is verleend, wordt er een boete opgelegd waarvan de hoogte afhangt van de mate waarin de bouwvoorschriften die destijds van kracht waren, zijn overtreden.' Brunetti bleef onbewogen en de jongeman ging verder: 'Wanneer er geen vergunningen zijn verstrekt en de bouw ook niet is goedgekeurd, wordt de zaak overgedragen aan de Sovraintendenza dei Beni Culturali. Zij bepalen hoeveel schade de onwettige bouw heeft toegebracht aan de structuur van de stad.'

'En?' vroeg Brunetti.

'En in sommige gevallen wordt er dan een boete opgelegd.'

'En?'

'En in sommige gevallen dient het op onwettige gronden tot stand gekomen gebouw te worden afgebroken.'

'Wat?' bruldè Brunetti, die alle schijn van kalmte nu liet varen.

'In sommige gevallen dient het op onwettige gronden tot stand gekomen gebouw te worden afgebroken.' Rossi glimlachte flauwtjes, alsof hij op geen enkele manier verantwoordelijk kon worden gehouden voor deze mogelijkheid.

'Maar dit is mijn huis,' zei Brunetti. 'U hebt het over mijn huis dat mogelijk wordt afgebroken.'

'Zo ver komt het zelden, gelooft u mij,' zei Rossi, die geruststellend probeerde te klinken.

Brunetti kon niets meer uitbrengen. Rossi zag dit, draaide zich om en liep naar de voordeur van het appartement. Op het moment dat hij daar aangekomen was, werd de sleutel omgedraaid en zwaaide de deur open. Paola kwam binnen. Ze moest haar aandacht verdelen over twee grote plastic tassen, de sleutel en drie kranten die ze onder haar linkerarm had geklemd. Ze merkte Rossi pas op toen die instinctief naar voren schoot om de kranten te pakken voordat ze zouden vallen. Ze schrok, hapte naar adem en liet haar tassen vallen. Met een wilde beweging stapte ze bij hem weg en sloeg met haar elleboog tegen de deur. Door de schrik of de pijn viel haar mond open, en ze begon haar elleboog te wrijven.

Brunetti liep snel naar haar toe en zei: 'Paola, er is niets aan de hand. Hij is bij mij op bezoek.' Hij liep om Rossi heen en legde zijn hand op Paola's arm. 'Je hebt ons laten schrikken,' zei hij in de hoop haar te kalmeren.

'Jullie hebben mij ook laten schrikken,' zei ze en het lukte haar een glimlach tevoorschijn te toveren.

Brunetti hoorde een geluid achter hen. Hij draaide zich om en zag dat Rossi, die zijn aktetas tegen de muur had gezet, op één knie neergehurkt bezig was sinaasappelen terug te stoppen in een plastic tas.

'Signor Rossi,' zei Brunetti. De jongeman, die klaar was met de sinaasappelen, keek op, kwam overeind en zette de tas op de tafel naast de deur.

'Dit is mijn vrouw,' zei Brunetti compleet overbodig. Paola liet haar elleboog los en stak haar hand uit naar Rossi. Ze schudden elkaar de hand en wisselden beleefdheden uit: Rossi verontschuldigde zich voor het feit dat hij haar had laten schrikken, Paola wuifde dit weg.

'Signor Rossi is van het Ufficio Catasto,' zei Brunetti ten slotte.

'Het Ufficio Catasto?' vroeg ze.

'Ja, signora,' zei Rossi. 'Ik kwam om met uw man te praten over uw appartement.'

Paola keek naar Brunetti en nadat ze zijn blik had gezien, wendde ze zich weer tot Rossi en zei met haar innemendste glimlach: 'Ik geloof dat u juist van plan was te vertrekken, signor Rossi. Ik wil u niet ophouden. Ik weet zeker dat mijn man me zal vertellen wat er aan de hand is. U hoeft uw tijd verder niet te verdoen, zeker niet op een zaterdag.'

'Dat is erg vriendelijk van u, signora,' zei Rossi op warme toon. Hij wendde zich tot Brunetti en bedankte hem voor zijn tijd. Daarna verontschuldigde hij zich opnieuw bij Paola, maar schudde haar noch Brunetti de hand. Nadat Paola de deur achter hem had dichtgedaan, vroeg ze: 'Het Ufficio Catasto?'

'Ik geloof dat ze het appartement willen afbreken,' zei Brunetti bij wijze van verklaring.

3

'Afbreken?' herhaalde Paola, die niet wist of ze nu verbaasd moest zijn of in lachen zou uitbarsten. 'Waar heb je het over, Guido?'

'Hij heeft me zojuist een of ander verhaal verteld dat er in het archief van het Ufficio Catasto geen papieren liggen voor dit appartement. Ze zijn bezig met het automatiseren van hun bestanden, maar ze kunnen geen bewijs vinden dat er bouwvergunningen zijn verleend of aangevraagd voor dit appartement toen het werd gebouwd.'

'Dat is belachelijk,' zei Paola en bukte zich. Ze gaf hem de kranten, pakte de laatste plastic tas op en liep door de gang naar de keuken. Ze zette de tassen op de tafel en haalde de pakjes eruit. Terwijl Brunetti doorpraatte, haalde zij tomaten, uien en een bos courgettebloemen die niet langer waren dan haar vingers, uit de tas.

Toen Brunetti de bloemen zag, hield hij op over Rossi en vroeg: 'Wat ga je daarmee maken?'

'Risotto, denk ik,' antwoordde ze en bukte zich om een in wit papier gewikkeld pakje in de koelkast te leggen. 'Weet je nog hoe lekker die risotto was die Rebecca vorige week voor ons maakte, met gember?'

'Hmmm,' antwoordde Brunetti, die blij was dat hij het over een aangenaam onderwerp als de lunch kon hebben.

'Veel mensen in Rialto?'

'Niet toen ik aankwam,' antwoordde ze, 'maar tegen de tijd dat ik vertrok, was het afgeladen. Vooral toeristen, die voor zover ik kon zien waren gekomen om foto's te nemen van andere toeristen. Over een paar jaar moeten we er bij zonsopgang naartoe, want anders zullen we ons niet meer kunnen bewegen.'

'Waarom gaan ze allemaal naar Rialto?' vroeg hij.

'Om de markt te bezoeken, denk ik. Hoezo?'

'Hebben ze geen markten in hun eigen land? Wordt daar geen eten verkocht?'

'Ik heb geen idee wat ze in hun eigen land allemaal hebben,' antwoordde Paola enigszins geprikkeld. 'Wat heeft die signor Rossi nog meer gezegd?'

Brunetti leunde achterover tegen het aanrecht. 'Hij zei dat ze in sommige gevallen alleen maar een boete opleggen.'

'Dat is vrij normaal,' zei ze en draaide zich naar hem om nu al het eten was opgeruimd. 'Dat is ook gebeurd bij Gigi Guerriero, toen hij die tweede badkamer liet aanleggen. Zijn buurman zag een loodgieter met een toiletpot het huis binnenlopen, belde de politie en gaf het aan, waarna hij een boete moest betalen.'

'Da's tien jaar geleden.'

'Twaalf,' corrigeerde Paola hem gedachteloos. Ze zag dat Brunetti zijn lippen samenperste en voegde eraan toe: 'Maakt niet uit. Geeft niet. Wat kan er nog meer gebeuren?'

'Hij zei dat ze, wanneer de vergunningen nooit waren aangevraagd maar de werkzaamheden wel waren uitgevoerd, in sommige gevallen gedwongen waren af te breken wat er was gebouwd.'

'Hij maakte ongetwijfeld een grapje,' zei ze.

'Je hebt signor Rossi gezien, Paola. Geloof jij dat dit een

man was die over dit soort dingen grapjes maakt?'

'Ik geloof dat signor Rossi iemand is die nergens een grapje over maakt,' zei ze. Ze liep de woonkamer binnen, waar ze een paar tijdschriften opruimde die op een stoelleuning slingerden, en liep vervolgens naar het terras. Brunetti liep achter haar aan. Toen ze naast elkaar stonden – de stad strekte zich beneden voor hen uit – wees ze op de daken, terrassen, tuinen en dakkapellen. 'Ik vraag me af hoeveel daarvan legaal tot stand is gekomen,' zei ze. 'En ik zou wel eens willen weten hoeveel van die bouwsels over de juiste vergunningen beschikken en de *condono* hebben gekregen.' Ze woonden allebei het grootste gedeelte van hun leven al in Venetië en kenden dus de eindeloze reeks verhalen over smeergeld dat aan bouwinspecteurs was betaald en gipsplaten muren die de dag nadat de inspecteurs waren vertrokken, alweer waren verwijderd.

'De halve stad heeft ermee te maken, Paola,' zei hij. 'Maar wij zijn betrapt.'

'Wij zijn helemaal nergens op betrapt,' zei ze en wendde zich naar hem toe. 'We hebben niets verkeerd gedaan. We hebben dit appartement in goed vertrouwen gekocht. Battistini – zo heette die man toch van wie we het hebben gekocht – had de bouwvergunningen en de *condono edilizio* moeten krijgen.'

'We hadden moeten controleren of hij die had voordat we het kochten,' redeneerde Brunetti. 'Maar dat hebben we niet gedaan. We zagen dit' – hij wees met een weids gebaar op alles wat voor hen lag – 'en we waren verkocht.'

'Zo herinner ik het me niet,' zei Paola, die terugliep naar de woonkamer en ging zitten.

'Zo herinner ik het me wel,' zei Brunetti.

Voordat Paola daar iets tegen in kon brengen, vervolgde hij: 'Het doet er niet toe hoe we het ons herinneren. Of dat we gehaast waren op het moment dat we het appartement kochten. Het gaat erom dat we nu met dit probleem zijn opgezadeld.'

'Battistini?' vroeg ze.

'Die is tien jaar geleden overleden,' antwoordde Brunetti, waarmee hij een eind maakte aan eventuele plannen om contact met hem op te nemen.

'Dat wist ik niet,' zei ze.

'Zijn neef, die jongen die op Murano werkt, heeft het me verteld. Een tumor.'

'Dat spijt me,' zei ze. 'Het was een aardige man.'

'Zeker. En hij heeft ons gematst met de prijs.'

'Ik denk dat hij vertederd was door dat pasgetrouwde stelletje,' zei ze. De herinnering toverde een glimlach op haar gezicht. 'En vooral pasgetrouwden met een kindje op komst.'

'Denk je dat dat invloed heeft gehad op de prijs?' vroeg Brunetti.

'Dat heb ik altijd gedacht, ja,' zei Paola. 'Niet erg Venetiaans van hem, maar wel aardig, natuurlijk.' Snel voegde ze daaraan toe: 'Maar niet zo aardig als we het nu moeten afbreken.'

'Dat is totaal belachelijk, toch?' zei Brunetti.

'Jij werkt nu al twintig jaar voor de stad? Je zou inmiddels moeten weten dat het niet uitmaakt of iets belachelijk is of niet.'

Met tegenzin moest Brunetti haar gelijk geven. Hij herinnerde zich een groenteman die hem vertelde dat als een klant het uitgestalde fruit of de groente aanraakte, de verkoper een half miljoen lire boete moest betalen. Hoe absurd de verordeningen ook waren, de stad voerde ze wel uit.

Paola zakte onderuit in haar stoel en legde haar voeten op het lage tafeltje tussen hen in. 'Wat zal ik doen? Mijn vader bellen?'

Brunetti wist dat ze dat zou gaan voorstellen, en hij was blij dat ze het nu deed, en niet later. Graaf Orazio Falier, een van de rijkste mensen in de stad, kon dit varkentje gemakkelijk wassen: één telefoontje of een opmerking tijdens een diner zou al voldoende zijn. 'Nee. Ik geloof dat ik dit zelf moet oplossen,' zei hij, met de nadruk op 'zelf'.

Geen moment kwam het in hem op – en ook niet in Paola – de zaak op legale wijze aan te pakken: om de namen van de juiste instellingen en ambtenaren te achterhalen en de juiste stappen te ondernemen. Ook overwogen ze niet of er misschien een duidelijk omschreven ambtelijke procedure was waarmee ze dit probleem zouden kunnen oplossen. Als zoiets inderdaad bestond of als dat te achterhalen was, werd het door de Venetianen steevast genegeerd: zij begrepen dat dit soort zaken geregeld werd door middel van *conoscienze*: kennissen, vrienden, contacten en schulden die in de loop van de jaren waren ontstaan: men bewoog zich binnen een systeem waarvan iedereen vond – zelfs de mensen die erin meedraaiden, of misschien wel juist de mensen die erin meedraaiden – dat het niet effectief was, en zelfs nutteloos, dat het vatbaar was voor misbruik als gevolg van de eeuwenlange omkooppraktijken, nog verergerd door een Byzantijnse neiging tot achterbaksheid en lethargie.

Ze negeerde zijn toon en zei: 'Ik weet zeker dat hij er wel raad mee zou weten.'

Nog voor hij de tijd had genomen om erover na te denken, zei Brunetti: 'Ja ja. Maar waar is die goeie ouwe tijd gebleven? Hoe zit het met de idealen van '68?'

Onmiddellijk op haar hoede vroeg Paola fel: 'Wat bedoel je daarmee?'

Hij keek naar haar, met haar hoofd naar achteren geworpen en klaar voor de aanval, en ineens besefte hij hoe vervaarlijk ze voor de dag kon komen als ze voor de klas stond. 'Daar bedoel ik mee dat we vroeger alle twee geloofden in een linkse politiek, in sociale rechtvaardigheid en zaken als gelijkheid voor de wet.'

'Nou en?'

'En nu is onze eerste ingeving dat we moeten voordringen om vooraan in de rij te komen.'

'Zeg eens wat je bedoelt, Guido,' begon ze. 'En spreek niet van "wij", want ik ben tenslotte degene die met dat voorstel gekomen is.' Ze wachtte even en vervolgde toen: 'Jouw principes staan nog fier overeind.'

'Dat wil zeggen?' vroeg hij met een sarcastische ondertoon, al was hij nog niet echt boos.

'De mijne niet meer. We zijn idioten geweest en hebben ons laten bedonderen, tientallen jaren lang: iedereen die hoopte op een betere maatschappij, iedereen die zo dom was te geloven dat dit walgelijke politieke systeem dit land zou kunnen veranderen in een paradijs van goud, onder leiding van een eindeloze reeks filosofische koningen.' Ze zocht zijn ogen met de hare en keek hem strak aan. 'Nou, ik geloof er niet meer in: mijn geloof en mijn hoop zijn weg.'

Hoewel hij zag dat ze werkelijk meende wat ze zei, klonk de rancune die hij nooit kon onderdrukken door in zijn stem toen hij vroeg: 'En dus loop je bij elke gelegenheid dat er moeilijkheden dreigen te ontstaan, naar je vader, met zijn geld, met zijn connecties en met de macht waarmee hij rondloopt zoals een ander met los geld in zijn broekzak rondloopt, en vraag je of hij je zaakjes voor je wil opknappen?'

'Het enige wat ik wil,' zei ze plotseling op een andere toon, alsof ze de zaak wilde sussen nu het nog kon, 'is ons energie en tijd besparen. Als we dit op een nette manier willen oplossen, komen we in de wereld van Kafka terecht. We zullen geen moment rust meer hebben en zullen alle zeilen moeten bijzetten om de juiste papieren te vinden, en dan stuiten we natuurlijk opnieuw op zo'n mannetje als signor Rossi, die ons zal vertellen dat het niet de juiste papieren zijn en dat we andere papieren nodig hebben, en dan weer andere, totdat we gillend gek worden.'

Ze merkte dat Brunettio gevoelig bleek voor haar veranderde toon en vervolgde: 'En dus: ja, als we ons dat kunnen besparen door de hulp van mijn vader in te roepen, dan geef ik daar de voorkeur aan, want ik heb niet het geduld of de energie om het op een andere manier te doen.'

'En als ik je nou zeg dat ik dit zelf wil doen, zonder zijn hulp?' Voordat ze kon antwoorden, voegde hij eraan toe: 'Het is ons appartement, Paola, niet het zijne.'

'Bedoel je dat je dit zelf wilt doen via de legale kanalen of' – haar stem kreeg nu een nog warmere ondertoon – 'ga je het met de hulp van je eigen vrienden en connecties oplossen?'

Brunetti glimlachte, en daarmee was de vrede definitief getekend. 'Natuurlijk ga ik ze gebruiken.'

'Aha,' zei ze en glimlachte nu ook. 'Dat is een heel ander verhaal.' Haar glimlach werd breder en ze begon meteen na te denken over de te volgen tactiek. 'Wie?' vroeg ze – haar vader was nu definitief naar de achtergrond gedrongen.

'Ik heb bijvoorbeeld Rallo, van de commissie Schone Kunsten.'

'Die man wiens zoon drugs verkoopt?'

'Verkocht,' corrigeerde Brunetti haar.

'Wat heb je voor hem gedaan?'

'Een gunst verleend,' luidde Brunetti's sobere verklaring.

Paola ging er niet verder op in en vroeg alleen: 'Maar wat heeft de commissie Schone Kunsten ermee te maken? Deze verdieping is toch na de oorlog gebouwd?'

'Dat heeft Battistini ons verteld, ja. Maar de onderste verdiepingen van het gebouw staan op de monumentenlijst, dus wat er met dit appartement gebeurt, kan daar invloed op hebben.'

'Dat is zo,' zei Paola. 'En wie nog meer?'

'Die neef van Vianello. Die architect die in de Comune werkt, volgens mij bij de afdeling die bouwvergunningen verstrekt. Ik zal Vianello vragen of hij erachter kan komen wat hij voor ons kan betekenen.'

Ze gingen bij elkaar zitten en stelden een lijst op van gunsten die ze in het verleden hadden verleend, en die nu van pas zouden kunnen komen. Rond het middaguur hadden ze een lijst samengesteld van mogelijke bondgenoten en waren ze het erover eens dat de mensen die erop stonden, hen mogelijk zouden kunnen helpen. Pas toen vroeg Brunetti: 'Heb je nog *moeche* kunnen krijgen?'

Ze richtte zich tot de onzichtbare persoon die zogenaamd luisterde als ze weer een extra grote wandaad van haar echtgenoot te melden had – een gewoonte van jaren – en vroeg: 'Hoorde je dat? We staan op het punt ons huis te verliezen, en het enige waar hij aan kan denken, is Noordzeekrab.'

Beledigd bracht Brunetti daartegen in: 'Dat is helemaal niet het enige waaraan ik denk.'

'Waaraan nog meer, dan?'
'Risotto.'

De kinderen, die thuis kwamen lunchen, kregen pas na de krabbetjes te horen over de problemen met het appartement. Aanvankelijk wilden ze er niet serieus op ingaan. Maar toen hun ouders hun aan het verstand hadden gebracht dat het appartement werkelijk in gevaar was, maakten ze meteen plannen om te verhuizen.

'Zullen we dan een huis nemen met een tuin, zodat ik een hond kan krijgen?' vroeg Chiara. Toen ze de gezichten van haar ouders zag, bond ze in: 'Een kat, dan?' Raffi had geen belangstelling voor dieren en maakte zich sterk voor een tweede badkamer.

'Als we die hebben, trek jij erin en kom je er nooit meer uit, dan ga je proberen dat rare snorretje van je te laten groeien,' zei Chiara – de eerste keer dat er in gezinsverband erkenning was voor het feit dat gedurende de laatste weken een lichte schaduw zichtbaar was geworden onder de neus van haar oudere broer.

Paola voelde zich een beetje als een blauwgehelmde soldaat van een VN-vredesmacht toen ze tussenbeide kwam en zei: 'Ik geloof dat het zo wel weer genoeg is. Dit is geen grap, en ik wil niet dat jullie doen alsof dat wel zo is.'

De kinderen keken haar aan en richtten hun blikken vervolgens op hun vader – als twee baby-uiltjes op een tak die angstig toekeken welk roofdier als eerste zou toeslaan. 'Je hebt gehoord wat je moeder je heeft gezegd,' zei Brunetti – en nu wisten ze zeker dat dit een ernstige zaak was.

'Wij doen de afwas wel,' bood Chiara op verzoenende

toon aan, hoewel ze donders goed wist dat het sowieso haar beurt was.

Raffi duwde zijn stoel naar achteren en stond op. Hij pakte het bord van zijn moeder, dat van zijn vader en ten slotte dat van Chiara, stapelde ze op zijn eigen bord en liep naar het aanrecht. Opmerkelijker was dat hij de kraan opendraaide en de mouwen van zijn trui opstroopte.

Als bijgelovige boeren die in contact komen met het goddelijke vluchtten Paola en Brunetti de woonkamer in, maar niet voordat hij een fles grappa en twee glaasjes had gepakt.

Hij schonk het kleurloze drankje in en gaf Paola een glaasje. 'Wat ga jij vanmiddag doen?' vroeg ze nadat ze een eerste nipje had genomen.

'Ik ga terug naar Perzië,' antwoordde Brunetti. Hij trapte zijn schoenen uit en ging languit op de bank liggen.

'Nogal een efficiënte reactie op het nieuws van signor Rossi, moet ik zeggen.' Ze nam nog een slokje. 'Dit is toch die fles die we uit Belluno hebben meegenomen?' Ze hadden daar een vriend wonen die meer dan tien jaar met Brunetti had samengewerkt, maar die afscheid had genomen van het politiekorps nadat hij gewond was geraakt bij een schietpartij. Hij was teruggegaan naar Belluno en had de boerderij van zijn vader overgenomen. Elk najaar ging hij met zijn distilleerderij aan de gang en maakte zo'n vijftig flessen grappa – volstrekt illegaal. Hij gaf de flessen aan familie en vrienden.

Brunetti nam een slokje en zuchtte.

'Perzië?' vroeg ze ten slotte.

Hij zette zijn glas op de lage tafel en pakte het boek dat hij na de komst van signor Rossi had laten liggen. 'Xenophon,' legde hij uit, opende het boek op de bladzijde waar het *vaporetto*-kaartje zat en was terug in dat andere deel van zijn leven.

'Ze hebben zich toch weten te redden, die Grieken? En ze zijn toch terug naar huis gegaan?' vroeg ze.

'Zo ver ben ik nog niet,' antwoordde Brunetti.

Paola's stem kreeg een scherp toontje. 'Guido, je hebt Xenophon minstens tweemaal gelezen sinds we zijn getrouwd. Als je nu nog niet weet of ze zijn teruggekeerd of niet, dan heb je niet opgelet, of je hebt de eerste symptomen van de ziekte van Alzheimer.'

'Ik doe alsof ik niet weet wat er gaat gebeuren, dan geniet ik er meer van,' legde hij uit, zette zijn bril op en begon te lezen.

Paola keek nog een poosje naar hem, schonk zich nog een glas grappa in, nam het mee naar haar studeerkamer en liet haar man alleen met de Perzen.

4

Er gebeurde niets, zoals dat gaat met die dingen. Dat wil zeggen: er kwamen geen berichten meer van het Ufficio Catasto, en ook van signor Rossi vernamen ze niets meer. Gezien die stilte en misschien uit bijgeloof nam Brunetti geen contact op met de vrienden die hem zouden kunnen helpen bij het verkrijgen van een legale status voor zijn appartement. De lente begon, de weken gleden voorbij. Het werd langzaam warmer en de Brunetti's brachten steeds meer tijd door op hun terras. Op 15 april gebruikten ze er voor het eerst de lunch, maar 's avonds was het nog te kil om buiten te eten. De dagen werden langer, maar nog steeds kwam er geen nieuws over de betwijfelde wettelijke status van het huis van de Brunetti's. Als boeren die aan de voet van een vulkaan wonen, gingen ze op het moment dat de aarde niet meer trilde, terug naar hun akkers om die te bewerken en hoopten dat de goden die dit soort zaken bestierden, hen uit het oog waren verloren.

Nu het zomerseizoen naderde, kwamen er steeds meer toeristen naar de stad. Een groot aantal zigeuners volgde in hun voetsporen. De zigeuners waren in verband gebracht met talloze inbraken in de steden, maar nu werden ze bovendien beschuldigd van zakkenrollerij en kleine straatcriminaliteit. Omdat niet de bewoners, maar vooral de toeristen – de belangrijkste inkomstenbron van de stad – het slachtoffer waren van die vergrijpen, kreeg Brunetti de opdracht na te gaan of er iets tegen gedaan kon worden. De zakkenrollers waren te jong om vervolgd te worden; ze werden om de haverklap aangehouden en naar de *questura* overgebracht, waar hun werd gevraagd zich te legitimeren. Slechts enkele misdadigertjes hadden papieren bij zich. Als bleek dat ze minderjarig waren, kregen ze een waarschuwing en werden ze vrijgelaten. Sommigen waren de volgende dag alweer terug, de meesten binnen een week. Aangezien de enige zinnige oplossing Brunetti een wetswijziging met betrekking tot jeugdige overtreders of uitzetting uit het land leek, had hij grote moeite een rapport over de kwestie op te stellen.

Hij zat achter zijn bureau en dacht ingespannen na over hoe hij kon voorkomen dat hij open deuren zou intrappen – toen zijn telefoon ging. 'Brunetti,' zei hij en bladerde door naar de derde bladzijde van de lijst met namen van personen die de laatste twee maanden wegens kleine vergrijpen waren aangehouden.

'Commissario?' vroeg een mannenstem.

'Ja.'

'U spreekt met Franco Rossi.'

Dit was zo'n beetje de meest voorkomende naam in Venetië, zoiets als 'Jan de Vries', dus Brunetti moest even nadenken op welke plaats hij een Franco Rossi was tegengekomen, om ten slotte uit te komen bij het Ufficio Catasto.

'Ja, ik hoopte al iets van u te horen, signor Rossi,' loog hij moeiteloos. Feitelijk had hij gehoopt dat signor Rossi op een of andere manier verdwenen was en het Ufficio Catasto en zijn archieven met zich mee had genomen. 'Hebt u nieuws?'

'Waarover?'

'Over het appartement,' zei Brunetti, die zich afvroeg over welk ander onderwerp signor Rossi hem nieuws zou kunnen brengen.

'Nee, niets,' antwoordde Rossi. 'Het kantoor heeft het rapport ontvangen en zal dat nu behandelen.'

'Hebt u enig idee wanneer?' vroeg Brunetti bedeesd.

'Nee, het spijt me. Het is niet te zeggen wanneer ze eraan toe komen.' Rossi klonk gehaast en ongeduldig.

Brunetti bedacht hoe treffend die woorden de werkwijze omschreven van de meeste instellingen waarmee hij te maken had gehad, privé en als politieman. 'Hebt u meer informatie nodig?' vroeg hij. Hij bleef beleefd, want hij wist dat het mogelijk was dat hij in de toekomst afhankelijk zou kunnen zijn van de goede wil van signor Rossi, en misschien zelfs van zijn materiële steun.

'Het gaat over iets anders,' zei Rossi. 'Ik heb uw naam tegen iemand genoemd, en men vertelde me waar u werkt.'

'Ja. Waarmee kan ik u van dienst zijn?'

'Het gaat over een kwestie hier op kantoor,' zei hij, wachtte toen even en verbeterde zichzelf: 'Hoewel, niet hier, want ik ben niet op kantoor. Als u begrijpt wat ik bedoel.'

'Waar bent u, signor Rossi?'

'Op straat. Ik bel met mijn *telefonino*. Ik wilde u niet van kantoor bellen.' De verbinding viel weg en toen hij Rossi weer hoorde, zei hij: '... vanwege de zaak die ik met u wilde bespreken.'

Als dat zo was, zou signor Rossi er beter aan doen niet met zijn telefonino te bellen, een communicatiemiddel dat even publiek is als de krant.

'Is het belangrijk wat u me te vertellen hebt, signor Rossi?'

'Ja, dat denk ik wel,' zei Rossi en zijn stem klonk iets zachter.

'Dan is het misschien verstandig een telefooncel te zoeken en me van daaruit te bellen,' stelde Brunetti voor.

'Wat?' vroeg Rossi, onzeker.

'Belt u me vanuit een telefooncel, signore. Ik blijf hier wachten op uw telefoontje.'

'Bedoelt u dat dit gesprek niet veilig is?' vroeg Rossi, en Brunetti hoorde in zijn stem dezelfde benauwdheid die hem parten had gespeeld toen hij had geweigerd het terras van Brunetti's appartement te betreden.

'Dat is misschien wat overdreven,' zei Brunetti, die probeerde kalm en geruststellend te klinken. 'Maar er ontstaan in elk geval geen moeilijkheden als u me belt vanuit een telefooncel, vooral wanneer u mijn directe nummer draait.' Hij gaf Rossi het nummer en herhaalde het terwijl, zo nam hij aan, de jongeman het opschreef.

'Ik moet wat kleingeld zien te krijgen of een telefoonkaart kopen,' zei Rossi. Na een korte pauze dacht Brunetti te horen dat hij oplegde, maar zijn stem weerklonk nog eens en Brunetti meende hem te horen zeggen: 'Ik bel u zo terug.'

'Goed. Ik blijf hier,' begon Brunetti, maar hij hoorde een klikgeluid nog voordat hij zijn zin had afgemaakt.

Wat had signor Rossi ontdekt op het Ufficio Catasto? Was er na betaling een belastende blauwdruk uit een dossier verwijderd en vervangen door een voor de betaler gunstiger exemplaar? Was er smeergeld betaald aan een bouwinspecteur? Alleen al het idee dat een ambtenaar hierdoor geschokt zou zijn en zelfs de politie zou bellen, bezorgde Brunetti bijna een lachstuip. Wat was er aan de hand met de mensen van het Ufficio Catasto dat ze zo'n onschuldig ventje in dienst namen?

In de minuten daarop wachtte Brunetti op het telefoontje van Rossi en probeerde te bedenken wat het hem zou opleveren als hij signor Rossi kon helpen bij de zaken die hij had ontdekt. Met een schok – al was het dan een lichte – besefte Brunetti dat hij wel degelijk van plan was om gebruik te maken van signor Rossi en zijn uiterste best te doen de jongeman te helpen en speciale aandacht te besteden aan elk denkbaar probleem waarmee hij zou aankomen – want hij wist dat Rossi daarna op zijn beurt bij hem in het krijt zou staan. Op die manier zou elke gunst die hij als beloning vroeg, voor zijn rekening komen, en niet voor die van de vader van Paola.

Hij wachtte tien minuten, maar de telefoon ging niet over. Een halfuur later ging hij wel, maar toen was het signorina Elettra, de secretaresse van zijn baas, die vroeg of ze de lijst en de foto's van de sieraden zou brengen die op het vasteland waren gevonden, in de caravan van een van de zigeunerkinderen die twee weken daarvoor waren gearresteerd. De moeder hield vol dat de sieraden stuk voor stuk van haar waren en al generaties lang in het bezit van de familie waren. Gezien de waarde van de sieraden leek dat bijna onmogelijk. Brunetti wist dat een van de sieraden al was herkend door een Duitse journaliste. Het was iets langer dan een maand daarvoor gestolen uit haar appartement.

Hij keek op zijn horloge en zag dat het al na vijven was. 'Nee, signorina, doet u geen moeite. Dat kan wel tot morgen wachten.'

'Goed, commissario,' zei ze. 'Dan haalt u ze morgen even op als u binnenkomt.' Ze wachtte even en hij hoorde papiergeritsel aan de andere kant van de lijn. 'Als er niets anders is, ga ik naar huis.'

'De vice-*questore*?' vroeg Brunetti, die zich afvroeg hoe ze het in haar hoofd haalde ruim een uur te vroeg te vertrekken.

'Hij is nog voor de lunch vertrokken,' antwoordde ze op neutrale toon. 'Hij zei dat hij ging lunchen met de questore, en ik denk dat ze daarna naar het kantoor van de questore zijn gegaan.'

Brunetti vroeg zich af wat zijn baas van plan zou kunnen zijn nu hij een gesprek zou voeren met diens superieur. Patta's bewegingen op het terrein van de macht leidden slechts zelden tot iets goeds voor de mensen die in de questura werkten: gewoonlijk resulteerden zijn oogklepperige initiatieven in nieuwe plannen en richtlijnen die aanvankelijk met harde hand werden ingevoerd om vervolgens te worden afgeschaft omdat ze onzinnig of overbodig bleken te zijn.

Hij wenste signorina Elettra een prettige avond en hing op. De volgende twee uur wachtte hij op het telefoontje. Even na zevenen verliet hij ten slotte zijn kantoor en liep naar beneden, naar de agentenkamer.

Pucetti zat achter de balie. Hij had een opengeslagen boek voor zich liggen en leunde met zijn hoofd op twee vuisten terwijl hij zat te lezen.

'Pucetti?' zei Brunetti en liep naar binnen.

De jonge agent keek op en zodra hij Brunetti zag, stond hij op. Brunetti zag tot zijn genoegen dat hij voor het eerst sinds hij bij de questura was komen werken, zijn neiging om te salueren wist te onderdrukken.

'Ik ga nu naar huis, Pucetti. Mocht er iemand voor me bellen, een man, geef hem dan alsjeblieft mijn telefoonnummer thuis en en vraag hem of hij me daar wil bellen. Wil je dat doen?'

Natuurlijk, meneer,' antwoordde de jonge agent en ditmaal salueerde hij wel.

'Wat ben je aan het lezen?' vroeg Brunetti.

'Ik ben niet aan het lezen, meneer, niet echt. Ik ben aan het studeren. Het is een grammaticaboek.'

'Grammatica?'

'Ja, meneer. Russisch.'

Brunetti keek op de opengeslagen bladzijden. Inderdaad, hij zag cyrillische letters staan. 'Waarom studeer jij Russische grammatica?' vroeg Brunetti en vervolgde: 'Als ik dat mag vragen.'

'Natuurlijk, meneer,' zei Pucetti met een glimlachje. 'Mijn vriendin is een Russische, en ik wil graag met haar praten in haar eigen taal.'

'Ik wist niet dat jij een vriendin had, Pucetti,' zei Brunetti en dacht aan de duizenden Russische prostituees die naar West-Europa waren gekomen. Hij trachtte zijn stem neutraal te laten klinken.

'Ja, meneer,' zei hij en zijn glimlach werd breder.

Brunetti waagde het erop. 'Wat doet ze hier in Italië? Werkt ze?'

'Ze geeft Russisch en wiskunde op de middelbare school van mijn jongere broer. Zo heb ik haar leren kennen, meneer.'

'Hoe lang ken je haar al?'

'Zes maanden.'

'Dat klinkt als een serieuze zaak.'

Opnieuw lachte de jongeman, en Brunetti werd getroffen door de vriendelijkheid die hij uitstraalde. 'Dat denk ik wel, meneer. Van de zomer komt haar familie hierheen, en ze wil dat ik hen ontmoet.'

'Dus nu ben je aan het studeren?' vroeg hij en knikte in de richting van het boek.

Pucetti liet zijn hand door zijn haar gaan. 'Ze vertelde me dat ze het geen goed idee vonden dat ze met een politieagent zou trouwen. Haar ouders zijn alle twee chirurg, begrijpt u. Dus ik dacht dat het misschien handig was als ik met ze kon praten, al is het maar een beetje. En aangezien ik geen Duits en Engels spreek, dacht ik dat het misschien verstandig was Russisch te leren en ze zo te laten zien dat ik niet zomaar een dom agentje ben.'

'Dat klinkt erg verstandig. Goed, ik laat je nu alleen met je grammatica,' zei Brunetti.

Hij draaide zich om en liep weg. Achter zich hoorde hij Pucetti zeggen: *'Das vedanya.'*

Brunetti kende geen Russisch en kon daarom niet adequaat antwoorden, maar hij wenste hem goedenavond en verliet het gebouw. De vrouw geeft les in wiskunde en Pucetti studeert Russisch om in de smaak te vallen bij haar ouders. Op weg naar huis dacht Brunetti hierover na en vroeg zich af of hijzelf uiteindelijk niet gewoon een dom agentje was.

Op vrijdag hoefde Paola niet naar de universiteit, en dus besteedde ze die middag meestal aan de bereiding van een speciale maaltijd. Het hele gezin verheugde zich erop, en die avond werden ze niet teleurgesteld. Bij de slager achter de groentemarkt had ze een lamsbout gekocht, waar ze met rozemarijn bestrooide aardappeltjes bij serveerde, en verder courgettebloemen met knoflook en peterselie, en mini-worteltjes in een saus die zo zoet was dat Brunetti er bij wijze van dessert nog een portie van had kunnen eten, ware het niet dat er als sluitstuk in witte wijn gestoofde peertjes op tafel kwamen.

Na het diner ging hij als een aangespoelde walvis op zijn gebruikelijke plek op de bank liggen en gunde zichzelf een klein glaasje armagnac: een minidrupje in een minuscuul glaasje.

Nadat Paola de kinderen aan hun huiswerk had gezet door hen zoals gewoonlijk levensbedreigende sancties in het vooruitzicht te stellen, ging ze bij hem zitten en schonk zich een flink glas armagnac in – ze was in die dingen veel eerlijker dan hij. 'God, wat is dit lekker,' zei ze na het eerste slokje.

Als in een droom zei Brunetti: 'Weet je wie mij vandaag belde?'

'Nee, wie?'

'Franco Rossi. Die van het Ufficio Catasto.'

Ze sloot haar ogen en leunde achterover in haar stoel. 'God, ik dacht dat die bui al was overgedreven,' En na een poosje vroeg ze: 'Wat zei hij?'

'Hij belde niet over het appartement.'

'Waarover zou hij je anders willen bellen?' En nog voor hij kon antwoorden, voegde ze daaraan toe: 'Belde hij je op je werk?'

'Ja, dat is nu juist zo raar. Toen hij hier was, wist hij niet dat ik bij de politie werk. Hij vroeg me, nou ja, hij wilde zo'n beetje weten wat ik deed, en toen heb ik gezegd dat ik rechten heb gestudeerd.'

'Doe je dat altijd?'

'Ja.' Hij gaf geen verdere verklaring, en zij vroeg er niet naar.

'Maar hij is er dus achter gekomen?'

'Dat maakte hij duidelijk, ja. Iemand die hij kende had het hem verteld.'

'Wat wilde hij?'

'Ik weet het niet. Hij belde me met zijn telefonino, en toen duidelijk was dat hij iets wilde zeggen wat niet aan de grote klok mocht worden gehangen, adviseerde ik hem me terug te bellen vanuit een telefooncel.'

'En?'

'Hij heeft niet gebeld.'

'Misschien is hij van gedachten veranderd.'

Brunetti haalde zijn schouders op, voor zover een man die net copieus gedineerd heeft en languit op de bank ligt, zijn schouders kan ophalen.

'Als het echt belangrijk is, belt hij nog wel,' zei ze.

'Waarschijnlijk wel,' zei Brunetti. Hij overwoog nog een drupje armagnac te nemen, maar in plaats daarvan ging hij een halfuurtje slapen. Toen hij wakker werd, was Franco Rossi volkomen uit zijn gedachten verdwenen. Het enige wat hij nu nog wilde, was een laatste slokje armagnac, om daarna naar bed te gaan.

5

Zoals Brunetti al vreesde, werd hij maandag geconfronteerd met de resultaten van de lunchbesprekingen van vice-questore Patta met de questore. De oproep kwam rond elven, vlak nadat Patta op de questura was aangekomen.

'Dottore?' vroeg signorina Elletra terwijl ze in de deuropening van zijn kantoor stond. Hij keek op en zag haar staan met een blauwe map in haar handen. Even vroeg hij zich af of ze de map had gekozen omdat de kleur zo goed paste bij die van haar jurk.

'Ah, goedemorgen, signorina,' zei hij en gebaarde haar naar zijn bureau te komen. 'Is dat de lijst met de gestolen sieraden?'

'Ja, en de foto's,' antwoordde ze en gaf hem de map. 'De vice-questore vroeg me u te zeggen dat hij u vanochtend wil spreken.' In haar stem klonk niet door dat er gevaar school in de boodschap, dus Brunetti gaf met een hoofdbeweging aan dat hij het begrepen had. Ze bleef staan en hij opende de map. Er waren vier kleurenfoto's op een papier geniet, en op elke foto stond één sieraad afgebeeld: drie ringen en een bewerkte gouden armband met, zo te zien, een rij kleine smaragden.

'Het ziet ernaar uit dat ze zich goed had voorbereid op een inbraak,' zei Brunetti, die zich erover verbaasde dat iemand de moeite nam klaarblijkelijk in een studio vervaardigde foto's te laten maken van haar sieraden en onmiddellijk aan verzekeringsfraude dacht.

'Dat geldt toch voor iedereen?' zei ze.

Brunetti keek op en deed geen poging zijn verbazing te maskeren. 'Dat kunt u niet menen, signorina.'

'Het is misschien verkeerd, vooral omdat ik hier werk, maar toch meen ik het.' Voordat hij haar iets kon vragen, vervolgde ze: 'De mensen hebben het nergens anders meer over.'

'Er is hier minder misdaad dan in enige andere stad in Italië. Kijk maar naar de statistieken,' zei hij aangebrand.

Ze begon niet met haar ogen te rollen maar volstond ermee op te merken: 'U denkt toch niet dat die een juist beeld geven van wat hier werkelijk gebeurt, dottore?'

'Hoe bedoelt u?'

'Hoeveel inbraken en overvallen denkt u dat er worden aangegeven?'

'Dat heb ik u net verteld. Ik ken de misdaadstatistieken. Die kennen we allemaal.'

'Die statistieken geven geen juist beeld van de gepleegde misdaden, meneer. Dat zou u toch moeten weten.' Toen Brunetti weigerde hierop in te gaan, vroeg ze: 'U weet toch ook wel dat de mensen hier niet de moeite nemen om een misdaad aan te geven?'

'Nou, misschien niet allemaal, maar ik ben ervan overtuigd dat de meesten dat wel doen.'

'En ik denk dat de meesten het niet doen,' zei ze en haalde haar schouders op, waardoor haar lichaam enigszins ontspande, al bleef haar toon onveranderd fel.

'Kunt u mij zeggen waarom u dat gelooft?' vroeg Brunetti. Hij legde de map op zijn bureau.

'Ik ken drie mensen bij wie de laatste maanden is ingebroken, en geen van hen heeft die inbraak aangegeven.' Ze wachtte tot Brunetti iets zou zeggen, en toen hij dat niet deed, vervolgde ze: 'Nee, een van hen heeft het wel aangegeven. Hij is naar de *carabinieri*-post naast San Zaccaria gegaan en vertelde dat er een inbraak was gepleegd in zijn appartement. De dienstdoende brigadier zei dat hij de volgende dag moest terugkomen om het aan te geven, want de inspecteur was die dag niet aanwezig, en hij was de enige die aangiftes van overvallen in behandeling kon nemen.'

'En is hij gegaan?'

'Natuurlijk niet. Waarom zou hij?'

'Is dat geen negatieve instelling, signorina?'

'Natuurlijk is dat negatief,' beet ze hem toe, veel vrijmoediger dan hij van haar gewend was. 'Wat wilt u dan dat ik zeg?' Door de felheid in haar stem was er van de aangename rust die zij gewoonlijk in zijn kantoor bracht, weinig meer over, waardoor Brunetti overvallen werd door een vermoeiende treurigheid die hij ook ervoer wanneer hij en Paola ruziemaakten. In een poging dit gevoel te verdrijven keek hij naar de foto's die voor hem lagen en vroeg: 'Welk sieraad was in het bezit van de zigeunerin?'

Signorina Elettra, die net zo opgelucht leek door de verandering in sfeer als hij, leunde over de foto's heen en wees de armband aan. 'De eigenares heeft het sieraad herkend. En ze bezit de aankoopbon waarop het beschreven staat. Ik betwijfel of het enig verschil zal maken of dat we er iets aan hebben, maar ze beweert dat ze op de middag dat er in haar appartement is ingebroken, drie zigeuners heeft gezien op de Campo San Fantin.'

'Nee,' zei Brunetti. 'Daar hebben we inderdaad niets aan.'

'Waar dan wel aan?' vroeg ze retorisch.

Onder normale omstandigheden zou Brunetti terloops hebben opgemerkt dat er voor zigeuners geen andere wetten golden dan voor ieder ander, maar hij wilde de vriendelijke sfeer die weer tussen hen was ontstaan, niet in gevaar brengen. In plaats daarvan vroeg hij: 'Hoe oud is de jongen?'

'Zijn moeder beweert dat hij vijftien is, maar er zijn uiteraard geen documenten, geen geboortebewijzen en geen schoolrapporten, dus hij zal ergens tussen de vijftien en de achttien jaar oud zijn. Zolang zij beweert dat hij vijftien is, kan hij niet vervolgd worden, en zal hij nog een paar jaar lang zijn gang kunnen gaan.' Brunetti merkte op dat haar boosheid opnieuw opvlamde en hij deed zijn best er geen aandacht aan te schenken.

'Hmmm,' bromde hij en sloot de map. 'Waar wil de vice-questore het met me over hebben? Hebt u daar enig idee van?'

'Waarschijnlijk iets dat ter sprake is gekomen tijdens zijn gesprek met de questore.' Haar stem verried niets.

Brunetti zuchtte hoorbaar en stond op. Hoewel de kwestie van de zigeuners tussen hen onopgelost bleef, was zijn zucht voldoende om een glimlach op haar gezicht te toveren.

'Echt, dottore, ik heb er geen idee van. Hij heeft me alleen gezegd dat ik u moest vragen om naar hem toe te gaan.'

'Dan ga ik erheen en zie ik wel wat hij wil.' Bij de deur bleef hij even stilstaan om haar voor te laten, en daarna liepen ze naast elkaar de trap af, naar het kantoor van Patta en haar eigen hokje, er vlak naast.

Haar telefoon ging toen ze binnenkwamen, en ze leunde over haar bureau heen om de hoorn op te nemen. 'Het kantoor van vice-questore Patta,' zei ze. 'Ja, dottore, hij is hier. Ik zal u even doorverbinden.' Ze drukte op een van de knoppen van het toestel en legde de haak er weer op. Ze keek op naar Brunetti en wees op Patta's deur. 'De burgemeester. U zult moeten wachten tot…' De telefoon ging opnieuw, en ze nam hem op. Uit de snelle blik die ze hem toewierp, maakte Brunetti op dat het een persoonlijk telefoontje was, dus pakte hij de ochtendeditie van *Il Gazzettino* die opgevouwen op haar bureau lag en liep naar het raam om de krant even in te kijken. Hij keek nog even haar kant uit, en hun ogen ontmoetten elkaar. Ze lachte, draaide op haar bureaustoel-op-wieltjes haar rug naar hem toe, bracht de hoorn dichter bij haar mond en begon te praten. Brunetti liep de gang op.

Hij had het tweede deel van de krant gepakt, dat hij die ochtend wegens tijdgebrek niet had kunnen lezen. De bovenste helft van de eerste pagina was gewijd aan de lopende studie – dermate ongeïnspireerd dat je niet van een onderzoek kon spreken – naar de procedure waarbij het contract voor de herbouw van het La Fenice-theater was gegund. Na jaren van discussies en beschuldigingen over en weer hadden zelfs de mensen die de chronologie der gebeurtenissen scherp hadden weten te volgen, geen enkele belangstelling meer voor de zaak en was alle hoop op de beloofde herbouw vervlogen. Brunetti vouwde de krant open en keek naar de artikelen onder aan de bladzijde.

Links stond een foto. Hij herkende het gezicht, maar kon het niet plaatsen, totdat hij de naam in het bijschrift las: 'Francesco Rossi, gemeenteopzichter, is bewusteloos nadat hij van een steiger is gevallen.'

Brunetti greep de krant steviger beet. Hij keek even om zich heen en richtte toen zijn aandacht op het artikel dat onder de foto stond.

Francesco Rossi, een opzichter die in dienst is bij het Ufficio Catasto, is zaterdagmiddag van een steiger gevallen die voor een gebouw in Santa Croce stond, waar hij bezig was met de inspectie van een restauratieproject. Rossi werd overgebracht naar de afdeling eerste hulp van het Ospedale Civile, waar men zijn toestand als 'riservata' betitelt.

Lang voordat Brunetti politieman was geworden, had hij zijn geloof in toeval al verloren. Dingen gebeurden omdat andere dingen gebeurd waren, wist hij. En sinds hij politieman was geworden, was hij ervan overtuigd geraakt dat de verbanden tussen bepaalde gebeurtenissen – in ieder geval de gebeurtenissen waar hij zich ambtshalve mee bezighield – slechts zelden onbetekenend van aard waren. Franco Rossi had niet veel indruk gemaakt op Brunetti, behalve op het moment dat hij bijna in paniek was geraakt en zijn hand afwerend had opgestoken, alsof hij Brunetti's uitnodiging om op het terras te komen en de vensters van de benedenburen te bekijken, weg wilde duwen. Op dat moment, en alleen op dat moment, was hij niet meer die toegewijde, kleurloze ambtenaar die tot niet veel meer in staat is dan het opdreunen van de voorschriften van zijn afdeling, maar was hij voor Brunetti een man geworden zoals hij er zelf een was: behept met talrijke zwakheden, die ons menselijk maken.

Geen moment nam Brunetti aan dat Franco Rossi van die steiger was *gevallen*. Ook verdeed hij geen tijd met het overwegen van de mogelijkheid dat het telefoontje van Rossi te maken had met een of ander futiel probleempje op zijn werk, bijvoorbeeld dat ontdekt was dat iemand probeerde op illegale wijze een bouwvergunning te krijgen.

Met die zekerheden in zijn hoofd liep Brunetti terug naar het kantoortje van signorina Elettra en legde de krant op haar bureau. Ze zat nog steeds met haar rug naar hem toegekeerd en lachte zachtjes over iets wat er tegen haar werd gezegd. Zonder nog zijn best te doen haar aandacht te trekken en zonder nog na te denken over de oproep van Patta verliet Brunetti de questura en ging op weg naar het Ospedale Civile.

6

Op weg naar het ziekenhuis dacht Brunetti aan al die keren dat hij daar voor zijn werk was geweest. Hij dacht niet zozeer aan de specifieke personen die hij had moeten bezoeken, als wel aan al die gelegenheden waarbij hij als een soort Dante die deuren was gepasseerd waarachter de wereld van pijn, lijden en dood zich bevond. In de loop van de jaren was bij hem het vermoeden gerezen dat het emotionele lijden dat met de pijn gepaard ging – hoe hevig die fysieke pijn ook was – vaak het ingrijpendst was. Hij schudde zijn hoofd, alsof hij die gedachten wilde verdrijven, want hij wilde niet naar binnen gaan met dat soort mistroostige overwegingen.

Bij de ontvangstbalie vroeg hij aan de portier waar hij Franco Rossi kon vinden, de man die in het weekeinde na een val gewond was geraakt. De portier, een man met een donkere baard die Brunetti vaag bekend voorkwam, vroeg of hij wist naar welke afdeling signor Rossi was overgebracht. Brunetti had er geen idee van, maar hij vermoedde dat het de intensive care was. De portier telefoneerde even, zei iets en belde toen iemand anders. Na een kort gesprek zei hij tegen Brunetti dat signor Rossi niet op intensive care lag en ook niet op de afdeling eerste hulp.

'Neurologie, misschien?' suggereerde Brunetti.

Met de kalme doelgerichtheid van iemand met veel ervaring draaide de portier uit zijn hoofd weer een ander nummer, maar met hetzelfde resultaat.

'Waar zou hij dan kunnen zijn?' vroeg Brunetti.

'Bent u er zeker van dat hij hiernaartoe is gebracht?' vroeg de portier.

'Dat staat in ieder geval in de *Gazzettino*.'

Brunetti had aan het accent van de portier al gehoord dat hij een Venetiaan was, en anders was de blik waarmee hij hem nu aankeek, voldoende geweest. Het enige dat hij echter zei, was: 'Hij is gewond geraakt bij een val?' Brunetti knikte en hij zei: 'Ik probeer Orthopedie wel even.' Hij belde nog een keer en noemde Rossi's naam. Terwijl hij luisterde naar het antwoord, keek hij snel op naar Brunetti. Hij luisterde nog even, bedekte de hoorn met zijn hand en vroeg Brunetti: 'Bent u familie?'

'Nee.'

'Wat dan? Een vriend?'

Zonder aarzeling bevestigde Brunetti dit. 'Ja.'

De portier zei iets in de telefoon, luisterde nog even en hing toen op. Hij hield zijn ogen een ogenblik op de telefoon gericht en keek toen op naar Brunetti. 'Het spijt me dat ik u dit moet mededelen, maar uw vriend is vanochtend overleden.'

Brunetti voelde een schok, en daarna een fractie van de plotselinge pijn die hij had gevoeld als er inderdaad een vriend van hem zou zijn gestorven. Maar het enige wat hij kon uitbrengen, was: 'Orthopedie?'

De portier haalde zijn schouders op, alsof hij zich wenste te distantiëren van de informatie die hij had gekregen of had doorgegeven. 'Ze zeiden dat ze hem daarheen hadden gebracht omdat zijn beide armen waren gebroken.'

'Maar waaraan is hij overleden?'

De portier zweeg even om de dood de stilte te gunnen die hem toekwam. 'Dat heeft de zuster niet gezegd. Maar misschien komt u meer te weten als u zelf met hen gaat praten. Weet u waar het is?'

Dat wist hij. Toen hij zich verwijderde van de balie, zei de portier: 'Het spijt me van uw vriend, signore.'

Brunetti bedankte hem met een hoofdknik en wandelde door de ontvangsthal met zijn hoge booggewelven, al was hij blind voor de schoonheid ervan. Met de nodige wilskracht wist hij te voorkomen dat hij de verhalen over het legendarische gebrek aan doelmatigheid van het ziekenhuis zou gaan tellen, als de kralen aan een rozenkrans. Rossi was naar Orthopedie gebracht en daar was hij gestorven. Dat was het enige waaraan hij nu moest denken.

Hij wist dat er in Londen en New York musicals waren die al jaren draaiden. De rolbezetting wisselde voortdurend: nieuwe acteurs namen de rol over van andere die ermee ophielden of in een andere voorstelling gingen spelen, maar de plots en de kostuums bleven hetzelfde, jaar na jaar. Brunetti had de overtuiging dat hier zo'n beetje hetzelfde gebeurde: de patiënten losten elkaar af, maar hun kostuums en de ellendige sfeer bleven hetzelfde. Mannen en vrouwen schuifelden in hun ochtendjassen en pyjama's over de gangen en stonden bij het buffet, in het gips of op krukken, terwijl dezelfde scènes tot in het oneindige werden herhaald: sommige spelers kregen een andere rol. Andere, zoals Rossi, verdwenen van het toneel.

Toen hij bij de afdeling orthopedie kwam, zag hij voor de deur een zuster staan die boven aan de trap een sigaret stond te roken. Toen hij dichterbij kwam, drukte ze haar sigaret uit in een kartonnen bekertje dat ze in haar andere hand hield, opende de deur en liep de afdeling op.

'Neemt u mij niet kwalijk,' zei Brunetti en liep snel achter haar aan, de deur door.

Ze gooide het papieren bekertje in een metalen prullenbak en draaide zich naar hem om. 'Ja?' vroeg ze, waarbij ze hem nauwelijks een blik gunde.

'Ik ben gekomen voor Franco Rossi,' zei hij. 'De portier vertelde me dat hij hier was.'

Ze keek hem nu iets scherper aan en liet haar starre, beroepsmatige houding even varen, alsof hij een betere behandeling verdiende omdat hij dicht bij de dood stond. 'Bent u familie?' vroeg ze.

'Nee, een vriend.'

'Het spijt me dat hij is overleden,' zei ze en in haar stem klonk geen professionele ondertoon door – uitsluitend de oprechte erkenning van menselijk verdriet.

Brunetti bedankte haar en vroeg vervolgens: 'Wat is er gebeurd?'

Langzaam liep ze weg, en Brunetti liep met haar mee, want hij nam aan dat ze hem naar Franco Rossi zou brengen, zijn vriend Franco Rossi. 'Hij werd zaterdagmiddag binnengebracht,' legde ze uit. 'Beneden hebben ze bij het eerste onderzoek vastgesteld dat zijn beide armen gebroken waren, dus hebben ze hem hiernaartoe gebracht.'

'Maar in de krant stond dat hij in coma lag.'

Ze aarzelde even en liep ineens sneller door, naar de klapdeuren aan het eind van de gang. 'Daar kan ik niets over zeggen. Maar toen hij boven werd gebracht, was hij buiten bewustzijn.'

'En wat was daar de oorzaak van?'

Ze wachtte opnieuw even en leek te overwegen hoeveel ze hem kon vertellen. 'Hij moet bij de val gewond zijn geraakt aan zijn hoofd.'

'Van hoe hoog is hij gevallen? Weet u dat?'

Ze schudde haar hoofd, duwde met haar hand een deur open en bleef even zo staan om hem door te laten. Ze kwamen in een ruimer, open gedeelte met aan de ene kant een balie, waar nu niemand achter zat.

Toen hij begreep dat ze zijn vraag niet zou beantwoorden, vroeg hij: 'Was hij ernstig gewond?'

Ze wilde erop reageren, maar zei toen: 'Dat zult u aan een van de doktoren moeten vragen.'

'Heeft die hoofdwond zijn dood veroorzaakt?'

Hij wist niet of hij het zich verbeeldde, maar het leek erop alsof ze met elke vraag die hij stelde, verder de verdediging in schoot: haar stem klonk steeds professioneler en minder warm. 'Ook dat moet u aan de doktoren vragen.'

'Maar ik begrijp nog steeds niet waarom hij hiernaartoe is gebracht,' zei Brunetti.

'Vanwege zijn armen,' zei ze.

'Maar als zijn hoofd...' begon Brunetti, maar de zuster draaide zich om en liep naar een andere klapdeur, links van de balie.

Toen ze die bereikt had, draaide ze zich half om en zei over haar schouder: 'Misschien kunnen ze u beneden uitleggen wat er aan de hand is. Bij eerste hulp. Vraagt u maar naar *dottor* Carraro.' En weg was ze.

Hij volgde haar raad op en liep snel naar beneden. Bij eerste hulp legde hij de zuster uit dat hij een vriend was van Franco Rossi, een man die was overleden nadat hij was behandeld op de afdeling, en vroeg of hij met dottor Carraro kon spreken. Ze vroeg hoe hij heette en zei dat hij moest wachten terwijl ze met de dokter sprak. Hij liep naar een van de plastic stoeltjes die tegen een van de muren stonden en ging zitten. Ineens was hij dodelijk vermoeid.

Na een minuut of tien duwde een man in een witte jas de klapdeuren die naar de behandelkamer leidden, open en liep een paar passen in de richting van Brunetti, waarna hij stil bleef staan. Hij stond daar met zijn handen in de zakken van zijn witte jas; het was duidelijk dat hij erop rekende dat Brunetti naar hem toe zou komen. Hij was klein en had die verende, agressieve manier van lopen die veel mannen van zijn postuur kenmerkt. Hij had stug, wit haar dat hij met een vettige pommade plat tegen zijn hoofd had geplakt. Hij had rode wangen, waarschijnlijk veroorzaakt door overmatig drankgebruik, en niet door een goede gezondheid. Brunetti stond beleefd op en liep in de richting van de dokter. Hij was minstens een kop groter dan hij.

'Wie bent u?' vroeg Carrero, die naar Brunetti opkeek met een blik waarin een levenslange wrok zichtbaar was – altijd maar opkijken.

'Zoals de zuster u waarschijnlijk al heeft verteld, dottore, ben ik een vriend van signor Rossi,' begon Brunetti bij wijze van inleiding.

'Waar is zijn familie?' vroeg de dokter.

'Ik heb geen idee. Zijn ze gebeld?'

De wrok van de dokter ging over in irritatie, ongetwijfeld veroorzaakt door de gedachte dat er iemand zo dom was om te denken dat hij niets beters te doen had dan maar een beetje rondlummelen en telefoontjes te plegen met de familie van overleden mensen. Hij antwoordde niet en vroeg in plaats daarvan: 'Wat wilt u?'

'Ik wil weten waaraan signor Rossi is overleden,' antwoordde Brunetti op vlakke toon.

'Zijn dat uw zaken dan?' blafte de dokter.

Il Gazzettino hield zijn lezers met regelmaat voor dat er te weinig personeel was in het ziekenhuis. Er lagen wel veel patiënten, en dus maakten veel doktoren lange werkdagen.

'Had u dienst toen hij werd binnengebracht, dottore?' vroeg Brunetti bij wijze van antwoord.

'Ik heb u gevraagd wie u bent,' zei de dokter, nog iets luider.

'Guido Brunetti,' antwoordde hij rustig. 'Ik las in de krant dat signor Rossi in het ziekenhuis lag, en ik ben hier gekomen om te zien hoe het met hem ging. De portier vertelde me dat hij was overleden, en dus ben ik hiernaartoe gekomen.'

'Waarom?'

'Om erachter te komen waaraan hij is overleden,' zei Brunetti en voegde daaraan toe: 'En nog een paar dingen.'

'Wat voor dingen?' brieste de dokter en zijn gezicht nam een kleur aan waarvan zelfs iemand die geen arts was, meteen zou vaststellen dat hij gevaarlijk was.

'Ik herhaal nog eens, dottore,' zei Brunetti onverstoorbaar en met een beleefde glimlach, 'dat ik graag wil weten wat de doodsoorzaak is.'

'U zei dat u een vriend was, toch?'

Brunetti knikte.

'Dan hebt u er geen recht op dat te weten. Dat kan alleen aan de directe familie worden meegedeeld.'

Alsof de dokter niets had gezegd, vroeg Brunetti: 'Wanneer vindt de autopsie plaats, dottore?'

'De wát?' vroeg Carraro in een poging de absurditeit van

Brunetti's vraag te benadrukken. Toen Brunetti niet antwoordde, draaide Carraro zich om en liep weg, waarbij zijn zwierige gang moest tonen dat hij als vakman neerkeek op de leek en diens domme vragen.

'Wanneer vindt de autopsie plaats?' herhaalde Brunetti, die ditmaal Carraro's titel niet noemde.

De dokter keerde zich met enig gevoel voor drama om en liep snel terug in de richting van Brunetti. 'Er vindt plaats wat de directie van dit ziekenhuis besluit, signore. En ik denk niet dat u betrokken zult worden in die beslissing.' Brunetti had geen belangstelling voor Carraro's woede, maar wel voor de oorzaak ervan.

Hij trok zijn portefeuille tevoorschijn en nam zijn politiepas eruit. Hij hield hem aan de rand vast en toonde hem aan Carraro, en wel op zo'n manier dat de dokter zijn hoofd ver naar achteren moest buigen om de kaart te kunnen zien. Carraro greep de kaart, hield hem lager en bestudeerde hem aandachtig.

'Wanneer vindt de autopsie plaats, dottore?'

Carraro bestudeerde Brunetti's kaart nog steeds, alsof hij de woorden die erop stonden, kon veranderen of een nieuwe betekenis kon laten aannemen door ze te lezen. Hij draaide de kaart om en keek op de achterzijde, maar hij vond daar verder geen nuttige informatie – zoals hij er niet in slaagde een gepast antwoord te verzinnen. Uiteindelijk keek hij op naar Brunetti en op een toon waarin arrogantie had plaatsgemaakt voor achterdocht, vroeg hij: 'Wie heeft u gebeld?'

'Ik denk niet dat het van belang is waarom wij hier zijn,' begon Brunetti, die expres in het meervoud sprak en hoopte dat Carraro een ziekenhuis voor zich zag vol politiemannen die archieven, röntgenfoto's en patiëntenkaarten nakeken en zusters en andere patiënten ondervroegen – allemaal om de doodsoorzaak van Franco Rossi te achterhalen. 'Is het niet voldoende te weten dat we hier zijn?'

Cararro gaf het pasje terug aan Brunetti en zei: 'We hebben hier geen röntgenapparatuur, dus toen we zijn armen zagen, stuurden we hem naar Radiologie en daarna naar Orthopedie. Dat lag voor de hand. Elke arts zou dat hebben gedaan.' Elke arts in het Ospedale Civile, dacht Brunetti, maar hij zei niets.

'Waren ze gebroken?' vroeg Brunetti.

'Natuurlijk waren ze gebroken, alle twee, en de rechter zelfs op twee plaatsen. We hebben hem naar boven gestuurd om het te laten zetten en er gips omheen te doen. Meer konden we niet doen. Het was de standaardprocedure. Zodra dat klaar was, zouden ze hem ergens anders naartoe hebben kunnen sturen.'

'Neurologie, bijvoorbeeld?' vroeg Brunetti.

Bij wijze van antwoord haalde Carraro zijn schouders op.

'Het spijt me, dottore,' zei Brunetti op een toon waar het sarcasme vanaf droop. 'Ik ben bang dat ik uw antwoord niet heb verstaan.'

'Ja, dat had gekund.'

'Hebt u verwondingen gezien die aanleiding zouden kunnen geven om hem naar Neurologie te sturen? Hebt u er in uw rapport melding van gemaakt?'

'Ik geloof het wel,' zei Carraro ontwijkend.

'Denkt u het of weet u het?' drong Brunetti aan.

'Ik weet het,' gaf Carraro ten slotte toe.

'Hebt u melding gemaakt van de verwondingen aan het hoofd? Als waren die door een val veroorzaakt?' vroeg Brunetti.

Carraro knikte. 'Ze staan in het verslag.'

'Maar toch hebt u hem naar Orthopedie gestuurd?'

Carraro's hoofd werd opnieuw rood van woede. Wat een ramp moest het zijn als je gezondheid in handen van deze man werd gelegd, overwoog Brunetti. 'De armen waren gebroken. Ik wilde dat daar eerst naar werd gekeken voordat hij in shock zou raken, dus stuurde ik hem naar Orthopedie. Het was hun verantwoordelijkheid hem naar Neurologie te sturen.'

'En?'

Onder Brunetti's ogen was de arts veranderd in een ambtenaar, die zich afhoudend opstelde omdat hij meende dat hij eerder beschuldigd zou kunnen worden van nalatigheid dan de mensen die Rossi daadwerkelijk behandeld hadden. 'Als Orthopedie heeft nagelaten hem door te sturen voor verdere behandeling, dan is dat niet mijn verantwoordelijkheid. Dan moet u met hen gaan praten.'

'Hoe ernstig was die hoofdwond?' vroeg Brunetti.

'Ik ben geen neuroloog,' antwoordde Carraro meteen, en Brunetti had niet anders verwacht.

'Zojuist zei u dat u de verwonding hebt vermeld op zijn rapport.'

'Ja, die staat erop,' zei Carraro.

Brunetti was geneigd hem te vertellen dat zijn eigen aanwezigheid daar niets te maken had met een mogelijke beschuldiging van foutief medisch handelen, maar hij betwijfelde of Carraro hem zou geloven en of, als dat zo was, het iets zou uitmaken. Hij had in zijn carrière al vaak te maken gehad met de bureaucratie, en zijn bittere en talrijke ervaringen hadden hem geleerd dat alleen het leger en de maffia, en misschien ook de Kerk, zich konden meten met de medische stand als het ging om hun neiging om direct de gelederen te sluiten en elkaar de hand boven het hoofd te houden en te ontkennen, ongeacht de schade die dit zou kunnen toebrengen aan het recht, de waarheid of het leven.

'Dank u, dottore,' zei Brunetti op een toon waarmee hij het gesprek leek te willen beëindigen, wat de ander hogelijk leek te verbazen. 'Ik zou hem nu wel willen zien.'

'Rossi?'

'Ja.'

'Hij ligt in het mortuarium,' verklaarde Carraro op een toon die even koel klonk als de locatie waarover hij het had. 'Weet u de weg?'

'Ja.'

7

Brunetti was blij dat hij even naar buiten kon. Hij liep langs de binnenplaats van het ziekenhuis en ving zo even iets op van de blauwe lucht en de bloeiende bomen; hij wilde wel dat hij de prachtige, dikke wolken die door de roze bloesem te zien waren, op de een of andere manier kon opslaan en met zich meenemen. Hij liep de smalle passage in die naar het *obitorio* leidde en bedacht een beetje treurig hoe vertrouwd hij inmiddels was met het pad naar de dood.

Bij de deur werd hij herkend door de beheerder, die hem groette met een hoofdknik. Het was een man die door zijn tientallen jaren lange omgang met de doden hun stilte had aangenomen.

'Franco Rossi,' zei Brunetti bij wijze van verklaring.

De man knikte nog eens, draaide zich om en bracht Brunetti naar de zaal waar een aantal met witte lakens bedekte lichamen op tafels van ongeveer een meter hoog lag. De beheerder bracht Brunetti tot achter in de ruimte en bleef bij een van de tafels staan, maar hij maakte geen aanstalten het laken te verwijderen. Brunetti keek omlaag: de piramidevormige verhoging waar de neus zat, vervolgens een verlaging op de plaats van de kin, en dan een ongelijkmatig oppervlak dat werd onderbroken door twee horizontale bobbels – de in het gips gezette armen – en ten slotte twee langwerpige buizen die eindigden waar de voeten naar twee kanten uitstaken.

'Hij was een vriend van mij,' zei Brunetti, misschien wel tegen zichzelf, en trok het laken van het gezicht.

Het ingedeukte gedeelte boven het linkeroog was blauw en verstoorde de symmetrie van het voorhoofd, dat op een vreemde manier was afgeplat, alsof er met een enorme handpalm tegenaan gedrukt was. Voor de rest was het hetzelfde gezicht: alledaags en onopvallend. Paola had hem ooit verteld dat haar held, Henry James, de dood had beschreven als 'voornaam', maar er was niets voornaams aan hetgeen Brunetti nu bekeek: het was vlak, anoniem en koud.

Hij trok het laken over Rossi's gezicht en overwoog hoeveel van wat daar lag nu eigenlijk Rossi was, en waarom, als Rossi er niet meer was, hetgeen er van hem over was gebleven zoveel respect verdiende. 'Dank u,' zei hij tegen de beheerder en verliet de zaal. Zijn reactie op de warmte in de tuin was compleet dierlijk: hij voelde bijna hoe de haartjes in zijn nek gingen liggen. Hij overwoog terug te gaan naar Orthopedie om te zien met welke rechtvaardiging men daar op de proppen zou komen, maar het beeld van Rossi's gehavende gezicht bleef in zijn hoofd hangen, en hij wilde eigenlijk zo snel mogelijk weg van het ziekenhuis en alles wat ermee te maken had. Hij gaf toe aan zijn verlangen en vertrok. Hij liep naar de balie, liet ditmaal zijn politiepas zien en vroeg naar het adres van Rossi.

De portier had het snel gevonden en gaf er bovendien het telefoonnummer bij. Het was een laag nummer in Castello, en toen Brunetti de portier vroeg of hij wist waar het was, zei hij dat het in Santa Giustina moest zijn, in de buurt van de winkel waar vroeger de poppendokter zat.

'Heeft er iemand naar hem gevraagd hier?' vroeg Brunetti.

'Niet terwijl ik er was, commissario. Maar zijn familie zal wel zijn gebeld door het ziekenhuis, dus die weten waar ze moeten zijn.'

Brunetti keek op zijn horloge. Het was bijna één uur, maar hij betwijfelde of de familieleden van Franco Rossi – als hij die had – die dag als gewoonlijk zouden gaan lunchen. Hij wist dat de dode man bij het Ufficio Catasto werkte en dat hij was overleden na een val. Verder wist hij weinig meer dan wat hij had opgemerkt toen hij Rossi kort had ontmoet en een nog korter telefoongesprek met hem had gevoerd. Rossi was een plichtsgetrouwe, verlegen man: het schoolvoorbeeld van de punctuele ambtenaar. En net als de vrouw van Lot uit de Bijbel was hij als versteend blijven staan toen Brunetti voorstelde het terras op te stappen.

Hij liep over de Barbaria delle Tolle in de richting van de San Francesco della Vigna. Aan zijn rechterhand zag hij de fruitverkoper, de man met de pruik, die juist bezig was zijn zaak te sluiten: hij trok een groen laken over de kisten met groenten en fruit en deed dat op een manier die Brunetti deed denken aan de manier waarop hij het laken over Rossi's gezicht had getrokken. Om hem heen verliep alles heel normaal: de mensen haastten zich naar huis om te gaan lunchen, het leven ging zijn gewone gangetje.

Het adres was gemakkelijk te vinden: aan de rechterzijde van de *campo*, twee deuren verder dan het pand waar onlangs het zoveelste makelaarskantoor van de stad was gevestigd. ROSSI, FRANCO, stond er op een smalle koperen plaat naast de deurbel van de eerste verdieping. Hij drukte op de bel, wachtte, drukte nog eens, maar er werd niet opengedaan. Hij drukte op de bel erboven, met hetzelfde resultaat, en dus drukte hij op de bel eronder.

Na een ogenblik weerklonk er een mannenstem uit de luidspreker: 'Ja, wie is daar?'

'Politie.'

Zoals gebruikelijk viel er even een stilte, waarna de stem zei: 'Goed.'

Brunetti wachtte op het klikgeluid waarmee de grote buitendeur van het gebouw zou openspringen, maar in plaats daarvan hoorde hij voetstappen en kort daarop werd de deur opengedaan. Voor hem stond een kleine man, van wie niet meteen duidelijk was dat hij zo klein was, want hij stond op een verhoginkje waarvan de bewoners ongetwijfeld hoopten dat het hun centrale hal zou behoeden voor het niveau van het *acqua alta*. De man had zijn servet in zijn rechterhand en keek Brunetti aanvankelijk aan met een achterdochtige blik – iets waar Brunetti al sinds lange tijd aan gewend was. De man droeg een bril met dikke glazen; Brunetti merkte links van zijn das een rode vlek op, vermoedelijk tomatensaus.

'Ja?' vroeg hij zonder te glimlachen.

'Ik kom in verband met signor Rossi,' zei Brunetti.

Bij het horen van Rossi's naam ontspande het gezicht van de man en boog hij zich voorover om de deur verder te openen. 'Mijn verontschuldigingen. Ik had u moeten vragen binnen te komen. Alstublieft, alstublieft.' Hij stapte opzij om ruimte te maken voor Brunetti en strekte zijn hand uit, alsof hij die van Brunetti wilde pakken. Toen hij in de gaten kreeg dat hij zijn servet nog steeds vasthield, verstopte hij het snel achter zijn rug. Hij leunde voorover en duwde de deur dicht met zijn andere hand, waarna hij zich omkeerde naar Brunetti.

'Loopt u maar met me mee, alstublieft,' zei hij en liep

naar een openstaande deur halverwege de gang, tegenover de trappen die naar de bovenverdiepingen van het gebouw leidden.

Brunetti wachtte bij de deur om de man voor te laten en volgde hem daarna. Ze kwamen in een klein halletje, iets meer dan een meter breed, vanwaar twee traptreden naar het huis zelf leidden – opnieuw een bewijs dat de Venetianen er een eeuwig vertrouwen in schenen te hebben dat ze het tij, dat onafgebroken knaagde aan de fundamenten van de stad, te slim af konden zijn. De kamer waarnaar het trapje leidde, was schoon en netjes, en bovendien verrassend goed verlicht voor een appartement dat op een *piano rialzato* ligt. Brunetti merkte op dat een rij van vier grote vensters aan de achterzijde van het appartement uitzag op een grote tuin aan de overzijde van een breed kanaal.

'Het spijt me, ik was nog aan het eten,' zei de man en legde zijn servet op tafel.

'Laat u zich daar door mij niet van weerhouden,' drong Brunetti aan.

'Nee, ik was bijna klaar,' zei de man. Op zijn bord lag nog een flinke portie pasta, en links ervan lag een opengeslagen krant. 'Het geeft niet,' zei hij en gebaarde Brunetti naar het midden van de kamer te gaan, waar een bank stond die uitzicht bood op de ramen. 'Kan ik u iets inschenken? *Un' ombra?*'

Er was weinig waar Brunetti nu meer zin in had dan in een glaasje wijn, maar hij bedankte. In plaats daarvan stak hij zijn hand uit en stelde zich voor.

'Marco Caberlotto,' antwoordde de man en schudde hem de hand.

Brunetti nam plaats op de bank en Caberlotto ging tegenover hem zitten. 'Wat wilt u weten over Franco?' vroeg hij.

'U weet dat hij in het ziekenhuis was opgenomen?' vroeg Brunetti bij wijze van antwoord.

'Ja, ik heb het artikel vanochtend gelezen in *Il Gazzettino*. Ik ga hem opzoeken zodra ik klaar ben,' zei hij en wees op de tafel, waar zijn lunch stond die langzaam maar zeker koud werd. 'Hoe gaat het met hem?'

'Ik ben bang dat ik slecht nieuws voor u heb,' begon Brunetti, die de formuleringen gebruikte waarvan hij zich de afgelopen jaren al zo vaak van had moeten bedienen. Toen hij zag dat Caberlotto hem had begrepen, vervolgde hij: 'Hij is niet meer wakker geworden uit zijn coma en is vanochtend overleden.'

Caberlotto mompelde iets, bracht een hand naar zijn mond en drukte zijn vingers tegen zijn lippen. 'Dat wist ik nog niet. Die arme jongen.'

Brunetti wachtte even en vroeg toen op zachte toon: 'Hebt u hem goed gekend?'

Caberlotto negeerde de vraag en vroeg: 'Is het waar dat hij is gevallen? Dat hij is gevallen en zijn hoofd heeft verwond?'

Brunetti knikte.

'Hij is dus gevallen?' drong Caberlotto aan.

'Ja. Waarom vraagt u dat?'

Opnieuw antwoordde Caberlotto niet direct op zijn vraag. 'Och, die arme jongen,' herhaalde hij en schudde zijn hoofd. 'Ik had nooit gedacht dat er zoiets zou kunnen gebeuren. Hij was altijd zo voorzichtig.'

'Op zijn werk, bedoelt u?'

Caberletto keek Brunetti aan en zei: 'Nee, met alles. Hij was gewoon... nou ja, dat was hij altijd: voorzichtig. Hij werkte op dat kantoor, en een deel van het werk bestaat erin dat je de lopende werkzaamheden op locatie in de gaten houdt. Maar hij vond het prettiger op kantoor te blijven en zich bezig te houden met de verschillende plannen en projecten, om daar te zien hoe gebouwen tot stand kwamen of hoe ze er na een restauratie uit kwamen te zien. Dat gedeelte van zijn werk vond hij leuk. Dat heeft hij me verteld.'

Brunetti herinnerde zich het bezoek dat Rossi aan zijn eigen huis had afgelegd en vroeg: 'Maar ik dacht dat een deel van zijn werk erin bestond locaties te bezoeken en huizen te inspecteren waar overtredingen tegen de bouwvoorschriften waren gepleegd.'

Caberletto haalde zijn schouders op. 'Ik weet dat hij soms huizen moest bezoeken, maar ik had het idee dat hij dat uitsluitend deed om uitleg te geven aan de eigenaars, zodat ze wisten wat er aan de hand was.' Caberletto wachtte even en probeerde zich misschien bepaalde gesprekken met Rossi te herinneren, maar ging daarna meteen verder. 'Zo goed kende ik hem nu ook weer niet. We waren buren, dus we spraken wel eens met elkaar op straat, en soms dronken we samen een glas. Bij een van die gelegenheden heeft hij me ook verteld dat hij het leuk vond de bouwplannen te bestuderen.'

'U zei dat hij altijd zo voorzichtig was,' zei Brunetti ineens.

'Met alles,' zei Caberletto en het leek of hij bijna glimlachte bij die herinneringen. 'Ik maakte er altijd grapjes over. Hij zou nooit een doos een trap af tillen. Hij zei dat hij bij het lopen zijn beide voeten wilde kunnen zien.' Hij wachtte even, alsof hij twijfelde of hij verder moest gaan, en vervolgde toen: 'Op een dag was er een lamp bij hem gesprongen, en hij belde mij met de vraag of ik een elektricien kende. Ik vroeg hem wat er aan de hand was, en toen hij dat had verteld, zei ik tegen hem dat hij die lamp zelf kon vervangen. Je moet een stuk plakband omgekeerd om een stuk karton wikkelen, dat in de schroefdraad van de lamp duwen en zo de lamp losdraaien. Maar hij zei dat hij de lamp niet durfde aan te raken.' Caberletto zweeg even.

'Wat gebeurde er toen?' vroeg Brunetti nieuwsgierig.

'Het gebeurde op een zondag, dus het was sowieso onmogelijk om iemand te pakken te krijgen. Ik ben naar boven gegaan en heb het klusje voor hem opgeknapt. Ik heb de stroom eraf gehaald en de kapotte gloeilamp verwijderd.' Hij keek naar Brunetti en maakte met zijn rechterhand een draaiende beweging. 'Ik heb het precies zo gedaan als ik hem had verteld, met het plakband, en de lamp kwam er zo uit. Het duurde bij elkaar misschien vijf seconden, maar hij had het zelf nooit van zijn leven kunnen doen. Hij zou die kamer niet hebben gebruikt totdat hij een elektricien had gevonden, hij had hem gewoon donker gelaten.' Hij lachte en keek Brunetti aan. 'Niet dat hij echt bang was, begrijpt u? Zo was hij nu eenmaal.'

'Was hij getrouwd?' vroeg Brunetti.

Caberlotto schudde zijn hoofd.

'Een vriendin?'

'Nee, ook geen vriendin.'

Als hij Caberlotto beter had gekend, dan had Brunetti hem gevraagd of Rossi een vriend had gehad. 'Ouders?'

'Ik weet het niet. Als ze nog leven, dan denk ik niet dat ze in Venetië wonen. Hij heeft het nooit over hen gehad, en in de vakanties was hij altijd hier.'

'Vrienden?'

Caberlotto dacht hier even over na en zei toen: 'Af en toe zag ik hem wel op straat met mensen. Of hij zat iets te drinken. U weet hoe dat gaat. Maar ik herinner me niemand in het bijzonder, en ook niet dat hij met een bepaald persoon vaker afsprak.' Brunetti reageerde hier niet op, dus probeerde Caberlotto het uit te leggen. 'We waren niet echt vrienden, begrijpt u. Dus als ik hem zag, lette ik er niet zo op. Ik herkende hem, dat is alles.'

Brunetti vroeg: 'Kwamen er hier wel eens mensen voor hem?'

'Dat zal wel. Ik weet niet precies wie er binnenkomen en weggaan. Ik hoor wel mensen op de trap, maar ik weet niet wie dat zijn.' Ineens vroeg hij: 'Maar waarom bent u eigenlijk hier?'

'Ik kende hem ook,' antwoordde Brunetti. 'Dus toen ik erachter kwam dat hij dood was, wilde ik met zijn familie praten, maar ik kwam als vriend – niet meer dan dat.' Caberlotto dacht er niet aan zich af te vragen waarom Brunetti, als hij een vriend was van Rossi, zo weinig van hem wist.

Brunetti stond op. 'Ik ga nu, zodat u uw lunch kunt beëindigen, signor Caberlotto,' zei hij en stak zijn hand uit.

Caberlotto nam hem aan en drukte de hand met evenveel kracht. Hij liep met Brunetti door de gang naar de buitendeur en trok hem open. Hij stond op de hoogste trede, keek omlaag naar Brunetti en zei: 'Het was een goede vent. Ik kende hem niet goed, maar ik mocht hem wel. Hij zei altijd vriendelijke dingen over mensen.' Hij boog voorover en legde zijn hand op Brunetti's mouw, alsof hij het belang van wat hij zojuist had gezegd, wilde benadrukken, en sloot toen de deur.

8

Op de weg terug naar de questura belde Brunetti Paola om te zeggen dat hij niet thuis zou komen voor de lunch en liep toen een kleine trattoria binnen. Hij at een bord pasta waar hij niets van proefde en een paar stukjes kip die hoogstens als brandstof dienden om hem de middag door te loodsen. Toen hij terugkwam op zijn werk, vond hij een briefje op zijn bureau waarop stond dat vice-questore Patta hem om vier uur in zijn kantoor verwachtte.

Hij belde met het ziekenhuis en liet een boodschap achter bij de secretaresse van dokter Rizzardi, waarin hij de patholoog vroeg of hij de autopsie op Francesco Rossi zelf wilde uitvoeren. Vervolgens pleegde hij een telefoontje waarmee hij het bureaucratische proces in werking stelde waardoor een autopsie zou worden uitgevoerd. Hij liep naar de agentenkamer beneden om te zien zien of zijn assistent, brigadier Vianello, aanwezig was. Hij zat aan zijn bureau en had een dik dossier geopend voor zich liggen. Hoewel hij niet veel langer was dan zijn baas, leek Vianello op een of andere manier veel meer ruimte in beslag te nemen.

Hij keek op toen Brunetti binnenkwam en wilde opstaan, maar met een handgebaar gaf Brunetti aan dat hij kon blijven zitten. Toen hij zag dat er nog drie agenten waren, veranderde hij van gedachten. Hij trok Vianello's aandacht door snel zijn kin op te heffen en knikte vervolgens in de richting van de deur. De brigadier sloot het dossier en volgde Brunetti naar zijn kantoor.

Toen ze tegenover elkaar zaten, vroeg Brunetti: 'Heb je het verhaal gelezen over die man die van een steiger is gevallen in Santa Croce?'

'Die van het Ufficio Catasto?' vroeg Vianello, maar het was niet echt een vraag. Toen Brunetti dat bevestigde, vroeg Vianello: 'Wat is daarmee?'

'Hij heeft me vrijdag opgebeld,' zei Brunetti en wachtte even om Vianello de gelegenheid te geven een vraag te stellen. Toen hij dat niet deed, ging Brunetti verder: 'Hij zei dat hij met me wilde praten over iets dat speelde op zijn kantoor, maar hij belde me met zijn telefonino, en toen ik zei dat bellen met een mobieltje niet veilig was, zei hij dat hij me zou terugbellen.'

'En dat deed hij niet?' onderbrak Vianello hem.

'Nee,' zei Brunetti en schudde zijn hoofd. 'Ik heb hier tot na zevenen gewacht. Ik heb zelfs mijn nummer thuis achtergelaten voor het geval hij zou bellen, maar dat heeft hij niet gedaan. En toen zag ik vanochtend zijn foto in de krant. Zodra ik die gezien had, ben ik naar het ziekenhuis gegaan, maar het was al te laat.' Hij zweeg opnieuw en wachtte tot Vianello iets zou zeggen.

'Waarom bent u naar het ziekenhuis gegaan, meneer?'

'Hij had hoogtevrees.'

'Pardon?'

'Toen hij naar mijn appartement kwam, bleek...' begon Brunetti, maar Vianello onderbrak hem.

'Hij is naar uw appartement gekomen? Wanneer?'

'Maanden geleden. Het ging over de bouwplannen of de dossiers die ze voor mijn appartement hebben. Of die ze niet hebben. Het doet er eigenlijk niet toe. Hoe dan ook: hij kwam bij me langs en vroeg om bepaalde papieren. Ze hadden me een brief gestuurd. Maar het is niet van belang waarom hij bij mij thuis kwam. Belangrijk is wat er gebeurde toen hij er was.'

Vianello zei niets, maar zijn nieuwsgierigheid stond in grote letters op zijn brede voorhoofd geschreven.

'Toen we het over het gebouw hadden, vroeg ik hem op het terras te komen en de vensters van het appartement onder dat van ons te bekijken. Ik dacht dat ik op die manier kon aantonen dat de twee verdiepingen in dezelfde periode waren toegevoegd, en dat dit, als dit inderdaad het geval was, invloed zou kunnen hebben op hun beslissing over mijn appartement.' Terwijl hij sprak, besefte Brunetti dat hij er geen idee van had welke beslissing het Ufficio Catasto had genomen – als men er al een had genomen.

'Ik stond buiten, leunde voorover en keek naar de vensters van de verdieping onder ons, en toen ik me naar hem omdraaide, was het of ik een adder voor zijn neus hield. Hij stond daar als aan de grond genageld.' Toen hij zag dat Vianello zijn uitspraken met de nodige scepsis begroette, bond hij in. 'Althans, daar leek het volgens mij op. Bang, in ieder geval.' Hij hield op met praten en keek naar Vianello.

Vianello zei niets.

'Als je hem had gezien, had je begrepen wat ik bedoel,' zei Brunetti. 'Hij werd doodsbang van het idee dat hij over de balustrade van het terras zou moeten leunen.'

'En dus?' vroeg Vianello.

'En dus is er geen sprake van dat hij een steiger zou durven betreden, laat staan dat hij zoiets alleen zou doen.'

'Heeft hij er iets over gezegd?'

'Waarover?'

'Dat hij hoogtevrees had?'

'Vianello, ik heb het je net uitgelegd. Hij hoefde helemaal niets te zeggen. Het was van een kilometer afstand van zijn gezicht af te lezen. Hij was doodsbenauwd. Wanneer iemand zo bang is voor iets, doet hij dat niet. Dat is onmogelijk.'

Vianello probeerde het over een andere boeg te gooien. 'Maar hij heeft niets tegen u gezegd, meneer. Dat is wat ik u probeer duidelijk te maken. Althans, wat ik u ter overweging wil meegeven. U weet niet of hij zo bang was door het idee dat hij over de balustrade van het terras moest kijken. Het kan ook iets anders geweest zijn.'

'Natuurlijk kan het iets anders geweest zijn,' gaf Brunetti geprikkeld toe. 'Maar dat was het niet. Ik heb hem gezien. Ik heb met hem gesproken.'

Op beleefde toon vroeg Vianello: 'En dus?'

'Dus als hij niet vrijwillig op die steiger is geklommen, dan is hij er ook niet per ongeluk af gevallen.'

'U denkt dat hij is vermoord?'

'Ik weet niet of dat zo is,' gaf Brunetti toe. 'Maar ik denk niet dat hij daar vrijwillig naartoe is gegaan, en als hij er vrijwillig naartoe is gegaan, dan is hij niet die steiger op geklommen omdat hij dat wilde.'

'Hebt u hem gezien?'

'De steiger?'

Vianello knikte.

'Daar heb ik nog geen tijd voor gehad.'

Vianello duwde de mouw van zijn jasje omhoog en keek op zijn horloge. 'Nu is er wel tijd voor, meneer.'

'De vice-questore wil dat ik om vier uur bij hem op kantoor kom,' antwoordde Brunetti, die op zijn eigen horloge keek. Over twintig minuten zou die bijeenkomst plaatsvinden. Hij ving Vianello's blik op. 'Ja,' zei Brunetti. 'Laten we gaan.'

Ze liepen naar de agentenkamer en namen Vianello's exemplaar van de *Gazzettino* van die dag mee, waarin het adres van het gebouw in Santa Croce vermeld stond. Ook pikten ze Bonsuan op, de schipper, en zeiden hem dat ze naar Santa Croce wilden. Onderweg stonden de twee mannen aan dek en bestudeerden een stadsplattegrond. Ze vonden het nummer, in een *calle* die een zijstraat was van de Campo Angelo Raffaele. De boot bracht hen naar het eind van de Zattere; in het water daarachter doemde een enorm schip op dat aan de kade lag gemeerd en de gehele omgeving overheerste.

'Mijn god, wat is dat?' vroeg Vianello terwijl hun boot dichterbij kwam.

'Dat is dat cruiseschip dat hier is gebouwd. Het schijnt het grootste cruiseschip ter wereld te zijn.'

'Wat een vreselijk gevaarte,' zei Vianello, die zijn hoofd oprichtte en naar de bovenste dekken keek, die bijna twintig meter boven hen uittorenden. 'Wat doet dat gevaarte hier?'

'Dat gevaarte brengt voor de stad geld in het laatje, brigadier,' merkte Brunetti droogjes op.

Vianello keek omlaag naar het water, en vervolgens naar de daken van de stad. 'Wat een hoeren zijn we ook eigenlijk,' zei hij. Brunetti voelde zich niet geroepen er iets tegen in te brengen.

Bonsuan voer niet ver van het gigantische schip naar de wal, stapte van de boot af en begon hem vast te leggen aan de paddestoelvormige, metalen meerpaal op de kade, die zo dik was dat hij ongetwijfeld bedoeld was voor grotere schepen. Toen Brunetti van boord ging, zei hij tegen de schipper: 'Bonsuan, je hoeft niet op ons te wachten. Ik weet niet hoe lang we bezig zullen zijn.'

'Als u het niet erg vindt blijf ik toch wachten, meneer,' antwoordde de al wat oudere man en voegde eraan toe: 'Ik ben liever hier dan daar, op het bureau.' Bosnuan zat nog maar een paar jaar van zijn pensioen af en was openhartiger geworden nu die datum, al was het nog heel in de verte, in zicht begon te komen.

Brunetti en Vianello stemden in met de gevoelens van Bonsuan, al werden daar geen woorden aan vuil gemaakt. Samen verwijderden ze zich van de boot en liepen terug naar de *campo*, een deel van de stad waar Brunetti zelden kwam. Hij en Paola gingen er vroeger vaak eten in een visrestaurantje, maar dat was een aantal jaren geleden in andere handen overgegaan. Sindsdien was het eten er snel slechter geworden en waren ze er niet meer heen gegaan. Brunetti had vroeger een vriendin gehad die er woonde, maar toen was hij nog student. Ze was een paar jaar geleden overleden.

Ze staken de brug over en liepen via de Campo San Sebastiano naar de uitgestrekte Campo Angelo Raffaele. Vianello, die voorop liep, sloeg meteen linksaf een *calle* in, en voor zich zagen ze de steiger, die bevestigd was aan de gevel van het laatste gebouw in de rij: een huis van vier verdiepingen dat eruitzag alsof het al jaren verlaten was. Ze bekeken de voor de leegstand kenmerkende verschijnselen: de verf die afbladderde van de donkergroene luiken als de huid van een melaatse, de gaten in de marmeren goten, waardoor het water de straat op kon stromen of zelfs het huis in, en de gebroken en verroeste antenne die een meter over de dakrand uitstak. Het huis ademde een leegheid die in ieder geval mensen die in Venetië waren geboren – en dus met een aangeboren belangstelling voor het kopen en verkopen van huizen – meteen opviel, zelfs als ze er niet speciaal op letten.

Voor zover ze konden zien was de steiger verlaten: alle luiken zaten potdicht. Er waren geen aanwijzingen dat er werd gewerkt, en ook was er niets dat erop wees dat iemand hier dodelijk gewond was geraakt, al wist Brunetti ook niet welke aanwijzing hij daarvoor zou kunnen vinden.

Brunetti stapte achteruit totdat hij tegen de muur van het tegenovergelegen huis leunde. Hij bestudeerde de gehele gevel, maar er was geen teken van leven. Hij stak de calle over, draaide zich om en bestudeerde nu het gebouw dat tegenover de steiger stond. Het huis vertoonde dezelfde tekenen van verlatenheid. Hij keek naar links. De calle eindigde bij een kanaal, en daarachter lag een grote tuin.

Vianello had de bewegingen van Brunetti in zijn eigen tempo gevolgd en had ook goed gekeken naar de gebouwen en de tuin. Hij liep naar Brunetti toe en ging naast hem staan. 'Het is mogelijk, nietwaar, meneer?'

Brunetti knikte instemmend en waarderend. 'Niemand zou er iets van merken. Er is niemand in het gebouw dat uitziet op de steiger, en niets wijst erop dat iemand de tuin onderhoudt. Dus was er niemand die hem heeft zien vallen,' zei hij.

'Als hij is gevallen,' voegde Vianello daaraan toe.

Ze zwegen een poos, en toen vroeg Brunetti: 'Is daar iets over binnengekomen?'

'Voor zover ik weet niet. Het werd gerapporteerd als ongeluk, geloof ik, dus de Vigili Urbani uit San Polo zullen wel zijn komen kijken. En als zij hebben besloten dat het inderdaad een ongeluk was, dan zou daarmee de zaak gesloten zijn.'

'Misschien moeten we maar eens naar ze toe gaan om het erover te hebben.' Brunetti duwde zich van de muur af, draaide zich om en liep naar de deur van het huis. Aan een ijzeren ring aan de deurstijl zaten een hangslot en een ketting bevestigd om de deur tegen het marmeren deurkozijn te houden.

'Hoe is hij binnengekomen om de steiger op te klimmen?' vroeg Brunetti.

'Misschien kunnen de Vigili ons dat vertellen,' zei Vianello.

*

Dat konden ze niet. Bonsuan bracht ze met de boot via de Rio di San Agostino naar het politiebureau bij de Campo San Stin. De politieagent bij de deur herkende hen en bracht hen direct naar hoofdinspecteur Turcati, de officier die leiding gaf aan het bureau. Het was een donkerharige man in een uniform dat speciaal voor hem leek gemaakt door een kleermaker. Dit was voor Brunetti voldoende reden om hem formeel tegemoet te treden en hem aan te spreken met zijn rang.

Nadat ze waren gaan zitten en Turcati het verhaal van Brunetti had aangehoord, liet hij het dossier van Rossi brengen. De man die over Rossi had gebeld, had na zijn telefoontje naar de politie ook een ambulance gebeld. Omdat het Giustiniani, dat veel dichterbij ligt, geen ambulances beschikbaar had, was Rossi overgebracht naar het Ospedale Civile.

'Is hij hier, die agent Franchi?' vroeg Brunetti, die de naam onder aan het rapport zag staan.

'Hoezo?' vroeg de hoofdinspecteur.

'Ik wil graag dat hij een aantal dingen nader verklaart,' antwoordde Brunetti.

'Zoals wat?'

'Waarom hij dacht dat het een ongeluk was. Of Rossi de sleutels van het gebouw in zijn zak had zitten. Of er bloed op de steiger zat.'

'Ik begrijp het,' zei de hoofdinspecteur en reikte naar zijn telefoon.

Terwijl ze op Franchi zaten te wachten, vroeg Turcati of ze een kop koffie wilden, maar beide mannen bedankten.

Nadat ze een paar minuten over ditjes en datjes hadden gesproken, kwam er een jonge agent binnen. Hij had blond haar dat zo kortgeknipt was dat hij bijna kaal leek, en zag er nauwelijks oud genoeg uit om zich te hoeven scheren. Hij salueerde voor de hoofdinspecteur en ging in de houding staan. Hij had geen aandacht voor Brunetti of Vianello. Aha, dus zo beheert hoofdinspecteur Turcati zijn winkeltje, dacht Brunetti.

'Deze heren willen je een paar vragen stellen, Franchi,' zei Turcati.

De agent nam een iets gemakkelijker houding aan, maar Brunetti zag nog geen tekenen van ontspanning bij de man.

'Ja meneer,' zei hij maar hij keek hen nog steeds niet aan.

'Agent Franchi,' begon Brunetti, 'uw rapport over de man die is aangetroffen bij Angelo Raffaele is buitengewoon duidelijk, maar ik wil u er toch een paar vragen over stellen.'

Franchi, die zijn blik nog steeds op de hoofdinspecteur gericht hield, zei: 'Ja, meneer?'

'Hebt u de zakken van de man doorzocht?'

'Nee, meneer. Ik kwam daar aan op het moment dat de heren van de ambulance net gearriveerd waren. Zij pakten hem op, legden hem op een brancard en brachten hem naar de boot.' Brunetti vroeg de agent niet waarom hij over het traject van het politiebureau naar Rossi even lang gedaan had als de ambulance, die de hele stad moest doorkruisen.

'U hebt in uw rapport vermeld dat hij van de steiger is gevallen. Ik vroeg me af of u de steiger hebt onderzocht, om te zien of daar aanwijzingen voor de val te vinden waren. Misschien een afgebroken plank, of een stukje stof van zijn kleding. Of een bloedvlek.'

'Nee, meneer.'

Brunetti wachtte op een nadere verklaring, en toen die niet kwam, vroeg hij: 'Waarom hebt u dat niet gedaan, agent?'

'Ik zag hem daar op de grond liggen, naast de steiger. De deur van het huis was open, en toen ik zijn portefeuille openmaakte, zag ik dat hij voor het Ufficio Catasto werkte, dus concludeerde ik dat hij daar aan het werk was.' Hij wachtte even, stelde vast dat Brunetti bleef zwijgen, en voegde eraan toe: 'Als u begrijpt wat ik bedoel, meneer.'

'U zegt dat hij naar de ambulance werd gedragen op het moment dat u daar aankwam?'

'Ja, meneer.'

'Hoe bent u dan aan die portefeuille gekomen?'

'Die lag op de grond, half verscholen onder een lege cementzak.'

'En waar lag zijn lichaam?'

'Op de grond, meneer.'

Brunetti, die zijn toon vlak hield, vroeg geduldig: 'Waar lag zijn lichaam, in verhouding tot de steiger?'

Franchi dacht na over die vraag en antwoordde toen: 'Links van de voordeur, meneer, ongeveer een meter van de muur.'

'En de portefeuille?'

'Onder de cementzak, meneer, zoals ik u heb verteld.'

'En wanneer hebt u die gevonden?'

'Nadat ze waren vertrokken naar het ziekenhuis. Ik oordeelde dat ik even rond moest kijken, dus ben ik het huis binnengegaan. De deur stond open toen ik daar aankwam, wat ik ook in het rapport vermeld heb. En ik had al gezien dat de luiken vlak boven de plek waar hij lag, open waren, dus ik heb niet getwijfeld en ben meteen naar boven gegaan. Toen ik weer buiten kwam, zag ik de portefeuille liggen. Ik pakte hem op en zag een identificatiekaart van het Ufficio Catasto, dus nam ik aan dat hij daar was om het gebouw te controleren, of zoiets.'

'Zat er nog meer in de portefeuille?'

'Er zat wat geld in, meneer, en een aantal kaarten. Ik heb het allemaal hier mee naartoe genomen en in een plastic zak gedaan. Volgens mij staat dat ook in het rapport.'

Brunetti sloeg om naar de tweede bladzijde van het rapport en zag dat de portefeuille daar werd genoemd.

Hij keek op en vroeg aan Franchi: 'Hebt u nog iets anders opgemerkt toen u daar was?'

'Zoals wat, meneer?'

'Iets wat ongewoon leek of op welke manier dan ook niet op zijn plaats leek te liggen?'

'Nee, meneer. Helemaal niets.'

'Goed,' zei Brunetti. 'Dank u, inspecteur Franchi.' Voordat iemand iets kon zeggen, vroeg Brunetti hem: 'Kunt u die portefeuille even voor me halen?'

Franchi keek naar de hoofdinspecteur, die knikte.

'Ja, meneer,' zei Franchi, keerde zich met een scherpe draai om en verliet het kantoor.

'Hij lijkt me een ijverige jongen,' zei Brunetti.

'Ja,' zei de hoofdinspecteur, 'hij is een van mijn beste mensen.' Hij gaf een kort verslag van de prestaties van Franchi tijdens diens opleiding, maar voordat hij daarmee klaar was, kwam de jonge agent alweer terug met de plastic zak. Er zat een bruinleren portefeuille in.

Franchi stond bij de deur en wist niet precies aan wie hij de zak moest overhandigen.

'Geef hem maar aan de commissario,' zei hoofdinspecteur Turcati, waarop Franchi zijn verbazing over de rang van de man die hem had ondervraagd, niet kon verhullen. Hij liep naar Brunetti, gaf hem de zak, en salueerde.

'Dank u, agent,' zei Brunetti en pakte de zak bij een puntje vast. Hij haalde zijn zakdoek tevoorschijn en wikkelde de portefeuille er omzichtig in. Vervolgens wendde hij zich tot de hoofdinspecteur en zei: 'Ik zal hier een ontvangstbewijs voor tekenen, als u daar prijs op stelt.'

De hoofdinspecteur schoof een papier over zijn bureau heen, en Brunetti noteerde er de datum, zijn naam en een beschrijving van de portefeuille op. Onder aan het papier zette hij zijn handtekening en gaf het terug aan Turcati, waarna hij samen met Vianello het kantoor verliet.

Toen ze in de brede calle stonden, was het begonnen te regenen.

9

Ze liepen door de steeds harder stromende regen terug naar de boot en waren blij dat Bonsuan erop had aangedrongen op hen te wachten. Ze klommen aan boord. Brunetti keek op zijn horloge en zag dat het al ruim na vijven was, wat betekende dat het de hoogste tijd was om terug te gaan naar de questura. Ze voeren het Canal Grande op; Bonsuan sloeg rechtsaf de langgerekte s op die hen langs de Basilica en de Campanile en via de Ponte della Pietà bij de questura zou brengen.

Beneden in de kajuit haalde Brunetti de in zijn zakdoek gewikkelde portefeuille uit zijn zak en gaf hem aan Vianello. 'Kun je deze, zodra we terug zijn, naar het lab brengen en laten controleren op vingerafdrukken?' Vianello nam het pakketje aan en Brunetti vervolgde: 'De afdrukken op de plastic zak zullen wel van Franchi zijn, denk ik zo, dus die kunnen ze uitsluiten. En stuur ook maar iemand naar het ziekenhuis voor de vingerafdrukken van Rossi.'

'Nog meer, meneer?'

'Wanneer ze klaar zijn, laat je de portefeuille naar mij toe brengen. Ik wil kijken wat erin zit. En zeg tegen ze dat het dringend is,' zei hij.

Vianello keek hem aan en vroeg: 'Is het ooit níet dringend, meneer?'

'Nou, zeg maar tegen Bocchese dat er een dode bij betrokken is. Dan werkt hij waarschijnlijk wel iets sneller.'

'Bocchese is de eerste die zou opmerken dat dát wel bewijst dat er geen haast gemaakt hoeft te worden,' merkte Vianello op.

Brunetti gaf er de voorkeur aan hier niet op te reageren.

Vianello stak de zakdoek in de binnenzak van zijn uniformjasje en vroeg: 'Verder nog iets, meneer?'

'Ik wil graag dat signorina Elettra de archieven naloopt om te zien of er iets over Rossi te vinden is.' Hij betwijfelde of dat het geval was, want hij kon zich niet voorstellen dat Rossi ooit betrokken was geweest bij iets wat met misdaad te maken had. Maar het leven had hem wel voor grotere verrassingen geplaatst, dus hij kon het maar beter even laten nagaan.

Vianello stak een hand op. 'Het spijt me, meneer. Ik wil u niet onderbreken, maar betekent dit dat we de zaak gaan behandelen als een moordonderzoek?'

Ze wisten allebei waarom dit een moeilijke kwestie was. Ze konden niet aan een officieel onderzoek beginnen voordat er een magistraat was aangewezen, maar dan moest er een magistraat zijn die dit ter hand zou willen nemen en de kwestie als een moordzaak zou willen behandelen – en daarvoor was er overtuigend bewijs van een misdaad noodzakelijk. Brunetti betwijfelde of zijn indruk dat Rossi een man was die hoogtevrees had, zou worden aangemerkt als overtuigend bewijs van wat dan ook; in ieder geval niet van een misdaad, en zeker niet van moord.

'Ik zal moeten proberen de vice-questore te overtuigen,' zei Brunetti.

'Ja,' antwoordde Vianello.

'Je klinkt sceptisch.'

Vianello trok zijn wenkbrauw op. Dat was voldoende.

'Hij zal dit niet leuk vinden, denk je wel?' zei Brunetti voorzichtig. Opnieuw antwoordde Vianello niet. Patta liet de politie pas erkennen dat er een misdaad was gepleegd als ze er bij wijze van spreken met hun neus op waren geduwd en ontkennen geen zin meer had. De kans was klein dat hij toestemming zou geven voor een onderzoek naar iets dat zo duidelijk een ongeluk leek te zijn. Tot het moment dat dit kon worden weerlegd en er bewijsmateriaal boven water zou komen waardoor zelfs de grootste scepticus niet meer zou kunnen beweren dat Rossi doodgevallen was, bleef het in de ogen van de autoriteiten een ongeval.

Brunetti was gezegend – of behept – met een psychologische dubbelziendheid, die hem ertoe dwong zich in welke situatie dan ook minstens twee standpunten voor te stellen. Daarom wist hij hoe absurd zijn verdenkingen moesten lijken en hoe absurd ze konden worden voorgesteld door iemand die ze niet deelde. Zijn gezonde verstand zei hem dat hij dit allemaal maar moest vergeten en moest aanvaarden wat overduidelijk was: Franco Rossi was overleden na een ongelukkige val van een steiger. 'Haal morgenochtend zijn sleutels op bij het ziekenhuis en neem een kijkje in zijn appartement.'

'Waar moet ik dan naar zoeken?'

'Ik zou het niet weten,' antwoordde Brunetti. 'Kijk of je een adresboekje kunt vinden, brieven misschien, of namen van vrienden of familieleden.'

Brunetti was zozeer opgegaan in zijn speculaties dat hij niet had opgemerkt dat ze het kanaal in waren gedraaid; pas toen de boot zachtjes in botsing kwam met de aanlegsteiger van de questura werd hem duidelijk dat ze gearriveerd waren.

Samen klommen ze aan dek. Brunetti stak bij wijze van dank zijn hand op naar Bonsuan, die bezig was de trossen vast te maken die de boot aan de kade zouden houden. Hij en Vianello liepen door de regen naar de voordeur van de questura, die voor hen werd geopend door een geüniformeerde agent. Nog voordat Brunetti hem kon bedanken, zei de jonge man: 'De vice-questore wil u graag spreken, commissario.'

'Is hij er nog?' Hij klonk verrast.

'Ja, meneer. Hij zei dat ik het tegen u moest zeggen zodra u hier zou zijn.'

'Ja, dank je,' zei hij en tegen Vianello: 'Dan kan ik maar beter naar boven gaan.'

Samen liepen ze de eerste trap op zonder dat een van beiden wilde speculeren over Patta's bedoelingen. Op de eerste verdieping liep Vianello de gang op naar de trap aan de achterzijde van het gebouw, die leidde naar het laboratorium van Bocchese, de technicus, een man die zich niets liet zeggen, zich nooit liet haasten en zich aan rangen niets gelegen liet liggen.

Brunetti liep stilletjes naar het kantoor van Patta. Signorina Elettra zat achter haar bureau en keek op toen hij binnenkwam. Ze wuifde hem naar zich toe, maar op hetzelfde moment nam ze haar telefoon op en drukte op een knop. Een ogenblik later zei ze: 'Commissario Brunetti is er, dottore.' Ze luisterde naar Patta en antwoordde: 'Natuurlijk, dottore,' en legde de hoorn op het toestel.

'Het kan niet anders of hij wil u een gunst vragen. Dat is de enige reden waarom hij niet de hele middag heeft getierd dat hij uw bloed wel kon drinken,' kon ze nog net zeggen voordat de deur opening en Patta verscheen.

Brunetti merkte op dat zijn grijze pak van kasjmier gemaakt moest zijn en dat hij een das droeg die in Italië doorging voor een Engelse clubdas. Hoewel het een regenachtig, koel voorjaar was geweest, was Patta's knappe gezicht strak en gebruind. Hij droeg een ovale bril met smalle randen. Dit was de vijfde bril die Brunetti Patta had zien dragen in de jaren dat hij op de questura was; qua stijl liep hij altijd een paar maanden voor op wat ieder ander binnenkort zou dragen. Ooit had Brunetti, omdat hij zijn eigen leesbril vergeten had, Patta's bril van diens bureau gepakt en opgezet om een foto iets beter te kunnen bekijken, en toen had hij ontdekt dat er ongeslepen glazen in zaten.

'Ik zei juist tegen de commissario dat hij naar binnen kon gaan, vice-questore,' zei signorina Elettra. Brunetti merkte op dat er twee dossiers en drie papieren op haar bureau lagen waarvan hij zeker was dat ze er een ogenblik geleden nog niet hadden gelegen.

'Ja, komt u binnen, dottor Brunetti,' zei Patta en stak zijn hand uit met een beweging die Brunetti onwillekeurig deed denken aan de manier waarop hij zich voorstelde dat Klytaemnestra Agamemnon van zijn strijdwagen had gelokt. Hij kon nog één laatste blik op signorina Elettra werpen voordat Patta hem bij de arm nam en hem met zachte dwang het kantoor binnentrok.

Patta sloot de deur en liep door de kamer naar de twee leunstoelen die hij voor de ramen had gezet. Hij wachtte tot Brunetti zich bij hem zou voegen. Toen die dat deed, gebaarde Patta hem te gaan zitten, en ging toen zelf zitten; een binnenhuisarchitect zou de manier waarop de stoelen waren neergezet, aanduiden als een 'conversatiehoek'.

'Ik ben blij dat u voor mij tijd hebt kunnen vrijmaken,

commissario,' zei Patta. Brunetti hoorde de bozige, sarcastische ondertoon in zijn woorden en voelde zich al weer op vertrouwder terrein.

'Ik moest weg,' legde hij uit.

'Ik dacht dat dat vanochtend was,' zei Patta, maar herinnerde zich toen dat hij moest blijven glimlachen.

'Ja, maar vanmiddag moest ik ook weg. Dat ging zo plotseling dat ik geen tijd meer had het tegen u te zeggen.'

'Hebt u geen telefonino, dottore?'

Brunetti, die een bloedhekel had aan die dingen en weigerde er een bij zich te dragen, hoewel hij wist dat dit gebaseerd was op een dom, achterhaald vooroordeel, zei slechts: 'Ik had hem niet bij me, meneer.'

Hij wilde Patta vragen waarom hij ontboden was, maar de waarschuwing van signorina Elettra was voldoende om hem met een neutrale uitdrukking op zijn gezicht te doen zwijgen, alsof ze twee vreemden waren die op dezelfde trein zaten te wachten.

'Ik wilde met u praten, commissario,' begon Patta. Hij schraapte zijn keel en vervolgde: 'Het gaat over iets... nou ja, het gaat over iets persoonlijks.'

Brunetti deed zijn uiterste best om zijn gezicht in de plooi te houden en een uitdrukking van passieve belangstelling voor wat hij hoorde aan de dag te leggen.

Patta zat achterovergeleund in zijn stoel, strekte zijn benen voor zich uit en kruiste zijn enkels. Even bestudeerde hij zijn glimmende brogues, daarna zette hij zijn voeten naast elkaar, schoof ze naar achteren en leunde voorover. In de paar seconden die hij nodig had om deze handelingen te verrichten besefte Brunetti met verbazing dat Patta jaren ouder leek te zijn geworden.

'Het gaat om mijn zoon,' zei hij.

Brunetti wist dat hij er twee had: Roberto en Salvatore. 'Welke, meneer?'

'Roberto, de baby.'

Roberto was op zijn minst drieëntwintig, rekende Brunetti snel uit. Nou ja, zijn eigen dochter, Chiara, was nog steeds zijn baby, al was ze dan vijftien, en dat zou ze ongetwijfeld altijd blijven. 'Studeert die niet aan de universiteit, meneer?'

'Ja, *economia commerciale*,' antwoordde Patta, maar zweeg dan ineens en keek naar zijn voeten. 'Hij zit daar al een paar jaar,' legde hij uit en keek Brunetti nu aan.

Brunetti deed opnieuw zijn best zijn gezicht uitdrukkingsloos te houden. Hij wilde geen overdreven belangstelling tonen voor wat mogelijk een gezinsprobleem was, en daarnaast wilde hij niet ongeïnteresseerd lijken in wat Patta hem ook maar te vertellen had. Hij knikte op een manier die volgens hem bemoedigend was, iets wat hij ook dikwijls deed bij zenuwachtige getuigen.

'Kent u iemand in Iesolo?' vroeg Patta, wat Brunetti in verwarring bracht.

'Wat zegt u, meneer?'

'In Iesolo, bij de politie daar. Kent u daar iemand?'

Brunetti dacht er even over na. Hij had wel contacten met politiemensen op het vasteland, maar niet langs dat deel van de Adriatische kust met zijn nachtclubs, hotels, disco's en de drommen dagjesmensen die in Iesolo verbleven en er elke ochtend via de Laguna per boot aankwamen. Een vrouw met wie hij op de universiteit had gestudeerd, zat bij de politie in Grado, maar hij kende niemand in die dichterbij gelegen stad. 'Nee meneer, niemand.'

Patta slaagde er niet in zijn teleurstelling te verbergen. 'Ik had gehoopt dat u iemand zou kennen,' zei hij.

'Het spijt me, meneer.' Brunetti overwoog de mogelijkheden terwijl hij de bewegingloze Patta bestudeerde, die opnieuw naar zijn voeten keek. Hij waagde het erop. 'Waarom vraagt u dat, meneer?'

Patta richtte zijn hoofd op en keek naar hem, wendde zijn blik dan weer af, en keek hem ten slotte opnieuw aan. Uiteindelijk zei hij: 'De politie daar heeft me de afgelopen nacht opgebeld. Ze hebben iemand die voor hen werkt, u weet wel hoe dat gaat.' Dat betekende dat er een of andere verklikker in het spel was. 'Deze persoon heeft hen een aantal weken geleden verteld dat Roberto drugs verkocht.' Patta zweeg.

Toen duidelijk was dat de vice-questore niets meer ging zeggen, vroeg Brunetti: 'Waarom hebben ze u gebeld, meneer?'

Patta ging door alsof Brunetti de vraag niet had gesteld. 'Ik dacht dat u daar misschien iemand kende die ons een duidelijker idee kan geven van wat er aan de hand was, wie die persoon is, en hoe ver ze zijn met hun onderzoek.' Opnieuw kwam bij Brunetti het woord 'verklikker' op, maar hij zei niets. Toen Brunetti bleef zwijgen vervolgde Patta: 'Dat soort dingen.'

'Nee meneer, het spijt me dat ik het zeggen moet, maar ik ken daar niemand.' Na even te hebben gewacht, opperde hij: 'Ik zou het aan Vianello kunnen vragen, meneer.' Voordat Patta daarop kon antwoorden, voegde hij eraan toe: 'Hij is discreet, meneer. Daar hoeft u zich geen zorgen om te maken.'

Patta bleef stil zitten en wendde zijn blik af van Brunetti. Daarna schudde hij zijn hoofd met een krachtige beweging, waarmee hij aangaf dat hij de mogelijkheid de hulp van een geüniformeerde agent in te roepen, afwees.

'Is dat alles, meneer?' vroeg Brunetti en legde zijn handen op de leuningen van de stoel om aan te geven dat hij klaar was om weg te gaan.

Patta, die Brunetti's beweging had opgemerkt, zei met een nu iets zachtere stem: 'Ze hebben hem gearresteerd.' Hij keek naar Brunetti, zag dat die geen vragen wilde stellen, en vervolgde: 'Vannacht. Ze hebben me rond enen gebeld. Er was een vechtpartij bij een van de disco's, en toen ze daar arriveerden om er een eind aan te maken, hebben ze een aantal mensen aangehouden en gefouilleerd. Roberto is waarschijnlijk gefouilleerd op grond van de aanwijzingen van die persoon.'

Brunetti zei niets. Door zijn ruime ervaring wist hij dat getuigen die eenmaal zo ver waren gegaan, niet meer te stoppen waren: alles zou naar buiten komen.

'In zijn jaszak vonden ze een plastic zak met ecstasy.' Hij boog voorover naar Brunetti en vroeg: 'U weet toch wel wat dat is, commissario, of niet?'

Brunetti knikte en verbaasde zich erover dat Patta het mogelijk achtte dat er politiemensen waren die dat niet wisten. Hij wist dat elk woord van hem de opgebouwde sfeer kon verstoren. Hij ontspande zich zo goed als hij kon, nam een hand van de stoelleuning en ging in een naar hij hoopte comfortabeler lijkende houding zitten.

'Roberto heeft hun verteld dat iemand het in zijn jaszak moet hebben gestopt toen ze zagen dat de politie eraan kwam. Dat gebeurt wel vaker.' Brunetti wist dat. Hij wist ook dat het net zo vaak niet gebeurde.

'Ze belden me en ik ben ernaartoe gegaan. Ze wisten wie

Roberto was, dus stelden ze voor dat ik erheen zou gaan. Toen ik er was, kreeg ik hem onder mijn hoede. Op de terugweg vertelde hij me over het zakje.' Patta zweeg; het leek erop dat hij was uitgesproken.

'Hebben ze dat als bewijsstuk bewaard?'

'Ja, en ze hebben zijn vingerafdrukken genomen om die te vergelijken met de afdrukken die ze op het zakje zouden aantreffen.'

'Als hij die plastic zak uit zijn jaszak heeft gehaald en aan hen heeft gegeven, zullen zijn afdrukken er wel op zitten,' zei Brunetti.

'Ja, ik weet het,' zei Patta. 'Dus daar maakte ik me geen zorgen over. Ik heb niet eens mijn advocaat gebeld. Er was geen bewijs, zelfs als zijn vingerafdrukken erop stonden. Wat Roberto heeft verklaard, zou waar kunnen zijn.'

Brunetti zweeg en knikte instemmend. Hij wachtte tot Patta zou uitleggen waarom hij dit slechts als een mogelijkheid zag.

Patta leunde achterover in zijn stoel en staarde naar buiten. 'Ze hebben me vanmorgen gebeld, nadat u was weggegaan.'

'Wilde u me daarom spreken, meneer?'

'Nee, vanmorgen wilde ik u iets anders vragen. Dat is nu niet van belang.'

'Wat hebben ze u verteld, meneer?' vroeg Brunetti ten slotte.

Patta wendde zijn blik af van hetgeen hij door het raam aan het bekijken was. 'Dat ze in die plastic zak zevenenveertig kleinere zakjes hebben gevonden met elk een ecstasytablet erin.'

Brunetti berekende snel het gewicht en de waarde van de

drugs, om op die manier te kunnen bepalen hoe streng een rechter zou oordelen over degene die de middelen in bezit zou hebben. Welnu, het het leek niet dat hij een enorme hoeveelheid van het spul had, en als Roberto zou volhouden dat iemand anders het zakje in zijn jas had gedaan, zou er voor de jongen wettelijk gezien weinig gevaar dreigen.

'Zijn vingerafdrukken zaten ook op de kleine zakjes,' verbrak Patta de stilte ineens. 'Op allemaal.'

Brunetti wist de neiging voorover te buigen en zijn hand op Patta's arm te leggen, te beteugelen. In plaats daarvan wachtte hij even en zei toen: 'Dat spijt mij, meneer.'

Patta, die hem nog steeds niet aankeek, knikte – als teken dat hij hem gehoord had of bij wijze van dank.

Nadat er een volle minuut voorbij was gegaan, vroeg Brunetti: 'Was het in Iesolo zelf of in Lido?'

Patta keek naar Brunetti en schudde zijn hoofd, als een bokser die een zachte stoot pareert. 'Wat?'

'Waar is het gebeurd, meneer? Was dat in Iesolo of in Iesolo Lido?'

'In Lido.'

'En waar was hij toen hij werd...' Toen Brunetti die zin begon, was hij van plan geweest het woord 'gearresteerd' te gebruiken. In plaats daarvan zei hij: '... aangehouden?'

'Dat heb ik u net verteld,' liet Patta zich ontglippen op een toon die verried dat hij bijna boos werd. 'Lido di Iesolo.'

'Maar in welke gelegenheid, meneer? Een bar? Een disco?'

Patta sloot zijn ogen. Brunetti vroeg zich af hoe lang hij hier al wel niet over had nagedacht en zich allerlei gebeurtenissen uit het leven van zijn zoon voor de geest had gehaald.

'In een tent die Luxor heet, een disco,' zei hij ten slotte.

'Aha,' liet Brunetti zich op zachte toon ontglippen, maar juist hard genoeg om te maken dat Patta de ogen opende. 'Wat?'

'Nee, niets,' zei Brunetti. 'Ik heb iemand gekend die daar vaak naartoe ging,' zei hij.

Patta, die zijn nog prille hoop in rook zag opgaan, richtte zijn aandacht op iets anders.

'Hebt u een advocaat gebeld, meneer?' vroeg Brunetti.

'Ja. Donatini.' Brunetti verborg met een korte hoofdknik zijn verbazing – alsof de advocaat die dikwijls werd ingeschakeld ter verdediging van mensen die ervan worden beschuldigd banden met de mafia te onderhouden, een logische keuze was voor Patta.

'Ik zou blij zijn, commissario...' begon Patta en wachtte even om na te denken hoe hij dit het beste kon verwoorden.

'Ik zal er verder over nadenken, meneer,' onderbrak Brunetti hem. 'En ik zal hier uiteraard met niemand over spreken.' Hoezeer hij bepaalde dingen die Patta deed ook verachtte, hij wilde de man de vernedering besparen dat hij hem zou moeten vragen hier met niemand over te spreken.

Patta reageerde op de afrondende toon in Brunetti's stem en richtte zich op uit zijn stoel. Hij liep met Brunetti naar de deur en opende die voor hem. Hij stak geen hand uit, maar mompelde wel een kort 'dank u', waarna hij zijn kantoor weer binnenging en de deur sloot.

Brunetti zag dat signorina Elettra achter haar bureau zat. De dossiers en papieren waren vervangen door iets wat verdacht dik en glimmend leek: waarschijnlijk de voorjaarsmode-editie van *Vogue*.

'Zijn zoon?' vroeg ze en keek op uit het tijdschrift.

Het ontsnapte aan zijn lippen voor hij er erg in had. 'Luistert u zijn kantoor af?' Hij bedoelde het als grapje, maar toen hij zichzelf de vraag hoorde stellen, was hij daar niet meer zo zeker van.

'Nee. Hij kreeg vanochtend een telefoontje van die jongen en klonk erg nerveus. Daarna werd hij gebeld door de politie in Iesolo. Nadat hij met hen had gesproken, vroeg hij mij het nummer van Donatini.' Brunetti vroeg zich af of hij haar kon vragen haar secretaressebaan op te geven en toe te treden tot het politiekorps. Maar hij wist dat ze nog liever zou doodgaan dan een uniform te dragen.

'Kent u hem?' vroeg Brunetti.

'Wie? Donatini of de jongen?'

'Alle twee.'

'Ik ken ze allebei,' zei ze en voegde daar terloops aan toe: 'Het zijn allebei klootzakken, maar Donatini kleedt zich beter.'

'Heeft hij je verteld waar het over ging?' vroeg hij en knikte in de richting van Patta's kantoor.

'Nee,' zei ze zonder enig spoor van teleurstelling. 'Als het een verkrachting was geweest, zou het in de krant hebben gestaan. Dus ik denk dat het om drugs gaat. Donatini lijkt me goed genoeg om hem er doorheen te loodsen.'

'Denkt u dat hij in staat is iemand te verkrachten?'

'Wie, Roberto?'

'Ja.'

Ze dacht hier even over na en zei dan: 'Nee, ik denk het niet. Hij is arrogant en vindt zichzelf erg belangrijk, maar ik geloof niet dat hij echt slecht is.'

Iets bracht Brunetti ertoe te vragen: 'En Donatini?'

Zonder aarzeling antwoordde ze: 'Die is tot alles in staat.'
'Ik wist niet dat u hem kende.'
Ze keek in haar tijdschrift een sloeg een bladzijde om, waarbij het leek of ze zich verveelde. 'Ja.' Ze sloeg opnieuw een bladzijde om.
'Hij heeft me gevraagd hem te helpen.'
'De vice-questore?' vroeg ze en keek verbaasd op.
'Ja.'
'En gaat u dat doen?'
'Als het mogelijk is,' antwoordde Brunetti.
Ze keek hem lange tijd aan en richtte haar aandacht toen weer op de bladzijde van haar tijdschrift. 'Ik geloof dat grijs binnenkort helemaal uit is,' zei ze. 'We hebben geen zin meer om het te dragen.'
Ze droeg een perzikkleurige zijden bloes met een zwart jasje met hoge boord van, zo meende hij te zien, ruwe zijde.
'U hebt waarschijnlijk gelijk,' zei hij, wenste haar een goede avond en ging terug naar zijn kantoor.

10

Hij moest Inlichtingen bellen om het nummer van de Luxor te pakken te krijgen, maar toen hij het draaide, zei degene die de telefoon in de disco opnam dat signor Bertocco er niet was en hij weigerde diens privénummer te geven. Brunetti zei niet dat hij van de politie was. In plaats daarvan belde hij opnieuw met Inlichtingen en kreeg zonder moeilijkheden Luca's privénummer.

'Zelfingenomen idioot,' mompelde Brunetti terwijl hij het nummer draaide.

Nadat de telefoon driemaal was overgegaan, werd hij opgenomen en een lage, enigszins schorre stem zei: 'Bertocco.'

'*Ciao* Luca, met Guido Brunetti. Hoe gaat het met jou?'

De formele toon in de stem aan de andere kant van de lijn verdween en in plaats daarvan weerklonk een welgemeende warmte. 'Goed, Guido. Ik heb al tijden niets meer van je gehoord. Hoe gaat het met jou, en met Paola en de kinderen?'

'Het gaat goed met ons.'

'Je hebt eindelijk besloten mijn aanbod te aanvaarden en te komen dansen tot je erbij neervalt?'

Brunetti begon te lachen. Het was een grap die al meer dan tien jaar werd gemaakt. 'Nee, ik ben bang dat ik je opnieuw moet teleurstellen, Luca. Je weet hoe ik ernaar verlang om te komen dansen tot het ochtendgloren tussen mensen die even oud zijn als mijn kinderen, maar ik mag niet van Paola.'

'De rook?' vroeg Luca. 'Denkt ze dat het slecht is voor je gezondheid?'

'Nee, de muziek, denk ik, maar om dezelfde reden.'

Het was even stil, waarna Luca zei: 'Waarschijnlijk heeft ze gelijk.' Toen Brunetti niets meer zei, vroeg hij: 'Waarom bel je dan? Vanwege de jongen die is gearresteerd?'

'Ja,' zei Brunetti, die zelfs niet de moeite nam zijn verbazing te tonen over het feit dat Luca er al van op de hoogte was.

'Het is de zoon van je baas, toch?'

'Jij weet volgens mij alles.'

'Een man die vijf disco's, drie hotels en zes bars bezit, moet ook alles weten, vooral over mensen die in een van die gelegenheden gearresteerd worden.'

'Wat weet je over die jongen?'

'Alleen wat de politie me heeft verteld.'

'Welke politie? De mensen die hem hebben gearresteerd of de mensen die voor jou werken?'

De stilte die volgde op deze vraag wees Brunetti er niet alleen op dat hij te ver was gegaan, maar ook dat Luca hem altijd als politieman zou beschouwen, al was hij dan een vriend.

'Ik weet niet precies wat ik daarop moet antwoorden, Guido,' zei Luca ten slotte. Hij onderbrak zijn zin vanwege een explosieve hoestbui – hij was een zware roker.

Het hoesten duurde een flinke tijd. Brunetti wachtte tot het voorbij was, en toen zei hij: 'Het spijt me, Luca. Dat was een flauw grapje.'

'Het geeft niet, Guido. Geloof me: iedereen die zoveel met mensen te maken heeft als ik, kan alle mogelijke hulp van de politie goed gebruiken. En de politie is blij met de hulp die ik op mijn beurt kan bieden.'

Brunetti dacht aan kleine envelopjes die in stadskantoren discreet van hand tot hand gingen en vroeg: 'Wat voor hulp?'

'Ik heb particuliere bewakers die op de parkeerterreinen van de disco's werken.'

'Waarom dat?' vroeg hij en dacht aan overvallers en de kwetsbaarheid van de jongeren die om drie uur in de ochtend wankelend de disco verlieten.

'Om hun autosleutels van hen af te nemen.'

'En er is niemand die daarover klaagt?'

'Wie zou er moeten klagen? Hun ouders, dat ik ze ervan weerhoud dat ze stomdronken of knettergek van de drugs wegrijden? Of de politie misschien, omdat ik ze ervan weerhoud tegen de bomen aan te knallen die langs de autoweg staan?'

'Nee, dat zal wel niet. Daar had ik niet over nagedacht.'

'Het betekent dat ze niet om drie uur 's morgens uit hun bed worden gebeld om te gaan kijken naar lichamen die uit auto's worden geknipt. Geloof me, de politie is maar wat blij dat ze me ter zijde kunnen staan.' Hij wachtte even en Brunetti hoorde het schurende geluid van een lucifer toen Luca een sigaret aanstak en vervolgens diep inhaleerde. 'Wat wil je dat ik doe? Moet ik dit onder het tapijt laten vegen?'

'Zou je dat kunnen?'

Als schouderophalen geluid zou maken, hoorde Brunetti het nu aan de andere kant van de lijn. Ten slotte zei Luca:

'Daar geef ik geen antwoord op voordat ik weet of je dat wilt of niet.'

'Nee, niet onder het tapijt schuiven in de zin dat het verdwijnt. Maar ik zou graag willen dat je het uit de krant houdt, als dat zou kunnen.'

Luca wachtte even voordat hij hier antwoord op gaf. 'Ik geef veel geld uit aan advertenties,' zei hij uiteindelijk.

'Betekent dat ja?'

Luca begon hard te lachen, totdat de lach overging in een zware, doordringende hoestbui. Toen hij weer kon praten, zei hij: 'Jij wilt altijd zo graag dat de dingen duidelijk zijn, Guido. Ik begrijp niet hoe Paola het volhoudt.'

'Het is voor mij veel gemakkelijker wanneer ze duidelijk zijn.'

'Als politieman?'

'Als wat dan ook.'

'Goed dan. Je kunt dit als een "ja" beschouwen. Ik kan ervoor zorgen dat dit verhaal niet in de lokale kranten komt, en ik betwijfel of de grote kranten er belangstelling voor hebben.'

'Hij is wel de vice-questore van Venetië,' zei Brunetti in een misplaatste opwellling van chauvinisme.

'Ik ben bang dat de jongens in Rome daar niet van onder de indruk zijn,' antwoordde Luca.

Brunetti dacht hier even over na. 'Ik denk dat je gelijk hebt.' Voordat Luca kon reageren, vroeg Brunetti: 'Wat zeggen ze over die jongen?'

'Ze hebben hem klem. Zijn vingerafdrukken zaten op al die kleine zakjes.'

'Is hij al in staat van beschuldiging gesteld?'

'Nee. Althans, volgens mij niet.'

'Waar wachten ze op?'

'Ze willen dat hij vertelt van wie hij dat spul heeft gekregen.'

'Weten ze dat niet dan?'

'Natuurlijk weten ze dat. Maar als je het weet, heb je het nog niet bewezen, iets wat jij in jouw positie ongetwijfeld wel begrijpt.' Dit laatste zei hij niet zonder ironie. Af en toe dacht Brunetti dat Italië een land was waar iedereen alles wist terwijl niemand bereid was iets te zeggen. Zolang het niet in het openbaar was, klapte iedereen maar al te graag en met grote stelligheid uit de school over de geheime handel en wandel van politici, maffialeiders en filmsterren, maar zodra men in een situatie kwam waarin opmerkingen wettelijke gevolgen konden krijgen, veranderde Italië in de grootste oesterbank ter wereld.

'Weet jij wie het is?' vroeg Brunetti. 'Zou je me zijn naam kunnen geven?'

'Dat doe ik liever niet. Het dient geen enkel doel. Er staat iemand boven hem, en boven die persoon weer een ander.' Brunetti hoorde dat hij opnieuw een sigaret opstak.

'Zal hij het hun vertellen? De jongen?'

'Niet als zijn leven hem lief is,' zei Luca, maar voegde daar onmiddellijk aan toe: 'Nee, dat is overdreven. Niet als hij er geen trek in heeft flink in elkaar te worden getimmerd.'

'Zelfs in Iesolo?' vroeg Brunetti. De misdaad van de grote stad had blijkbaar zijn intrede gedaan in dit slaperige Adriatische stadje.

'Vooral in Iesolo, Guido,' zei Luca, maar hij legde niet uit wat hij daarmee bedoelde.

'Wat gaat er nu met hem gebeuren?' vroeg Brunetti.

'Die vraag kun je zelf beter beantwoorden dan ik,' zei

Luca. 'Als het zijn eerste misstap is, zullen ze hem bestraffend toespreken en vervolgens naar huis sturen.'
'Hij zit al thuis.'
'Dat weet ik. Ik bedoelde het figuurlijk. En het feit dat zijn vader politieman is, spreekt niet in zijn nadeel.'
'Tenzij de kranten erachter komen.'
'Daar hebben we het al over gehad. Daar hoef je je geen zorgen over te maken.'
'Ik hoop het,' zei Brunetti.
Luca ging hier niet op in. Na een lange, aanhoudende stilte zei Brunetti: 'En jijzelf? Hoe gaat het met jou, Luca?'
Luca schraapte zijn keel, een nattig geluid dat Brunetti een onaangenaam gevoel gaf. 'Hetzelfde,' zei hij ten slotte en hoestte opnieuw.
'Maria?'
'Die koe,' zei Luca met oprechte boosheid in zijn stem. 'Het enige wat ze wil, is mijn geld. Ze mag van geluk spreken dat ik haar niet het huis uit gooi.'
'Luca, ze is de moeder van je kinderen.'
Brunetti hoorde dat het Luca moeite kostte zich in te houden en niet boos te worden omdat hij het waagde commentaar te geven op het leven dat hij leidde. 'Ik wil het hier met jou niet over hebben, Guido.'
'Dat is goed, Luca. Je weet dat ik dit alleen maar zeg omdat ik je al zo lang ken.' Hij wachtte even en vervolgde toen: 'Jullie al zo lang ken.'
'Dat weet ik, maar de dingen veranderen.' Het bleef opnieuw stil, en daarna zei Luca met een afstandelijke ondertoon: 'Ik wil het hier niet over hebben, Guido.'
'Goed,' besloot Brunetti. 'Het spijt me dat ik je zo lang niet gebeld heb.' Door hun lange vriendschap was het gemak-

kelijk water bij de wijn te doen, en Luca zei: 'Ik heb toch ook niet gebeld?'

'Geeft niet.'

'Nee, dat geeft niet, toch?' zei Luca en begon te lachen, waardoor zijn vertrouwde toon én zijn vertrouwde hoest weer terug waren.

Hierdoor aangemoedigd vroeg Brunetti: 'Als je nog iets hoort, laat je het me dan weten?'

'Natuurlijk,' zei Luca.

Voordat Luca had opgehangen, vroeg Brunetti nog: 'Weet je nog iets meer van de mannen van wie hij dat spul heeft gekregen, en van wie zij het hebben gekregen?'

Opnieuw sloop er behoedzaamheid in Luca's stem toen hij vroeg: 'Over wat voor soort dingen heb je het?'

'Of ze...' Hij wist niet goed hoe hij moest omschrijven wat ze deden. 'Of ze ook zaken doen in Venetië.'

'Aha,' zuchtte Luca. 'Voor zover ik heb begrepen is er daar voor hen niet zoveel te doen. De bevolking is er te oud, en het is voor de jongeren heel gemakkelijk om naar het vasteland te komen en daar te krijgen wat ze willen.'

Brunetti besefte dat hij om puur egoïstische redenen zo blij was om dit te horen: elke man met twee kinderen in de tienerleeftijd – hoe overtuigd hij ook was van hun karakter en aanleg – zou blij zijn om te horen dat er weinig drugshandel was in de stad waar ze woonden.

Zijn instinct vertelde Brunetti dat dit alles was wat hij van Luca te horen zou krijgen. Het zou trouwens weinig uitmaken of hij de namen wist van de mannen die de drugs verkochten.

'Dank je, Luca. Pas goed op jezelf.'

'Jij ook, Guido.'

Die avond zat hij met Paola te praten nadat de kinderen naar bed waren gegaan. Hij vertelde haar over het gesprek en over Luca's woedeuitbarsting bij het horen van de naam van zijn vrouw. 'Je hebt hem nooit zo gemogen als ik,' zei Brunetti, alsof daarmee Luca's gedrag werd verklaard of vergoelijkt.

'Wat bedoel je daarmee?' vroeg Paola, maar zonder wrok in haar stem.

Ze zaten ieder aan een kant van de bank en hadden hun boeken neergelegd toen ze het gesprek begonnen. Brunetti dacht lange tijd na over haar vraag en antwoordde toen: 'Ik geloof dat ik bedoel dat jij Maria volgens mij sympathieker vond dan hem.'

'Maar Luca heeft gelijk,' zei Paola en wendde haar gezicht en vervolgens haar hele lichaam naar hem toe. 'Ze is ook een koe.'

'Maar ik dacht dat je haar aardig vond.'

'Ik vind haar ook aardig,' hield Paola vol. 'Dat betekent niet dat Luca ongelijk heeft als hij zegt dat ze een koe is. Maar Luca heeft een koe van haar gemaakt. Toen ze trouwden, was zij tandarts, maar hij vroeg haar op te houden met werken. En nadat Paolo was geboren, zei hij dat ze niet meer hoefde te werken, dat hij meer dan genoeg geld verdiende met de clubs om hen te onderhouden. Dus hield ze op met werken.'

'Nou en?' onderbrak Brunetti haar. 'Waarom is hij er dan verantwoordelijk voor dat ze een koe is geworden?' Bij het stellen van die vraag was hij zich ervan bewust hoe beledigend en tegelijkertijd absurd dat woord klonk.

'Omdat hij ze heeft meegenomen naar Iesolo, waar het voor hem gemakkelijker zou zijn om de clubs in de gaten te houden. En zij ging mee.' Haar stem klonk kribbig toen ze de kralen van die oude rozenkrans doorliep.

'Niemand heeft haar een pistool tegen het hoofd gezet, Paola.'

'Natuurlijk heeft niemand haar een pistool tegen het hoofd gezet, dat was ook helemaal niet nodig,' vuurde ze terug. 'Ze was verliefd.' Toen ze zag hoe hij keek, verbeterde ze dat. 'Goed, goed, *ze* waren verliefd.' Ze wachtte even, en vervolgde toen: 'Dus ze vertrekt uit Venetië en gaat in Iesolo wonen, een zomers strandoord, verdomme, en wordt huisvrouw en moeder.'

'Dat zijn geen vieze woorden, Paola.'

Ze wierp hem een vernietigende blik toe, maar bleef desondanks rustig. 'Ik weet dat dat geen vieze woorden zijn. Ik wil ook niet de indruk wekken dat ze dat wel zijn. Maar ze heeft een baan opgegeven die ze leuk vond en waar ze goed in was, en vervolgens is ze naar een of ander niemandsland gegaan om twee kinderen op te voeden en haar man te verzorgen, die te veel dronk, te veel rookte en die rotzooide met te veel andere vrouwen.' Brunetti wist wel beter dan olie op dit vuur te gooien. Hij wachtte tot ze zou doorgaan, en dat deed ze ook.

'Nu heeft ze daar twintig jaar gezeten, en nu is ze een koe geworden. Ze is dik, ze is saai, en het enige waarover ze nog lijkt te kunnen praten is haar kinderen en eten koken.' Ze keek in Brunetti's richting, maar die zweeg nog steeds. 'Hoe lang geleden hebben we hen samen gezien? Twee jaar? Herinner je je nog hoe pijnlijk dat was? Zij waggelde heen en weer, vroeg aldoor of we nog meer wilden eten en liet ons telkens weer foto's zien van die twee buitengewoon oninteressante kinderen.'

Het was voor iedereen een pijnlijke avond geweest, behalve voor Maria, vreemd genoeg, die niet in de gaten had gehad hoe vervelend de anderen haar vonden.

Met een kinderlijk aandoende eerlijkheid vroeg Brunetti: 'We gaan toch geen ruziemaken, hoop ik?'

Paola wierp haar hoofd tegen de rugleuning van de bank en begon te lachen. 'Nee, dat doen we niet.' Ze vervolgde: 'Ik neem aan dat mijn toon wel aangeeft hoe weinig sympathie ik voor haar koester. En dat ik me daar schuldig over voel.' Ze wachtte om te zien hoe Brunetti zou reageren op haar bekentenis, en voegde eraan toe: 'Er zijn een hoop dingen die ze had kunnen doen, maar die ze niet deed. Ze weigerde iemand te zoeken die haar kon helpen met de kinderen, zodat ze parttime had kunnen werken voor iemand anders. Vervolgens liet ze haar lidmaatschap van het genootschap voor tandartsen verlopen, en daarna verloor ze haar belangstelling voor alles wat niet te maken had met de twee jongens. En ten slotte werd ze dik.'

Toen Brunetti er zeker van was dat ze klaar was, merkte hij op: 'Ik weet niet hoe je dit gaat opvatten, maar de zaken die je noemt lijken verdacht veel op de argumenten die ik heb gehoord van ontrouwe echtgenoten.'

'Om ontrouw te zijn?'

'Ja.'

'Dat geloof ik graag.' Haar stem klonk vastberaden, maar geenszins kwaad.

Het was duidelijk dat ze daar niets aan wilde toevoegen, dus hij vroeg: 'En?'

'En niets. Het leven bood haar een reeks keuzemogelijkheden waardoor ze de zaak had kunnen veranderen, en zij heeft de keuzes gemaakt die ze heeft gemaakt. Ik heb de indruk dat, nadat ze eenmaal had besloten op te houden met werken en te vertrekken uit Venetië, al die beslissingen de volgende keuze onvermijdelijk maakten, maar toch nam ze die besluiten terwijl er niemand was die een pistool tegen haar hoofd zette, zoals jij zei.'

'Ik heb medelijden met haar,' zei Brunetti. 'Met allebei.'

Paola, die haar hoofd nog steeds tegen de rugleuning van de bank liet rusten, sloot haar ogen en zei: 'Ik ook.' Na een poosje vroeg ze: 'Ben je blij dat ik mijn baan gehouden heb?'

Hij gaf die vraag de overpeinzing die ze verdiende, en antwoordde: 'Niet echt. Ik ben alleen blij dat je niet dik bent geworden.'

11

De volgende dag verscheen Patta niet op de questura. Het enige wat hij bij wijze van verklaring had gedaan was signorina Elettra bellen en haar mededelen wat inmiddels duidelijk was: dat hij niet zou komen. Signorina Elettra stelde geen vragen, maar belde wel Brunetti om te zeggen dat de vice-questore niet zou komen en dat hij daardoor de dagelijkse leiding had, want de questore was op vakantie in Ierland.

Om negen uur belde Vianello om te zeggen dat hij Rossi's sleutels uit het ziekenhuis had opgehaald en het appartement had bezocht. Alles leek op zijn plaats te staan; de enige papieren die hij had aangetroffen, waren rekeningen en bonnetjes. Hij had een adresboek gevonden bij te telefoon; Pucetti was inmiddels bezig iedereen te bellen die erin stond. Tot dusverre was het enige familielid een oom in Vicenza, die al door het ziekenhuis was gebeld en bezig was met het regelen van de begrafenis. Bocchese, van het technisch laboratorium, belde kort daarna om te zeggen dat hij een van de agenten naar Brunetti's kantoor zou sturen met de portefeuille van Rossi.

'Zit er iets op?'

'Nee, alleen zijn eigen vingerafdrukken en een paar van die jongen die hem heeft gevonden.'

Brunetti, onmiddellijk benieuwd naar de mogelijkheid

dat er nog een andere getuige zou kunnen zijn, vroeg: 'Jongen?'

'Die agent, die jonge. Ik weet niet hoe hij heet. Voor mij zijn het allemaal jongens.'

'Franchi.'

'Jij zegt het,' zei Bocchese op een toon die weinig belangstelling verried. 'Ik heb zijn afdrukken hier in het archief, en die komen overeen met de afdrukken op de portefeuille.'

'Nog meer?'

'Nee. Ik heb niet gekeken naar de spullen die erin zitten, ik heb alleen de vingerafdrukken genomen.'

Een jonge agent, een van de nieuwe jongens van wie Brunetti het zo lastig vond de naam te onthouden, verscheen in de deuropening. Brunetti wuifde met zijn hand ten teken dat hij kon binnenkomen en de agent legde de portefeuille, die nog steeds in een plastic zak was verpakt, op het bureau.

Brunetti schoof de telefoon tussen kin en schouder en pakte de plastic zak. Hij opende hem en vroeg aan Bocchese: 'Binnenin nog vingerafdrukken?'

'Ik heb al gezegd dat dit de enige afdrukken waren,' zei de technisch rechercheur en hing op.

Brunetti legde de hoorn op het toestel. Een kolonel van de carabinieri had ooit opgemerkt dat Bocchese zo kundig was dat hij zelfs op een substantie die zo glibberig was als de ziel van een politicus nog vingerafdrukken zou kunnen vinden, en dus kon hij zich meer veroorloven dan de meeste anderen die op de questura werkten. Brunetti was allang gewend geraakt aan de voortdurende lichtgeraaktheid van de man; doordat hij er al jaren mee te maken had, had hij er niet eens meer erg in. Hij compenseerde zijn norse gedrag met de onpeilbare nauwkeurigheid van zijn werk, waarop de meedogenloze scepsis van de advocaten van de verdedigende partij al meer dan eens was stukgelopen.

Brunetti haalde de portefeuille uit de zak en legde hem op het bureau. Hij was gekromd en had de vorm van Rossi's bil aangenomen; waarschijnlijk had de portefeuille jarenlang in diens achterzak gezeten. De bruinleren portefeuille was in het midden gevouwen en een klein stukje van de verstevigende strook was afgesleten, waardoor een dunne grijze draad zichtbaar was. Hij opende de portefeuille en drukte hem plat op zijn bureau. In de sleuven aan de linkerkant zaten vier plastic pasjes: een van Visa, een van de Standa, een legitimatiebewijs van het Ufficio Catasto en zijn Carta Venezia, waarmee Rossi als inwoner van de stad korting kreeg bij het reizen per openbaar vervoer. Hij haalde de kaartjes eruit en bestudeerde de foto die op de laatste twee te zien was. Deze was door middel van een of ander holografisch proces in de kaartjes gedrukt en bij een bepaalde lichtval onzichtbaar, maar het was absoluut Rossi die erop afgebeeld was.

Aan de rechterkant van de portefeuille zat een vakje voor kleingeld, waarvan de klep kon worden gesloten met een koperen drukknop. Brunetti opende de beurs en deponeerde het kleingeld op zijn bureau. Er lagen een paar nieuwe munten van 1000 lire, een paar munten van 500 lire en van de drie munten van 100 lire van verschillende grootte die nu in omloop waren, lag er van elk een. Vonden andere mensen het net zo raar als hij dat er drie verschillende afmetingen bestonden? Hoe was die dwaasheid te verklaren?

Brunetti duwde het achterdeel van de portefeuille uiteen en nam de bankbiljetten eruit. Ze waren keurig gerangschikt: de grootste coupures zaten aan de achterkant van de portefeuille, en dat liep langzaam af tot de biljetten van

1000 lire aan de voorkant. Hij telde de bankbiljetten: 187.000 lire.

Hij duwde het achterdeel nog verder uiteen om te kijken of hij iets over het hoofd had gezien, maar er zat verder niets in. Hij voelde met zijn vingers in de gleuf aan de linkerkant en haalde er een paar ongebruikte vaporetto-kaartjes uit, een bonnetje van een bar van 3300 lire, en een aantal postzegels van 800 lire. Aan de andere kant vond hij nog een bonnetje van een bar, waar op de achterzijde een telefoonnummer was genoteerd. Het nummer begon niet met 52, 27 of 72, dus nam hij aan dat het geen nummer in Venetië was – hoewel er geen netnummer was genoteerd. En dat was alles. Geen namen, geen briefje van de overleden man waarop een boodschap geschreven stond voor het geval hem iets mocht overkomen, niets van al die dingen die je eigenlijk nooit aantreft in de portefeuilles van mensen die misschien zijn omgekomen door doelbewust geweld.

Brunetti deed het geld terug in de portefeuille en stopte de portefeuille terug in de plastic zak. Hij trok de telefoon over het bureau naar zich toe en draaide het nummer van Rizzardi. De autopsie zou nu wel afgerond zijn, en hij wilde graag meer weten over die merkwaardige deuk in Rossi's voorhoofd.

De arts nam op nadat de telefoon tweemaal was overgegaan; ze groetten elkaar beleefd, waarna Rizzardi zei: 'Je belt zeker over Rossi?' Brunetti bevestigde dit, en Rizzardi zei: 'Mooi. Als jij mij niet had gebeld, had ik jou gebeld.'

'Hoezo?'

'Die wond. Dat wil zeggen: die twee wonden. Op zijn hoofd.'

'Wat is daarmee?'

'De ene is vlak en er zit cement in. Dat is erin gekomen toen hij op de grond terechtkwam. Maar links daarvan zit er nog een, een kokervormige. Dat wil zeggen: hij is veroorzaakt door iets cilindervormigs, zoals de buizen die gebruikt zijn bij het bouwen van de *impalcatura* die rond het gebouw is aangebracht, hoewel de omtrek kleiner lijkt dan de buizen die ik op die dingen gezien meen te hebben.'

'En?'

'En er is in de wond absoluut geen roest te vinden. Doorgaans zijn die buizen smerig door allerlei vuil, roest en verf, maar in de wond is daarvan niets terug te vinden.'

'Misschien hebben ze het eraf gewassen in het ziekenhuis.'

'Dat hebben ze ook gedaan, maar metaalsporen in de kleinere wond zijn doorgedrongen tot in het bot van zijn schedel. Alleen metaal. Geen vuil, geen roest, en geen verf.'

'Wat voor metaal?' vroeg Brunetti, die vermoedde dat Rizzardi wel een betere reden zou hebben om te bellen dan alleen de afwezigheid van vuil, roest of verf.

'Koper.' Toen Brunetti daar geen commentaar op leverde, durfde Rizzardi het aan op te merken: 'Het is niet aan mij om te vertellen hoe jij je zaakjes moet regelen, maar misschien is het een goed idee om er vandaag een onderzoeksteam naartoe te sturen, of in ieder geval zo snel mogelijk.'

'Ja, dat zal ik doen,' zei Brunetti, die blij was dat hij het die dag voor het zeggen had op de questura. 'Wat heb je nog meer gevonden?'

'Zijn armen waren allebei gebroken, maar ik ga ervan uit dat je dat al wist. Er zaten wonden op zijn handen, maar die kunnen veroorzaakt zijn door de val.'

'Kun je ongeveer aangeven van hoe hoog hij is gevallen?'

'In dat soort dingen ben ik niet echt een deskundige, want ze komen maar zo zelden voor. Maar ik heb een paar boeken doorgesnuffeld, en ik denk dat het een meter of tien moet zijn geweest.'

'Derde verdieping?'

'Mogelijk. Minstens van de tweede.'

'Kun je iets zeggen over de manier waarop hij is neergekomen?'

'Nee. Maar het lijkt erop dat hij heeft geprobeerd zichzelf voort te slepen na zijn val. Zijn broek vertoont schaafsporen ter hoogte van zijn knieën, en ook op zijn knieën zelf zijn schaafwondjes zichtbaar; bovendien heeft hij schaafwonden aan de binnenzijde van een van zijn enkels, wat volgens mij ook komt omdat hij zich heeft voortgesleept over het wegdek.'

Brunetti onderbrak de arts. 'Kun je aangeven welke wond hem fataal is geworden?'

'Nee.' Rizzardi's antwoord kwam zo snel dat Brunetti besefte dat hij op die vraag moest hebben gewacht. Hij zweeg om Brunetti de gelegenheid te geven door te gaan. Maar Brunetti wist niets beters te vragen dan een vaag: 'Verder nog iets?'

'Nee. Het was een gezonde vent en hij zou een lang leven hebben gehad.'

'Arme jongen.'

'De man in het mortuarium zei dat je hem kende. Wat het een vriend van je?'

Brunetti aarzelde niet. 'Hij was een vriend, ja.'

12

Brunetti belde het Telecom-kantoor en gaf te kennen dat hij politiefunctionaris was. Hij legde uit dat hij probeerde een telefoonnummer te achterhalen, maar dat hij geen netnummer had, aangezien hij slechts beschikte over de laatste zeven cijfers. Daarna vroeg hij of Telecom hem de plaatsnamen kon verstrekken waar dit nummer bestond. Zonder te bedenken dat ze de herkomst van zijn telefoontje zou kunnen controleren en zelfs zonder voor te stellen dat ze hem zou terugbellen op de questura, vroeg de vrouw hem even te wachten terwijl zij haar computer raadpleegde, en zette hem in de wacht. Er weerklonk in ieder geval geen muziekje. Ze was snel weer aan de telefoon en zei dat Piacenza, Ferrara, Aquileia en Messina de steden waren waar dit nummer voorkwam.

Brunetti vroeg vervolgens om de namen van de mensen met die vier nummers, maar toen beriep de vrouw zich op de regels van Telecom, de wet op de privacy en 'algemeen gevoerd beleid'. Ze legde uit dat ze een telefoontje nodig had van de politie of van een ander overheidsorgaan. Brunetti bleef geduldig en legde op rustige toon uit dat hij commissario bij de politie was: ze kon hem bellen op de questura van Venetië. Toen ze het nummer vroeg, wist Brunetti de verleiding te weerstaan op te merken dat ze er misschien beter aan deed het nummer op te zoeken in het telefoonboek, om er zeker van te zijn dat ze inderdaad met de questura belde. In plaats daarvan gaf hij haar het nummer, herhaalde zijn naam en hing op. Vlak daarna al ging de telefoon, en de vrouw las vier namen en adressen op.

De namen zeiden hem niets. Het nummer in Piacenza was van een autoverhuurbedrijf; dat in Ferrara stond op een aantal namen en zou het nummer kunnen zijn van een bedrijf, of zelfs een winkel. De laatste twee waren vermoedelijk nummers van particulieren. Hij draaide het nummer in Piacenza, wachtte, en toen er werd opgenomen door een man, zei hij dat hij van de politie in Venetië was en vroeg hij of ze in hun boeken even wilden nakijken of ze een auto hadden verhuurd aan Franco Rossi uit Venetië, of dat die naam hen iets zei. De man vroeg Brunetti even te wachten, dekte de telefoon af met zijn hand en zei iets tegen iemand anders. Daarop vroeg een vrouw hem zijn verzoek te herhalen. Nadat hij dat had gedaan, werd hem opnieuw gevraagd een moment te wachten. Dat moment groeide uit tot een paar minuten, maar uiteindelijk kwam de vrouw terug aan de telefoon en zei dat het haar speet: ze hadden geen gegevens van een klant met die naam.

Toen hij het nummer in Ferrara belde, kreeg hij een boodschap dat hij verbonden was met het kantoor van Gavini en Cappelli; of hij zijn naam, nummer en de reden van zijn telefoontje wilde achterlaten. Hij hing op.

In Aquileia kreeg hij zo te horen een oude vrouw aan de lijn die zei dat ze nog nooit van Franco Rossi had gehoord. Het nummer in Messina was niet langer aangesloten.

Hij had in Rossi's portefeuille geen rijbewijs gevonden. Hoewel veel Venetianen niet reden, was het toch mogelijk dat hij er een had: dat er geen wegen waren, vormde voor

Italianen nauwelijks een reden om hun voorliefde voor snelheid niet bot te vieren. Hij belde met het uitgiftebureau rijbewijzen en men vertelde hem dat er aan negen Franco Rossi's een rijbewijs was verstrekt. Brunetti keek even op Rossi's legitimatiekaart van het Ufficio Catasto en gaf Rossi's geboortedatum door. Aan hem was geen rijbewijs verstrekt.

Hij probeerde nogmaals het nummer in Ferrara, maar er werd opnieuw niet opgenomen. Zijn telefoon ging.

'Commissario?' Het was Vianello.

'Ja.'

'We zijn zojuist gebeld door het bureau in Cannaregio.'

'Het bureau bij Tre Archi?'

'Ja, meneer.'

'Wat is er aan de hand?'

'Ze hebben gereageerd op een telefoontje van een man die zei dat hij een vreemde geur rook, afkomstig uit het appartement boven het zijne. Het stonk.'

Brunetti zweeg; er was maar weinig verbeeldingskracht voor nodig om te weten wat er nu zou komen. Commissarissen van politie werden niet gebeld over een gebrekkige sanitaire inrichting of over achtergelaten vuilnis.

'Het was een student,' zei Vianello, die daarmee elke verdere speculatie overbodig maakte.

'Wat is er gebeurd?'

'Het ziet ernaar uit dat het een overdosis is. Tenminste, dat zeiden ze.'

'Hoe lang geleden is dat telefoontje binnengekomen?'

'Ongeveer tien minuten.'

'Ik kom eraan.'

Bij het verlaten van de questura werd Brunetti verrast

door de hitte. Vreemd genoeg moest hij vaak zijn best doen om zich te herinneren of het nu lente was of herfst, al wist hij altijd welke dag het was, en gewoonlijk ook welke datum. Dus toen hij de hitte voelde, moest hij dat vreemde, desoriënterende gevoel van zich afschudden, en pas daarna herinnerde hij zich dat het lente was en dat je dus mocht verwachten dat het steeds warmer zou worden.

Er was die dag een andere schipper, Pertile, een man die Brunetti *antipatico* vond. Brunetti, Vianello en de twee mannen van de technische recherche klommen aan boord. Een van hen gooide de trossen los, daarna voeren ze de *bacino* in en keerden vervolgens snel om, het Canale del Arsenale op. Pertile zette de sirene aan en voer met hoge snelheid door de stille wateren van het Arsenale, waarbij hij vaporetto nummer 52 afsneed die juist vertrok van de aanlegsteiger Tana.
'Dit is geen nucleaire evacuatie, Pertile,' zei Brunetti.

De schipper keek om naar de mannen aan dek, haalde zijn hand van het stuurwiel en zette de sirene af. Brunetti had de indruk dat de schipper de snelheid van de boot nog verder opvoerde, maar hij besloot er niets over te zeggen. Aan het eind van het Arsenale maakte Pertile een scherpe bocht naar links en passeerde de gebruikelijke aanlegplaatsen: het ziekenhuis, Fondamenta Nuove, La Madonna dell'Orto en San Alvise. Daarna sloeg hij het Canale di Cannaregio in. Vlak na de eerste aanlegsteiger zagen ze een politieagent op de *riva* staan en zwaaiden naar hem toen ze dichterbij kwamen.

Vianello wierp hem het meertouw toe en hij boog voorover om het vast te maken aan een ijzeren ring. Toen de agent op de riva Brunetti zag, salueerde hij en stak vervolgens zijn hand uit om hem te helpen bij het verlaten van de boot.

'Waar is hij?' vroeg Brunetti zodra hij met zijn voeten op vaste grond stond.

'Deze calle in, meneer,' zei hij. Hij draaide zich om en liep het smalle steegje in dat van het water in de richting van Cannaregio liep.

De anderen stapten een voor een van de boot af; Vianello draaide zich om naar Pertile en zei dat hij op hen moest wachten. Brunetti, die naast de agent liep, en de anderen, die in een rij achter hen aan kwamen, gingen de smalle calle in.

Ze hoefden niet ver te lopen en hadden geen enkele moeite het juiste huis te vinden: zo'n twintig meter verderop stond een groepje mensen bij een deuropening, waar een geüniformeerde agent voor stond, de armen over elkaar geslagen.

Toen Brunetti dichterbij kwam, verwijderde een man zich uit het groepje mensen, maar hij maakte geen aanstalten naar de politiemannen toe te lopen. Hij liep gewoon een stukje van de anderen weg en bleef met zijn handen in zijn zij staan kijken naar de naderende politiemannen. Hij was lang en zag er bijna uit als een lijk; bovendien had hij de ergste drankneus die Brunetti ooit had gezien: vlammend rood, opgezet, vol deukjes en bijna blauw aan het puntje. Het deed Brunetti denken aan de gezichten die hij ooit had gezien op een schilderij van een of andere Hollandse meester – was het niet *Christus draagt het Kruis*? – afschuwelijke, verwrongen gezichten die niets dan pijn en kwaad uitstraalden naar eenieder die maar in hun verderfelijke buurt kwam.

Met zachte stem vroeg Brunetti: 'Is dat de man die hem heeft gevonden?'

'Ja, meneer,' antwoordde de politieman die hen bij de boot had opgevangen. 'Hij woont op de eerste verdieping.'

Ze liepen naar de man toe, die zijn handen in zijn zakken stak en heen en weer wipte op zijn voeten, alsof hij nog belangrijk werk te doen had en het de politiemannen kwalijk nam dat ze hem daarvan weerhielden.

Brunetti bleef vlak voor hem staan. 'Goedemorgen, meneer. U bent degene die ons hebt gebeld?' vroeg hij.

'Ja, dat klopt. Het verbaast me dat u de moeite hebt genomen om hier zo snel te komen,' zei hij op een toon die even vervuld was van wrok en vijandigheid als zijn adem stonk naar alcohol en koffie.

'U woont onder hem?' vroeg Brunetti op neutrale toon.

'Ja, ik zit daar al zeven jaar, en als die klootzak, mijn huisbaas, denkt dat hij me eruit kan gooien met een uitzettingsbevel, dan zal ik hem vertellen dat hij dat in zijn hol kan steken.' Hij sprak met het accent van Giudecca, en net als veel andere mensen die afkomstig waren van dat eiland leek hij te denken dat grofheid bij het spreken even belangrijk was als lucht bij het ademen.

'Hoe lang woont hij daar al?'

'Hij woont er nu niet meer, hè?' zei de man, boog voorover en barstte uit in een uitgebreid lachsalvo dat eindigde in een hoestbui.

'Hoe lang woondé hij daar al?' vroeg Brunetti toen de hoestbui van de man voorbij was.

De man ging rechtop staan en keek Brunetti eens wat beter aan. Op zijn beurt bekeek Brunetti de witte plekken die afschilferden van de rood geworden huid van het gezicht van de man en de geelachtige ogen, die verrieden dat hij geelzucht had.

'Een paar maanden. Dat zult u aan de huisbaas moeten vragen. Ik zag hem alleen maar op de trap.'

'Kwam er wel eens iemand op bezoek?'

'Dat weet ik niet,' zei de man, die ineens op kribbige toon sprak. 'Ik bemoei me met mijn eigen zaken. Bovendien was hij student. Tegen dat soort mensen heb ik niets te zeggen. Klootzakjes zijn het, die denken dat ze alles beter weten.'

'Gedroeg hij zich zo?' vroeg Brunetti.

De man dacht hier even over na, verbaasd dat hij dit speciale geval moest bestuderen om te zien of het overeenkwam met zijn algemene vooroordeel. Na een poosje zei hij: 'Nee, maar ik heb u al verteld dat ik hem maar een paar keer heb gezien.'

'Geeft u uw naam op aan de brigadier, alstublieft,' zei Brunetti, stapte opzij en wees de jongeman aan die de boot had afgemeerd. Hij liep de twee treden op die leidden naar de voordeur, waar de agent die daar stond, voor hem salueerde. Achter zich hoorde hij de man die hij had ondervraagd, roepen: 'Hij heette Marco.'

Vianello kwam eraan; Brunetti vroeg hem uit te zoeken wat hij te weten kon komen van de mensen in de buurt. De brigadier draaide zich om en de agent deed een stap voorwaarts. 'Tweede verdieping, meneer,' zei hij.

Brunetti keek omhoog naar de smalle trapgang. Achter hem deed de politieagent het licht aan, maar het peertje met zijn lage wattage maakte weinig verschil – alsof het geen zin had de smerige troep te verlichten. Verf en cement waren van de wanden afgebladderd en waren door de mensen die de trap gebruikten aan beide kanten vertrapt tot zandhoopjes. Hier en daar lagen er sigarettenpeuken of stukjes papier op de hoopjes, of ze staken eruit.

Brunetti klom de trap op. De stank kwam hem op de overloop van de eerste verdieping al tegemoet. De zware, intense, doordringende geur wees op iets verrots en goors, en op iets onmenselijk smerigs. Naarmate hij de tweede verdieping dichter naderde, werd de stank erger; Brunetti beleefde een vreselijk moment waarin hij zich een lawine van moleculen voorstelde die over hem heen kwam, zich aan zijn kleren hechtte en in zijn neus en keel drong, en die de gruwelijke herinnering aan onze sterfelijkheid met zich meedroeg.

Een derde politieagent, die er zeer bleek uitzag in het schaarse licht, stond bij de deur van het appartement. Brunetti stelde met spijt vast dat de deur gesloten was, want dat betekende dat de stank nog erger zou worden zodra ze hem openden. De agent salueerde, stapte snel opzij en liep door tot hij vier stappen van de deur verwijderd was.

'Je kunt naar beneden gaan,' zei Brunetti, die besefte dat de jongen daar bijna al een uur moest hebben gestaan. 'Ga maar naar buiten.'

'Dank u, meneer,' zei hij, salueerde nogmaals, liep snel om Brunetti heen en ging als een speer de trap af.

Achter zich hoorde Brunetti het gestommel en gerammel van het technische team dat met zijn tassen vol gereedschappen de trap op liep.

Hij weerstond de neiging diep in te ademen; in plaats daarvan raapte hij al zijn moed bijeen en strekte zijn hand uit om de deur te openen. Maar voordat hij dat kon doen, riep een van de mannen van de technische recherche: 'Commissario, doet u eerst deze om.' Toen Brunetti zich omdraaide, was de man bezig het plastic omhulsel rond een chirurgenkapje los te trekken. Hij gaf er een aan Brunetti, en daarna een aan zijn collega. Ze bevestigden de elastiekjes achter hun oren, trokken de kap over hun mond en neus en waren blij dat ze de scherpe geur van chemicaliën inademden die in de kapjes verwerkt waren.

Brunetti opende de deur en werd overvallen door de stank, die dwars door zijn kapje heen drong. Hij keek op en zag dat alle ramen geopend waren, vermoedelijk door de politie, en dat de plaats delict in zekere zin verstoord was. Toch was er weinig aanleiding de ruimte te beveiligen: door de stank zou Cerberus zelf er nog jankend weggevlucht zijn.

Brunetti, wiens lichaam verstijfd was door de aandrang niet te bewegen, liep de kamer binnen, en de anderen kwamen achter hem aan. De woonkamer zag eruit zoals hij verwachtte in het appartement van een student en deed hem denken aan de manier waarop hij en zijn vrienden woonden toen zij aan de universiteit studeerden. Een versleten bank was bedekt met kleurige Indiase kleden, die over de rugleuning waren gedrapeerd en stevig over de zitkussens en de armleuningen waren gespannen om de indruk te wekken dat de bank daadwerkelijk gestoffeerd was. Tegen de muur stond een langwerpige tafel, waarvan het blad vol papieren en boeken lag; bovendien zag hij een sinaasappel waar een groene schimmel op groeide. Twee andere stoelen lagen vol boeken en allerlei kleren.

De jongen lag op zijn rug op de keukenvloer, met uitgespreide ledematen. Zijn linkerarm lag geheel uitgestrekt achter zijn hoofd; de naald die hem fataal was geworden, stak nog in de ader van zijn arm, vlak onder de elleboog. Zijn rechterhand lag gekromd op zijn kruin; Brunetti herkende er de beweging in die zijn zoon maakte als hij besefte dat hij een fout had gemaakt of iets stoms had gedaan. Op tafel lagen de spullen die je kon verwachten: een lepel, een kaars en een plastic zakje waar de dodelijke dosis in had gezeten. Brunetti keek opzij. Het geopende raam in de keuken zag uit op een ander raam, waarvan de luiken gesloten waren.

Een van de mannen van het lab ging achter hem staan en keek omlaag naar de jongen. 'Moet ik hem afdekken, meneer?'

'Nee. Laat hem maar zo liggen totdat de dokter naar hem heeft gekeken. Wie komt er?'

'Guerriero, meneer.'

'Niet Rizzardi?'

'Nee, meneer. Guerriero heeft dienst vandaag.'

Brunetti knikte en ging terug naar de woonkamer. Het elastiek schuurde tegen zijn wang, dus verwijderde hij het chirurgenkapje en stopte het in zijn zak. Even was de stank erger, maar daarna niet meer. De tweede labmedewerker kwam de keuken binnen en had een camera en een statief bij zich. Hij hoorde hoe ze op fluistertoon overlegden hoe ze dit tafereel zouden vastleggen voor het kleine stukje van de geschiedenis dat Marco, student aan de universiteit en nu dood met een naald in zijn arm, zou vormen in de politiearchieven van Venetië, de parel van de Adriatische kust. Brunetti liep naar het bureau van de jongen en keek naar een warwinkel van papieren en boeken, die zoveel leek op de warwinkel op zijn eigen bureau toen hij nog studeerde, en op de chaos die zijn zoon elke ochtend in zijn kielzog achterliet als hij naar school ging.

Op de binnenflap van een boek over de geschiedenis van de architectuur trof Brunetti zijn naam aan: Marco Landi. Langzaam keek hij de papieren op het bureau door, en af en toe las hij een alinea of een zin. Marco, ontdekte hij, was bezig geweest met een werkstuk dat handelde over de tuinen van vier achttiende-eeuwse villa's tussen Venetië en Padova. Brunetti vond boeken en gefotokopieerde artikelen over landschapsarchitectuur, en zelfs schetsen van tuinen die door de dode jongen zelf getekend leken te zijn. Brunetti keek lange tijd naar een grote tekening van een ingewikkelde formele tuin, waarop alle planten en bomen tot in het kleinste detail stonden afgebeeld. Hij kon zelfs de tijd waarnemen die stond aangegeven op de enorme zonnewijzer die links van een fontein stond: kwart over vier. Rechts onder aan de tekening zag hij twee konijnen achter een dikke oleander die de toeschouwer nieuwsgierig aankeken; ze zagen er tevreden en weldoorvoed uit. Hij schoof de tekening weg en pakte een andere, die schijnbaar voor een ander project was gemaakt, want er stond een uiterst modern huis op, dat aan één zijde ondersteund boven een open ruimte gebouwd was – misschien boven een ravijn of een kloof. Brunetti bestudeerde de tekening en zag opnieuw de konijnen, die ditmaal verbaasd voor zich uit keken en achter een of ander modern beeld zaten dat op het grasveld voor het huis stond. Hij legde hem terug en bekeek de andere tekeningen die Marco had gemaakt. Op allemaal kwamen de konijnen terug, en soms waren ze zo slim verstopt dat hij ze ternauwernood kon vinden: in het venster van een flatgebouw, of achter de voorruit van een auto die voor een huis stond geparkeerd. Brunetti vroeg zich af wat Marco's professoren geoordeeld zouden hebben over de konijnen die bij elke nieuwe opdracht opnieuw opdoken: zouden ze het leuk vinden, of juist vervelend? Daarna vroeg hij zich af wat hij zelf vond van die jongen die de konijnen had gemaakt, op elke tekening. Waarom konijnen? En waarom twee?

Vervolgens richtte hij zijn aandacht op een handgeschreven brief die links van de tekeningen lag. Er stond geen afzender op en de brief was afgestempeld in een plaats ergens in de provincie Trento. De stempel was vlekkerig, waardoor de naam van het plaatsje onleesbaar was. Hij keek snel onder aan het papier en zag dat het was ondertekend met '*Mamma*'.

Brunetti keek even een andere kant op en begon toen te lezen. De brief bevatte de gebruikelijke familienieuwtjes: *Papà* was in de tuin bezig met de voorjaarsaanplant, en Maria, die, zo concludeerde Brunetti, Marco's jongere zusje moest zijn, deed het goed op school. Briciola was weer achter de postbezorger aangerend, en met haarzelf ging het goed: ze hoopte dat Marco aan het studeren was en dat het goed ging, en dat hij geen problemen meer ondervond. Nee, signora, uw Marco zal geen problemen meer ondervinden, maar uzelf zult de rest van uw leven te kampen krijgen met verlies en pijn, en met het afschuwelijke gevoel dat u tegenover deze jongen te kort bent geschoten. En ongeacht hoezeer u ervan overtuigd bent dat u er niet verantwoordelijk voor was, de zekerheid dat u dat wel bent, zal altijd overheersen en de boventoon voeren.

Hij legde de brief neer en doorzocht snel de overige papieren op het bureau. Er lagen nog meer brieven van de moeder van de jongen, maar Brunetti las ze niet. Ten slotte vond hij in de bovenla van het vurenhouten dressoir links van het bureau een adressenboekje, waarin het adres en het telefoonnummer van de ouders van Marco vermeld stond. Hij stak het boekje in de zak van zijn jasje.

Hij hoorde een geluid bij de deur, draaide zich om en zag Gianpaolo Guerriero, de assistent van Rizzardi. Voor Brunetti was Guerriero's ambitie gemakkelijk af te lezen aan de uitdrukking op zijn magere, jonge gezicht en aan de snelheid van zijn bewegingen, of misschien was het wel zo dat Brunetti wist dat hij ambitieus was en die kwaliteit – het lukte Brunetti maar niet het als een deugd te zien – in alles terugzag wat de man deed. Brunetti wilde hem graag aardig vinden, want hij had opgemerkt dat hij respectvol omging met de doden met wie hij werkte, maar de man had een humorloze ernst over zich waardoor het voor Brunetti lastig was meer voor hem te voelen dan respect. Net als zijn baas kleedde hij zich zorgvuldig. Vandaag droeg hij een wollen pak dat goed paste bij zijn elegante, knappe uiterlijk. Achter hem stonden twee in witte pakken gestoken assistenten van het mortuarium. Brunetti knikte in de richting van de keuken. De mannen gingen naar binnen met hun opgerolde brancard.

'Niets aanraken,' riep Guerriero hen volstrekt overbodig na. Hij gaf Brunetti een hand.

'Ze hebben me verteld dat het een overdosis was,' zei Guerriero.

'Daar ziet het naar uit.' Uit de andere kamer kwamen geen geluiden.

Guerriero liep de keuken in; Brunetti kon er niets aan doen dat het hem opviel dat de tas die de arts bij zich droeg, voorzien was van het Prada-logo.

Brunetti bleef in de woonkamer. Terwijl hij wachtte tot Guerriero klaar was, ging hij aan tafel zitten, steunde met zijn hoofd op zijn geopende handpalmen en bekeek de tekeningen van Marco weer. Hij wilde wel lachen naar de konijnen, maar het lukte hem niet.

Guerriero was slechts een paar minuten bezig in de keuken. Hij bleef bij de deur staan om het chirurgenkapje af te doen dat hij had omgedaan. 'Als het heroïne is geweest,' zei de arts, 'en ik denk dat het dat was, dan is het meteen gebeurd. U hebt hem gezien: hij heeft niet eens de tijd gehad om de naald uit zijn arm te trekken.'

Brunetti vroeg: 'Hoe zou dat komen? Of waarom is het gebeurd, als hij verslaafd was?'

Guerriero dacht hier over na en antwoordde: 'Als het heroïne is geweest, kan er allerlei troep doorheen gemengd zijn. Dat zou de oorzaak kunnen zijn. Maar als hij het een tijdje niet gebruikt had, is het misschien niet meer dan een overreactie geweest op een dosering die hem geen kwaad had gedaan als hij een regelmatige gebruiker was geweest. Tenminste, als hij spul had gehad dat echt zuiver was.'

'Wat denkt u?' vroeg Brunetti, maar toen hij zag dat Guerriero automatisch en ongetwijfeld voorzichtig wilde antwoorden, stak hij zijn hand op en voegde eraan toe: 'Geheel onofficieel.'

Guerriero dacht lange tijd na voordat hij een antwoord gaf, en Brunetti kon zich niet aan de indruk onttrekken dat de jonge arts de professionele gevolgen taxeerde van de situatie waarin men erachter was gekomen dat hij een volkomen onofficiële beoordeling had gemaakt. Ten slotte zei hij: 'Ik denk dat het de tweede mogelijkheid zou kunnen zijn.'

Brunetti moedigde hem niet aan, maar bleef gewoon staan en wachtte tot hij verderging.

'Ik heb niet het hele lichaam onderzocht,' zei Guerriero. 'Alleen de armen. Maar ik zie geen verse sporen, hoewel er een hoop oude zijn. Als hij recentelijk heroïne heeft gespoten, zou hij waarschijnlijk zijn armen hebben gebruikt. Verslaafden vertonen de neiging dezelfde plek te nemen. Ik vermoed dat hij een paar maanden geen spul meer heeft gebruikt.'

'Maar dat hij daarna toch weer een shot heeft genomen?'

'Ja, daar lijkt het op. Ik kan u meer vertellen nadat ik hem beter onderzocht heb.'

'Dank u, dottore,' zei Brunetti. 'Nemen ze hem nu mee?'

'Ja. Ik heb tegen ze gezegd dat ze hem in een zak moeten doen. De ramen staan open, dus het wordt hier nu snel draaglijker.'

'Goed. Dank u wel.'

Guerriero stak bij wijze van dank zijn hand op.

'Wanneer kunt u de autopsie verrichten?' vroeg Brunetti.

'Morgenochtend, waarschijnlijk. Er is weinig te doen op dit moment in het ziekenhuis. Het is vreemd dat er in het voorjaar zo weinig mensen overlijden. Ik heb zijn portefeuille en de spullen uit zijn zak op de keukentafel gelegd,' ging Guerriero verder, die zijn tas opende en het chirurgenkapje erin stopte.

'Dank u. Belt u me even als u nieuws hebt?'

'Uiteraard,' zei Guerriero, en nadat ze elkaar bij wijze van afscheid de hand hadden geschud, verliet hij het appartement.

Tijdens hun korte gesprek had Brunetti geluiden gehoord in de keuken. Zodra Guerriero vertrokken was, kwamen de twee assistenten tevoorschijn. De brancard was nu uitgerold en de door een zak omhulde last hing tussen hen in. Met een uiterste wilsinspanning slaagde Brunetti erin niet te denken aan de manier waarop ze die last de smalle wenteltrap van het gebouw af zouden tillen. De mannen maakten een knikbeweging in zijn richting, maar bleven niet staan.

Toen de geluiden van de vertrekkende mannen die de trap

afdaalden, langzaam wegstierven, ging Brunetti terug naar de keuken.

De langste van de twee technisch rechercheurs – Brunetti meende te weten dat hij Santini heette, maar hij wist het niet zeker – keek op en zei: 'Hier is niets te vinden, meneer.'

'Hebt u zijn papieren nagekeken?' vroeg Brunetti en wees op de portefeuille, een stapeltje verfrommelde papiertjes en enige munten die op de tafel lagen.

Santini's collega antwoordde in zijn plaats. 'Nee, meneer. We dachten dat u dat zelf wilde doen.'

'Hoeveel kamers zijn er verder nog?' vroeg Brunetti.

Santini wees op de achterkant van het appartement. 'Alleen nog een badkamer. Hij zal wel geslapen hebben op die bank in de andere kamer.'

'Nog iets in de badkamer?'

Santini liet het antwoorden over aan de ander. 'Geen naalden, meneer, geen spoor van te vinden. Alleen de spullen die je gewoonlijk in een badkamer aantreft: aspirine, scheerzeep, een zakje met plastic scheermesjes. Maar geen toebehoren voor drugs, helemaal niets.'

Brunetti vond het interessant te weten wat de technicus van deze zaak vond en dus vroeg hij: 'Hoe denkt u erover?'

'Ik zou zeggen dat die jongen clean was,' antwoordde hij zonder aarzeling. Brunetti keek naar Santini, die met een hoofdknik duidelijk maakte dat hij het eens was met zijn collega. De ander vervolgde: 'We hebben een hoop van deze jongens gezien, en de meesten zijn wrakken. Verwondingen over hun hele lichaam, niet alleen op hun armen.' Hij hief een hand op en zwaaide hem een paar maal heen en weer, alsof hij de herinnering wilde wegwuiven aan de jonge, door drugsgebruik gestorven mensen die hij had zien liggen. 'Maar deze jongen had verder geen verse naaldsporen in zijn armen.' Een tijd lang zei niemand iets.

Ten slotte vroeg Santini: 'Is er nog iets wat we voor u kunnen doen, meneer?'

'Nee, ik denk het niet.' Hij merkte op dat ze geen kapje meer droegen en dat de stank minder was geworden – zelfs hier, waar de jongen wie weet hoe lang had gelegen. 'Gaan jullie maar koffiedrinken. Ik kijk daar nog even naar,' zei hij en wees naar de portefeuille en de papieren. 'Daarna sluit ik de boel af en kom naar beneden.'

Geen van beiden maakte bezwaar. Toen ze vertrokken waren, pakte Brunetti de portefeuille en blies ertegenaan om het fijne, grijze stof te verwijderen. Er zat 57.000 lire in. Verder lag er nog een bedrag van 2700 lire in munten op tafel, waar iemand het had neergelegd na het uit de zakken van Marco te hebben gehaald. Binnenin vond hij Marco's *carta d'identità*, waar zijn geboortedatum op vermeld stond. Met een abrupte beweging veegde hij al het geld en de papieren die op tafel lagen, in zijn hand en stopte alles in de zak van zijn jasje. Op de tafel bij de deur had hij een sleutelbos zien liggen. Aandachtig controleerde hij of alle luiken goed bevestigd waren; daarna deed hij ze dicht en sloot ten slotte de ramen van het appartement. Hij sloot de deur af en liep naar beneden.

Buiten stond Vianello bij een oude man, die zich vooroverboog om te kunnen horen wat hij te zeggen had. Toen hij Brunetti zag verschijnen, tikte hij de oude man op zijn arm en draaide zich om. Brunetti kwam dichterbij en Vianello schudde het hoofd. 'Niemand die iets heeft gezien. Niemand die iets weet.'

13

Samen met Vianello en de mannen van de technische recherche voer Brunetti met de politieboot terug naar de questura. Hij was blij de frisse lucht en de wind te voelen die, naar hij hoopte, hen zou bevrijden van de stank die ze met zich mee hadden genomen uit het appartement. Niemand zei er iets over, maar Brunetti wist dat hij zich pas volledig schoon zou voelen nadat hij elk kledingstuk dat hij die dag had gedragen, had uitgetrokken en een hele tijd onder het zuiverende water van de douche had gestaan. Zelfs met de toenemende hitte op deze dag aan het eind van de lente verlangde hij naar heet, dampend water en naar het schurende gevoel van een harde handdoek op elke centimeter van zijn lichaam.

De technisch rechercheurs namen de bewijsstukken van de dood van Marco mee naar de questura, en hoewel de kans klein was dat ze nog een tweede set afdrukken zouden krijgen van de spuit die hem fataal was geworden, hadden ze enige hoop dat het plastic zakje dat hij op de keukentafel had laten liggen, nog iets zou opleveren – misschien een fragment dat zou overeenstemmen met afdrukken die gearchiveerd waren.

Toen ze aankwamen bij de questura, liet de schipper de boot met een te grote snelheid in de richting van de wal lopen, waardoor hij zo hard tegen de steiger botste dat ze aan dek heen en weer geslingerd werden. Een van de technisch rechercheurs greep Brunetti bij de schouder om te voorkomen dat hij van de trap af zou vallen, de kajuit in. De schipper zette de motor af en sprong aan wal. Hij pakte het eind van het touw waarmee hij de boot zou vastmaken aan de aanlegsteiger en ging aan de gang met het vastknopen. Een zwijgzame Brunetti hielp de anderen bij het verlaten van de boot en ze liepen de questura binnen.

Brunetti ging meteen door naar het kantoortje van signorina Elettra. Toen hij binnenkwam, zat ze te telefoneren; zodra ze hem zag, stak ze een hand op ten teken dat hij even moest wachten. Hij liep langzaam naar binnen, want hij was bang dat hij de vreselijke stank die hij in zijn verbeelding nog met zich meedroeg en die wellicht nog in zijn kleding hing, mee het kantoor in zou nemen. Hij zag dat het raam openstond, dus daar liep hij naartoe en bleef er staan, vlak naast een grote vaas lelies die de lucht vervulden met een zware, zoete geur, die hij altijd verafschuwd had.

Signorina Elettra, die merkte dat hij rusteloos was, keek hem aan, hield de hoorn een eindje van haar oor vandaan en zwaaide met haar andere hand in de lucht, alsof ze duidelijk wilde maken dat haar geduld met degene die belde, opraakte. Ze bracht de hoorn weer naar haar oor en mompelde een paar maal '*Sì*', zonder haar ongeduld in haar stem te laten doorklinken. Er ging een minuut voorbij; ze hield de hoorn weer bij zich vandaan, bracht hem toen ineens weer naar haar oor, bedankte, zei tot ziens, en hing op.

'En dat allemaal om me te vertellen waarom hij vanavond niet kan komen,' was het enige wat ze ter verklaring zei. Dat was niet veel, maar wel zoveel dat Brunetti zich afvroeg wat er aan de hand was en waar het had moeten plaatsvinden. En met wie. Hij zei niets.

'Hoe was het?' vroeg ze.

'Niet best,' antwoordde Brunetti. 'Hij was twintig. En niemand weet hoe lang hij daar gelegen heeft.'

'En dat met deze hitte,' zei ze – niet bij wijze van vraag, maar als algemene uitdrukking van sympathie.

Brunetti knikte. 'Het was een overdosis drugs.'

Ze reageerde er niet op, maar sloot haar ogen en zei toen: 'Ik heb mensen die ik ken wel eens vragen gesteld over drugs, maar ze zeggen allemaal hetzelfde, namelijk dat Venetië een buitengewoon kleine markt is.' Ze wachtte even, en vervolgde toen: 'Maar blijkbaar is hij voor iemand toch groot genoeg om die jongen het spul te verkopen dat hem gedood heeft.' Brunetti vond het vreemd dat ze naar Marco verwees als een 'jongen': zijzelf was waarschijnlijk niet veel meer dan tien jaar ouder dan hij.

'Ik moet zijn ouders bellen,' zei Brunetti.

Ze keek op haar horloge, en Brunetti keek op het zijne. Het verbaasde hem dat het pas tien over een was. De dood maakte de werkelijke tijd betekenisloos: hij had de indruk dat hij dagenlang in het appartement was geweest.

'Waarom wacht u niet even, meneer?' Voordat hij kon vragen waarom, legde ze uit: 'Op die manier is de vader misschien thuis en zijn ze klaar met lunchen. Het is waarschijnlijk beter voor hen als ze samen zijn wanneer u het hun vertelt.'

'Ja,' zei hij. 'Daar had ik niet aan gedacht. Ik wacht wel even.' Hij had er geen idee van wat hij moest gaan doen tot die tijd.

Signorina Elettra boog voorover en raakte iets aan op

haar computer. Er volgde plotseling een zoemend geluid, en daarna werd het scherm zwart. 'Ik hou er nu mee op en ga *un' ombra* drinken voordat ik ga lunchen. Hebt u zin om mee te gaan, meneer?' Ze moest zelf lachen om de in het oog lopende brutaliteit van haar voorstel: een getrouwde man, haar baas nog wel, en ze nodigde hem uit voor een drankje.

Brunetti was geroerd door haar vriendelijke gebaar en zei: 'Ja, dat vind ik leuk, signorina.'

Hij belde even na tweeën. Een vrouw nam op, en Brunetti vroeg of hij signor Landi kon spreken. Hij zuchtte onhoorbaar en was dankbaar dat ze niet nieuwsgierig bleek te zijn en zei dat ze haar man zou roepen.

'Landi,' zei een donkere stem.

'Signor Landi,' zei Brunetti, 'u spreekt met commissario Guido Brunetti. Ik bel vanuit de questura in Venetië.'

Nog voor hij kon verdergaan, onderbrak Landi hem en zijn stem klonk plotseling gespannen en luid. 'Gaat het over Marco?'

'Ja, signor Landi, dat klopt.'

'Hoe erg is het?' vroeg Landi op zachtere toon.

'Ik ben bang dat het niet erger kan, signor Landi.'

Stilte suisde over de lijn. Brunetti stelde zich de man voor met de krant in zijn hand, staand bij de telefoon en omkijkend naar de keuken, waar zijn vrouw aan het opruimen was als besluit van de laatste vredige maaltijd die ze had gehad.

Landi was bijna niet te verstaan, maar er was maar een ding dat hij kon vragen, en dus vulde Brunetti de ontbrekende klanken zelf aan. 'Is hij dood?'

'Ja, het spijt me dat ik u dat moet mededelen, maar hij is dood, ja.'

Opnieuw was het stil, en ditmaal duurde het nog langer. Daarna vroeg Landi: 'Wanneer?'

'We hebben hem vandaag gevonden.'

'Wie?'

'De politie. Een buurman heeft ons gebeld.' Brunetti kon zichzelf er niet toe brengen details te verstrekken of iets te zeggen over de tijd die was verstreken sinds Marco was overleden. 'Hij zei dat hij Marco de laatste tijd niet had gezien en belde ons om te vragen of wij een kijkje wilden nemen in het appartement. Dat deden we, en toen hebben we hem gevonden.'

'Waren het drugs?'

Er was nog geen autopsie verricht. De staatsmachine had het bewijsmateriaal rond de dood van de jongen nog niet bekeken, had het nog niet gewogen en onderzocht, en had nog geen oordeel geuit over de oorzaak van zijn dood; daarom zou het voor een dienaar van de wet wel heel onbezonnen en onverantwoordelijk zijn over deze kwestie zijn eigen mening te ventileren – hij zou er zelfs een officiële waarschuwing voor moeten krijgen. 'Ja,' zei Brunetti.

De man aan de andere kant van de lijn was aan het huilen. Brunetti hoorde de lange, diepe snikken terwijl de man van puur verdriet naar adem snakte. Er ging een volle minuut voorbij. Brunetti hield de hoorn een stukje van zich af en keek naar links, waar op een plaquette aan de muur de namen vermeld stonden van de politieagenten die tijdens de Eerste Wereldoorlog om het leven waren gekomen. Hij begon hun namen, hun geboortedata en hun sterfdata te lezen. Er was er een bij van twintig, dezelfde leeftijd als Marco.

In de hoorn hoorde hij het onderdrukte geluid van een hogere stem, die zich verhief uit nieuwsgierigheid, of angst, maar het geluid verstomde toen Landi zijn hand op de hoorn legde. Opnieuw verstreek er een minuut. Toen hoorde hij de stem van Landi. Brunetti zette de hoorn aan zijn oor, maar het enige wat Landi zei was: 'Ik bel u terug,' en daarna werd de verbinding verbroken.

Terwijl Brunetti zat te wachten, dacht hij na over de aard van dit misdrijf. Als Guerriero gelijk had en Marco was overleden als gevolg van het feit dat zijn lichaam het vreselijke schokeffect van heroïne ontwend was in de tijd dat hij het spul niet had gebruikt, welk misdrijf was hier dan gepleegd, behalve dan dat er een verboden middel was verkocht? En wat voor soort misdrijf was dat, het verkopen van heroïne aan een verslaafde, en welke rechter zou het anders beoordelen dan als een overtreding? Maar als de heroïne die hem fataal was geworden, vermengd was met iets gevaarlijks of dodelijks, hoe kon dan worden vastgesteld op welk punt van het traject, dat leidde van de papavervelden in het Oosten tot de aders in het Westen, die substantie was toegevoegd, en door wie?

Hoe hij er ook tegenaan keek, Brunetti kon niet ontdekken hoe dit misdrijf ooit serieuze juridische gevolgen zou kunnen krijgen. Bovendien achtte hij het onwaarschijnlijk dat de identiteit van degene die er verantwoordelijk voor was, ooit aan het licht zou komen. En toch was de jonge student, die eigenaardige konijntjes tekende en die de humor bezat om ze op elke tekening op een verschillende plaats af te beelden, er niet minder dood om.

Hij stond op van achter zijn bureau en ging bij het raam staan. De zon blikkerde op de Campo San Lorenzo. De mannen die in het bejaardentehuis woonden, hadden gehoor gegeven aan de oproep om te gaan slapen, en dus werd de campo bevolkt door katten en mensen die het plein op dit uur overstaken. Brunetti leunde voorover, zette zijn handen op de vensterbank en keek naar de campo alsof hij op zoek was naar een teken. Na een halfuur belde Landi met de mededeling dat hij en zijn vrouw om zeven uur die avond in Venetië zouden arriveren; verder vroeg hij hoe ze op de questura moesten komen.

Toen Landi te kennen gaf dat ze per trein zouden komen, zei Brunetti dat hij ze zou ophalen en per boot naar het ziekenhuis zou begeleiden.

'Naar het ziekenhuis?' vroeg Landi, met een stem waar hopeloze hoop in doorklonk.

'Het spijt me, signor Landi. Daar is hij heen gebracht.'

'Ah,' was Landi's enige commentaar, en opnieuw verbrak hij de verbinding.

Later die middag belde Brunetti een vriend die een hotel beheerde op de Campo Santa Marina en vroeg of hij een tweepersoonskamer wilde vasthouden voor twee mensen die er wellicht de nacht zouden doorbrengen. Mensen die door een of andere ramp getroffen werden, vergaten vaak zaken als eten en slapen, en al die andere opdringerige details die aangeven dat het leven verdergaat.

Hij vroeg Vianello met hem mee te gaan, waarbij hij tegen zichzelf zei dat het voor de Landi's gemakkelijker zou zijn de politie te herkennen als er iemand in uniform op het perron zou staan, hoewel hij in zijn hart wel wist dat Vianello de geschiktste persoon was om mee te nemen, voor de Landi's, maar ook voor hemzelf

De trein was op tijd. Marco's ouders waren gemakkelijk

te herkennen toen ze over het perron kwamen aangelopen. Zij was een lange, magere vrouw in een grijze jurk die door de reis flink gekreukeld was; ze had haar haren in een knotje in haar nek, een haardracht die al tientallen jaren uit de mode was. Haar man hield haar bij de arm, en iedereen die hen zag lopen begreep dat hij dat niet deed uit hoffelijkheid of gewoonte: ze liep onvast, alsof ze onder invloed was van drank, of ziek was. Landi was klein en gespierd, met een lichaam van staal dat verried dat hij zijn leven lang had gewerkt, hard had gewerkt. In andere omstandigheden had Brunetti het contrast tussen de twee misschien komisch gevonden, maar nu niet. Het gezicht van Landi was als leer zo donker, en zijn vale haar bood maar weinig bescherming voor zijn schedel, die net zo bruin was als zijn gezicht. Hij zag eruit als iemand die elke dag buiten was; Brunetti herinnerde zich de brief van de moeder, waarin ze het had over de voorjaarsaanplant.

Ze zagen Vianello's uniform, en Landi begeleidde zijn vrouw ernaartoe. Brunetti stelde zichzelf en zijn brigadier voor en zei dat er een boot op hen lag te wachten. Alleen Landi schudde hen de hand; alleen hij was in staat te spreken. Zijn vrouw was uitsluitend in staat hen toe te knikken en met haar linkerhand in haar ogen te wrijven.

Het ging allemaal heel snel. Eenmaal in het ziekenhuis stelde Brunetti voor dat signor Landi Marco in zijn eentje zou identificeren, maar ze stonden erop dat ze samen de kamer in gingen om hun zoon te zien. Brunetti en Vianello bleven buiten wachten en spraken niet. Toen de Landi's een paar minuten later naar buiten kwamen, waren ze beiden openlijk aan het huilen. De procedure schreef voor dat er een formele identificatie moest worden verricht: de persoon die het lichaam identificeerde, moest dat zeggen of opschrijven in het bijzijn van de aanwezige ambtenaar.

Nadat ze gekalmeerd waren, zei Brunetti alleen maar: 'Ik heb de vrijheid genomen een kamer voor u te reserveren om te overnachten, als u hier zou willen blijven.'

Landi keek naar zijn vrouw, maar ze schudde haar hoofd.

'Nee. We gaan terug, meneer. Dat lijkt me beter. Om halfnegen gaat er een trein. Dat hebben we nagekeken voordat we vertrokken.'

Hij had gelijk: dat was het beste, wist Brunetti. Morgen zou de autopsie plaatsvinden, en dat, of de wetenschap dat het gebeurt, zou iedere ouder bespaard moeten worden. Hij leidde hen de deur van de eerstehulppost uit en liep met hen naar de politieboot bij de aanlegsteiger. Bonsuan zag hen aankomen en had de boot al afgemeerd nog voordat ze er waren. Vianello nam signora Landi bij de arm en hielp haar aan boord, en daarna de kajuit in. Brunetti nam Landi bij de arm toen ze aan boord gingen, maar weerhield hem er met zachte dwang van zijn vrouw de trap af en de kajuit in te volgen. Bonsuan, die even gemakkelijk met boten omging als hij ademhaalde, manoeuvreerde de boot rustig het haventje uit en liet de motor langzaam lopen, zodat de reis vrijwel stil verliep. Landi keek omlaag naar het water: hij was niet bereid naar de stad te kijken die zijn zoon het leven had ontnomen.

'Kunt u me iets vertellen over Marco?' vroeg Brunetti.

'Wat wilt u weten?' vroeg Landi, nog steeds met zijn hoofd omlaag.

'Wist u van de drugs?'

'Ja.'

'Was hij gestopt?'
'Dat dacht ik. Eind vorig jaar kwam hij bij ons thuis. Hij zei dat hij was gestopt en dat hij een poosje thuis wilde blijven voordat hij weer hiernaartoe zou gaan. Hij was gezond, en van de winter heeft hij als een kerel gewerkt. Samen hebben we een nieuw dak op de schuur gelegd. Dat soort werk kun je niet doen als je van dat spul gebruikt of als je lichaam er ziek van is.' Landi bleef naar het water kijken terwijl de boot erdoorheen gleed.

'Heeft hij het er ooit over gehad?'

'De drugs?'

'Ja.'

'Eén keertje maar. Hij wist dat ik het niet kon uitstaan om er iets over te horen.'

'Heeft hij u verteld waarom hij gebruikte of waar hij het spul vandaan haalde?'

Landi keek op naar Brunetti. Zijn ogen waren blauw als gletsjers, en zijn gezicht vertoonde vreemd genoeg geen rimpels, al was de huid ruw van de zon en de wind. 'Wie begrijpt nou waarom ze hun lichaam zoiets aandoen?' Hij schudde het hoofd en keek weer naar het water.

Brunetti bedwong de opwelling zich te verontschuldigen voor zijn vragen en vroeg: 'Wist u iets over zijn leven hier? Zijn vrienden? Of wat hij deed?'

Landi beantwoordde een andere vraag. 'Hij heeft altijd architect willen worden. Als klein jongetje al was hij alleen maar geïnteresseerd in gebouwen en hoe je ze moest maken. Ik begrijp dat niet. Ik ben maar een boer. Dat is het enige waar ik verstand van heb, het boerenbedrijf.' Toen de boot de wateren van de laguna op voer, maakte hij door een golf plotseling een zijwaartse beweging, maar Landi bleef in evenwicht, alsof hij er niets van had gevoeld. 'Er zit geen toekomst in de landbouw, nu niet meer, en je kunt er geen droog brood meer in verdienen. Dat weten we allemaal, maar we weten niet wat we anders moeten doen.' Hij zuchtte.

Hij keek nog steeds niet op en ging verder. 'Marco kwam hier om te studeren. Twee jaar geleden. En toen hij aan het eind van het eerste jaar thuiskwam, wisten we dat er iets mis was, maar we wisten niet wat.' Hij keek op naar Brunetti. 'Wij zijn eenvoudige mensen. Wij weten niets van dat soort dingen, van drugs.' Hij keek opzij, zag de gebouwen die tegenover de laguna lagen, en keek weer naar omlaag, naar het water.

De wind wakkerde aan, en Brunetti moest vooroverbuigen om te kunnen verstaan wat hij zei. 'Vorig jaar kwam hij met kerst terug, en toen zat hij in zak en as. Dus ben ik met hem gaan praten, en toen heeft hij het verteld. Hij zei dat hij ermee opgehouden was en er niet meer aan wilde beginnen, dat hij wist dat het zijn dood zou betekenen.' Brunetti verschoof zijn gewicht en zag dat Landi zijn door het werk geharde handen om de reling van de boot geklemd hield.

'Hij kon niet uitleggen waarom hij het deed of hoe het voelde, maar ik weet dat hij het meende toen hij zei dat hij ermee wilde ophouden. We hebben het niet tegen zijn moeder gezegd.' Landi zweeg.

Brunetti vroeg ten slotte: 'En toen?'

'Hij is de rest van de winter bij ons gebleven, en we werkten samen aan de schuur. Daarom weet ik zeker dat hij in orde was. Daarna, nu twee maanden geleden, zei hij dat hij terug wilde naar school en weer wilde gaan studeren, dat er geen gevaar meer dreigde. Ik geloofde hem. Dus kwam hij hier terug, in Venetië, en het leek erop dat het goed ging. En toen belde u.'

De boot verliet met een bocht het Canale di Cannaregio en voer het Canal Grande op. Brunetti vroeg: 'Heeft hij het ooit over vrienden gehad? Of een vriendin?'

Landi leek zich aan die vraag te storen. 'Hij had thuis een vriendin.' Hij wachtte en was duidelijk nog niet klaar met antwoorden. 'Maar er was wel iemand hier, geloof ik. Marco heeft hier van de winter drie of vier keer gebeld, en er heeft een paar keer een meisje gebeld en gevraagd of ze hem aan de lijn kon krijgen. Maar hij heeft ons nooit iets verteld.'

De motor draaide eventjes in zijn achteruit en de boot gleed voor het station tot stilstand. Bonsuan zette de motor af en kwam de kajuit uit. Zwijgend wierp hij het touw rond een meerpaal en stapte aan wal. Daarna trok hij de boot parallel met de aanlegsteiger. Landi en Brunetti draaiden zich om, en de boer hielp zijn vrouw de laatste trede van de kajuittrap op. Hij hield haar bij de arm en hielp haar bij het verlaten van de boot.

Brunetti vroeg Landi om zijn treinkaartjes, en toen die ze aan hem had overhandigd, gaf hij ze aan Vianello, die snel vooruitliep om ze af te stempelen en het juiste perron te zoeken. Tegen de tijd dat de drie boven aan de trap waren aangekomen, was Vianello weer terug. Hij liep met hen naar perron vijf, waar de trein naar Verona stond te wachten. Zwijgend liepen ze verder, totdat Vianello, die door de ramen van de wachtende trein keek, een lege coupé zag. Hij liep naar de deur aan de voorkant van de wagon, ging ernaast staan en bood signora Landi een arm aan. Ze nam hem aan en trok zichzelf met een vermoeid gebaar de trein in. Landi volgde haar, draaide zich om en gaf eerst Vianello en daarna Brunetti een hand. Hij knikte kort, maar zei niets meer tegen hen.

Brunetti en Vianello wachtten bij de deur totdat de conducteur op zijn fluitje blies en met een groen vlaggetje in de lucht zwaaide, waarna hij in de inmiddels rijdende trein stapte. De deur sloeg automatisch dicht en de trein reed in de richting van de brug en van de wereld die buiten Venetië lag. Toen de coupé langzaam voorbijgleed, zag Brunetti dat de Landi's naast elkaar zaten en dat hij zijn arm om haar schouder had geslagen. Beiden hadden hun ogen op de bank tegenover hen gericht en keken niet uit het raam toen de trein langs de twee politiemannen schoof.

14

Vanuit een telefooncel voor het station belde Brunetti het hotel en annuleerde de reservering; het verbaasde hem dat hij eraan dacht. Daarna was naar huis gaan het enige waarvoor hij de energie nog had. Hij en Vianello gingen aan boord van de 82 en zeiden maar weinig tegen elkaar toen de boot hen naar Rialto bracht. Bedrukt namen ze afscheid, en Brunetti nam zijn verdrietige stemming met zich mee terwijl hij de brug overstak, over de nu gesloten markt wandelde en naar huis liep. Zelfs de explosie van orchideeën in het raam van Biancat kon hem niet opvrolijken, en dat gold ook voor de geur van heerlijk eten op de overloop van de tweede verdieping van het gebouw waar hij woonde.

De geur werden nog verrukkelijker in zijn eigen huis: iemand had een douche of een bad genomen en had de naar rozemarijn geurende shampoo gebruikt die Paola vorige week had meegenomen; bovendien had ze worstjes met paprika klaargemaakt. Hij hoopte dat ze de moeite had genomen er verse pasta bij te maken.

Hij hing zijn jasje in de hangkast. Toen hij de keuken binnen kwam lopen, sprong Chiara op hem af. Ze zat aan tafel en zo te zien was ze bezig met een of andere aardrijkskundeopdracht– op het tafelblad lagen kaarten, een liniaal en een geodriehoek. Ze krulde zich om hem heen. Hij dacht aan de stank in het appartement van Marco en met de nodige wilskracht slaagde hij erin haar niet van zich af te duwen.

'Papà,' zei ze, nog voordat hij de gelegenheid had gehad haar een kus te geven of te begroeten, 'mag ik deze zomer op zeilles?'

Brunetti keek of hij Paola zag, maar tevergeefs – zij zou misschien kunnen verklaren wat er aan de hand was.

'Zeilles?' herhaalde hij.

'Ja, papà,' zei ze en keek hem lachend aan. 'Ik heb een boek en probeer mezelf te leren wat navigatie is, maar ik denk dat iemand anders me moet leren zeilen.' Ze pakte zijn hand en trok hem mee naar de keukentafel die, zag hij, inderdaad vol lag met allerlei kaarten, maar dan kaarten van ondiepe wateren en kustgebieden – alleen die streken waar landen en continenten grensden aan het water.

Ze ging een stukje opzij, boog zich over de tafel en keek in een boek dat opengeslagen op tafel lag, en waar een ander boek op lag om het open te houden. 'Kijk, papà,' zei ze en ging met haar vinger over een rij getallen, 'als er geen wolken zijn, en als ze goede kaarten hebben en een chronometer, dan weten ze precies waar ze zijn, waar ook ter wereld.'

'Wie weten dat, engeltje?' vroeg hij, deed de koelkast open en pakte er een fles Tokai uit.

'Kapitein Aubrey en zijn bemanning,' zei ze op een toon die aangaf dat dit antwoord voor de hand lag.

'En wie is kapitein Aubrey?' vroeg hij.

'Dat is de kapitein van de Surprise,' zei ze en keek hem aan alsof hij zojuist had moeten toegeven dat hij zijn eigen adres niet kende.

'De Surprise?' vroeg Brunetti, die nog steeds niet wist waar ze het over had.

'In de boeken, papà, die over de oorlog met de Fransen.'

Voordat hij kon bekennen dat hij nog van niets wist, voegde ze eraan toe: 'Ze zijn gemeen, die Fransen, toch?'

Brunetti, die het daarmee eens was, zei niets en had er nog steeds geen idee van waar ze het over hadden. Hij schonk zich een glaasje wijn in, nam een slok, en daarna nog een. Opnieuw keek hij omlaag naar de kaarten en merkte op dat er in de blauwe gedeelten heel veel schepen lagen, maar dan ouderwetse schepen, met als dikke wolken opbollende witte zeilen. In de hoeken meende hij tritons te zien, die oprezen uit het water terwijl ze hoornvormige schelpen naar hun lippen brachten.

Hij gaf het op. 'Welke boeken, Chiara?'

'De boeken die mamma me heeft gegeven, in het Engels, over de Engelse zeekapitein en zijn vriend en de oorlog tegen Napoleon.'

Aha, die boeken. Hij nam nog een slokje wijn. 'En vind je ze net zo leuk als mamma?'

'Nou,' zei Chiara en keek hem aan met een ernstig gezicht, 'ik denk niet dat er iemand is die ze zo leuk vindt als zij.'

Vier jaar geleden was Brunetti gedurende langer dan een maand verlaten door zijn vrouw, met wie hij al bijna twintig jaar getrouwd was, omdat zij zich systematisch door een, volgens zijn berekeningen, achttiental zeeromans heen had gelezen die gingen over de eindeloze jaren van oorlog tussen de Britten en de Fransen. Die periode had voor hem niet minder lang geleken, want ook hij had haastig in elkaar gedraaide maaltijden moeten eten, halfgaar vlees, en droog brood – en hij had vaak zijn toevlucht moeten zoeken in overdadige hoeveelheden sterkedrank. Omdat zij nergens anders belangstelling voor leek te hebben, had hij een van de boeken ingekeken, al was het alleen maar om het ergens over te hebben tijdens hun in elkaar geflanste maaltijden. Maar hij had ze onsamenhangend gevonden: er kwamen allemaal vreemde feitjes in voor, en nog vreemdere dieren. Al na een paar bladzijden had hij zijn poging gestaakt, nog voordat hij kon kennismaken met kapitein Aubrey. Gelukkig las Paola snel; ze was teruggekeerd in de twintigste eeuw nadat ze het laatste boek had uitgelezen, zo te zien zonder schade te hebben opgelopen van de schipbreuken, zeeslagen en gevallen van scheurbuik, waar ze die weken mee geplaagd was.

Vandaar die kaarten. 'Ik moet het er met je moeder over hebben,' zei hij.

'Waarover?' vroeg Chiara, die met haar hoofd over de kaarten gebogen zat en met haar linkerhand haar rekenmachientje bediende, een apparaat waarvan Brunetti vermoedde dat kapitein Aubrey er wel jaloers op zou zijn.

'De zeillessen.'

'*Ah, yes*,' zei Chiara, die met speels gemak overging op het Engels. '*I long to sail a ship.*'

Brunetti liet haar alleen met haar spullen, vulde zijn glas weer en schonk er nog een in, waarna hij naar de studeerkamer van Paola liep. De deur was open en ze lag op de bank; alleen haar voorhoofd was zichtbaar boven haar boek.

'*Captain Aubrey, I presume?*' zei hij in het Engels.

Ze legde haar boek op haar buik en keek hem lachend aan. Zonder iets te zeggen ging ze rechtop zitten en pakte het glas aan dat hij haar aanbood. Ze nam een slokje, trok haar benen naar zich toe om ruimte voor hem te maken en toen hij eenmaal zat, vroeg ze: 'Slechte dag gehad?'

Hij zuchtte, leunde achterover op de bank en legde zijn rechterhand op haar enkels. 'Een overdosis. Hij was nog maar twintig, een student architectuur aan de universiteit.'

Ze zwegen beiden lange tijd, en toen zei Paola: 'Wat een geluk hebben wij dat we geboren zijn toen we geboren zijn.'

Hij keek haar aan en ze ging verder. 'Voordat er drugs waren. Nou ja, voordat iedereen drugs gebruikte.' Ze nam een slokje wijn en vervolgde: 'Ik denk dat ik mijn hele leven misschien twee keer marihuana heb gerookt. En godzijdank had het geen effect op me.'

'Hoezo "godzijdank"?'

'Omdat ik het, als ik het lekker had gevonden of als het met me had gedaan wat het voor mensen zou moeten doen, misschien zo lekker had gevonden dat ik het opnieuw zou gaan gebruiken. Of zou overschakelen op iets krachtigers.'

Hij bedacht dat ook hij geluk had gehad.

'Waaraan is hij overleden?' vroeg ze.

'Heroïne.'

Ze schudde haar hoofd.

'Ik heb zijn ouders net ontmoet.' Brunetti nam nog een slokje wijn. 'Zijn vader is boer. Ze zijn vanuit Trentino hiernaartoe gekomen om hem te identificeren en zijn toen teruggegaan.'

'Hebben ze nog meer kinderen?'

'Er is een jonger zusje; ik weet niet of er nog meer zijn.'

'Ik hoop het maar,' zei Paola. Ze strekte haar benen en drukte haar voeten onder zijn dij. 'Wil je al eten?'

'Ja, maar ik wil eerst douchen.'

'Goed,' zei ze, trok haar voeten onder hem vandaan en zette ze op de grond. 'Ik heb een saus met paprika en worstjes gemaakt.'

'Ik weet het.'

'Ik stuur Chiara wel om je te halen als het klaar is.' Ze stond op en zette haar eigen glas, dat nog meer dan halfvol was, op de tafel voor de bank. Ze liet hem alleen in de studeerkamer en ging terug naar de keuken om het eten af te maken.

Tegen de tijd dat ze allemaal zaten – Raffi was thuisgekomen op het moment dat Paola de pasta opdiende – was Brunetti iets opgevrolijkt. De aanblik van zijn twee kinderen die de vers bereide *pappardelle* rond hun vorken krulden, vervulde hem van een dierlijk gevoel van veiligheid en welbehagen, en hij at zijn eigen pasta met *gusto*.

Paola had de moeite genomen de rode paprika's te roosteren en te ontvellen, zodat ze zacht en zoet waren – precies zoals hij het lekker vond. De worstjes bevatten flinke stukjes rode- en witte-peperkorrel, die in de zachte vulling zaten als smakelijke dieptebommetjes die bij de eerste beet al openbarstten, en Gianni de slager had bij de bereiding ervan flink wat knoflook gebruikt.

Iedereen schepte zich nog eens op, en de porties waren, ongegeneerd als ze waren, even groot als de eerste. Daarna hadden ze hoogstens nog wat ruimte voor de groene salade, en toen die op was, ontdekten ze dat ze nog net een gaatje over hadden voor de verse aardbeien waar een drupje balsamicoazijn overheen was gegoten.

Tijdens het eten volhardde Chiara in haar rol van zeevaarder en somde onvermoeibaar de flora en fauna van verre landen op, deed hun de schokkende mededeling dat de meeste zeelieden in de achttiende eeuw niet konden zwemmen en beschreef de symptomen van scheurbuik – tot Paola haar eraan herinnerde dat ze aan het eten waren.

De kinderen verdwenen: Raffi naar de Griekse aoristus

en Chiara naar een schipbreuk in de zuidelijke Atlantische Oceaan, als Brunetti haar goed had begrepen.

'Gaat ze al die boeken lezen?' vroeg hij. Hij nam een slokje van zijn grappa en hield Paola gezelschap terwijl ze de afwas deed.

'Ik hoop het wel, ja,' antwoordde Paola, die haar aandacht bij het dienblad had.

'Leest ze die boeken omdat jij ze zo leuk vond of omdat ze ze zelf leuk vindt?'

Paola, die met haar rug naar hem toegekeerd stond terwijl ze de bodem van een pan schoonschraapte, vroeg: 'Hoe oud is ze?'

'Vijftien,' antwoordde Brunetti.

'Kun jij me één vijftienjarig meisje noemen dat doet wat haar moeder wil dat ze doet?'

'Betekent dit dat het puberen is begonnen?' vroeg hij. Dat hadden ze al meegemaakt met Raffi, en het had zo'n twintig jaar geduurd, als hij het zich goed herinnerde, dus hij werd niet enthousiast bij het idee dat ze het nu met Chiara moesten gaan doormaken.

'Het is anders voor meisjes,' zei Paola, die zich omdraaide en haar handen afdroogde aan een handdoek. Ze schonk zichzelf een drupje grappa in en leunde tegen het aanrecht.

'Hoe bedoel je: anders?'

'Ze verzetten zich alleen maar tegen hun moeder, niet tegen hun vader.'

Hij dacht hierover na. 'Is dat goed of is dat niet goed?'

Ze haalde haar schouders op. 'Het zit in de genen of in de cultuur, dus we zullen er niet omheen kunnen, of het nu goed is of niet. We kunnen alleen maar hopen dat het niet te lang gaat duren.'

'Hoe lang denk je?'

'Tot haar achttiende.' Paola nam nog een slokje en samen dachten ze na over dit vooruitzicht.

'Zouden de karmelietessen haar tot die tijd niet kunnen opnemen?'

'Waarschijnlijk niet,' zei Paola, met gespeelde spijt in haar stem.

'Denk je dat het daardoor komt dat de Arabieren hun dochters zo vroeg uithuwelijken – om dit allemaal niet mee te hoeven maken?'

Paola herinnerde zich de felle, verdedigende houding die Chiara die ochtend had aangenomen toen ze beweerde dat het noodzakelijk was dat ze een eigen telefoon zou krijgen. 'Ik weet het wel zeker.'

'Geen wonder dat de mensen het hebben over de Wijsheid uit het Oosten.'

Ze draaide zich om en zette haar glas in de spoelbak van het aanrecht. 'Ik moet nog een paar werkstukken nakijken. Heb je zin om bij me te komen zitten en te kijken hoe het met je Grieken gaat op hun reis naar huis terwijl ik aan het werk ben?'

Dankbaar stond Brunetti op en volgde haar door de gang en naar haar studeerkamer.

15

De volgende ochtend deed Brunetti iets wat hij zelden deed, en ook nu was het met frisse tegenzin: hij betrok een van zijn kinderen bij zijn werk. Raffi hoefde pas om elf uur naar school en had daarvoor een afspraak met Sara Paganuzzi, dus hij verscheen fris en opgewekt aan het ontbijt, kwaliteiten die hij op dat uur zelden tentoonspreidde. Paola sliep nog en Chiara was in de badkamer, dus ze zaten alleen in de keuken en aten de verse brioches die Raffi bij de banketbakker in de buurt was gaan halen.

'Raffi,' begon Brunetti toen ze hun eerste brioche aten, 'weet jij wie er hier drugs verkopen?'

Raffi, die het laatste stukje van zijn brioche net halverwege zijn mond had gebracht, wachtte even en zei toen: 'Hier?'

'In Venetië.'

'Bedoel je met drugs harddrugs of het lichtere spul, zoals marihuana?'

Brunetti was enigszins bezorgd dat Raffi een onderscheid maakte en wilde graag weten waarom hij marihuana terloops als het 'lichtere spul' had betiteld, maar vroeg niets. 'Harddrugs, en dan vooral heroïne.'

'Gaat het over die student die een overdosis heeft gehad?' vroeg hij, en toen Brunetti hem verbaasd aankeek, sloeg zijn zoon de *Gazzettino* open en toonde hem het artikel. Een jongeman op een foto ter grootte van een postzegel keek hem aan: het had iedere jongeman met donker haar en twee ogen kunnen zijn. Het zou gemakkelijk Raffi hebben kunnen zijn.

'Ja.'

Raffi brak het restant van zijn brioche in twee stukken en doopte een ervan in zijn koffie. Na enige tijd zei hij: 'Er wordt gezegd dat er mensen op de universiteit zijn die het voor je kunnen krijgen.'

'Mensen?'

'Studenten. Tenminste, dat geloof ik. Nou ja,' zei hij na even te hebben nagedacht, 'mensen die zich hier hebben ingeschreven voor colleges.' Hij pakte zijn kopje en zette zijn ellebogen op tafel terwijl hij het kopje met twee handen omvatte, een houding die hij ongetwijfeld had afgekeken van Paola. 'Wil je dat ik ga informeren?'

'Nee,' antwoordde Brunetti meteen. Voordat zijn zoon kon reageren op de scherpe toon in zijn stem, vervolgde Brunetti: 'Ik ben gewoon nieuwsgierig in het algemeen. Ik vroeg me af wat de mensen zoal zeggen.' Hij at zijn broodje op en nam een slok koffie.

'De broer van Sara zit daar, hij studeert economie. Ik zou hem kunnen vragen wat hij ervan weet.'

De verleiding was groot, maar Brunetti wees het voorstel af en bromde: 'Nee, laat maar zitten. Het was alleen maar een idee.'

Raffi zette zijn kopje op tafel. 'Ik ben er niet in geïnteresseerd, dat weet je toch hè, papà.'

Brunetti verbaasde zich erover hoe laag zijn stem was geworden. Binnenkort zou hij een man zijn. Of misschien was zijn behoefte om zijn vader gerust te stellen een teken dat hij al een man was.

'Ik ben blij om dat te horen,' zei Brunetti. Hij stak zijn arm uit en klopte zijn zoon op de arm – één-, tweemaal. Daarna stond hij op en liep naar het fornuis. 'Zal ik nog meer maken?' vroeg hij, liep met de koffiepot naar het aanrecht en opende hem.

Raffi keek op zijn horloge. 'Nee, dank je, papà, ik moet gaan.' Hij schoof zijn stoel naar achteren, stond op en liep de keuken uit. Een paar minuten later hoorde Brunetti, terwijl hij op de koffie stond te wachten, de voordeur dichtslaan. Hij luisterde naar Raffi's voetstappen die de eerste trap af denderden, maar de plotselinge uitbarsting van het koffiezetapparaat overstemde dat geluid.

Omdat het zo vroeg was dat de boten nog niet uitpuilden van de mensen, nam Brunetti de 82 en ging naar San Zaccaria. Daar kocht hij twee kranten, die hij meenam naar zijn kantoor. Er stond niets meer in over de dood van Rossi, en in het artikel over Marco Landi stond weinig meer dan diens naam en leeftijd. Erboven stond het inmiddels vertrouwde verhaal over een auto vol jongeren die zichzelf te pletter hadden gereden tegen een plataan langs de kant van een van de autowegen naar Treviso.

Hij had ditzelfde akelige verhaal de laatste jaren al zo vaak gelezen dat hij er nauwelijks naar hoefde te kijken om te weten wat er was gebeurd. De jongeren – in dit geval twee jongens en twee meisjes – hadden een disco na drieën 's nachts verlaten en waren weggereden in een auto die toebehoorde aan de vader van de chauffeur. Enige tijd later was de chauffeur overmand door wat de kranten gewoontegetrouw *un colpo di sonno* waren gaan noemen, waarna de auto van de weg was geraakt en tegen een boom was gereden. Het was nog te vroeg om te bepalen wat de oorzaak was van de plotselinge slaapaanval, maar in de regel bleek het door alcohol of drugs te komen. Gewoonlijk werd dat echter pas vastgesteld nadat er autopsie was verricht op de chauffeur en de anderen die hij de dood in had gejaagd. Tegen die tijd stond het verhaal niet meer op de voorpagina's en was men het vergeten – ervoor in de plaats kwamen foto's van weer andere jonge mensen die het slachtoffer waren geworden van hun jeugdigheid en de vele verleidelijkheden die daarbij horen.

Hij liet de krant op zijn bureau liggen en liep naar het kantoor van Patta. Signorina Elettra was in geen velden of wegen te bekennen, dus hij klopte op de deur, en toen hij Patta's luide antwoord hoorde, ging hij naar binnen.

Er zat een andere man achter het bureau, althans, anders dan de man die er zat toen Brunetti hier de laatste keer was. Patta was er weer: rijzig, knap, en gekleed in een lichtgewicht pak dat zijn brede schouders leek te strelen met respectvolle, fijngevoelige vingers. Zijn huid glansde van gezondheid, zijn ogen waren vervuld van sereniteit.

'Ja, wat is er, commissario?' vroeg hij en keek op van een papier dat op zijn bureau voor hem lag.

'Ik zou graag even met u willen praten, vice-questore,' zei Brunetti en ging naast de stoel tegenover Patta's bureau staan, wachtend tot hem werd gezegd dat hij kon gaan zitten.

Patta schoof zijn gesteven boord iets terug en keek op het gouden horloge om zijn pols. 'Ik heb een paar minuten. Wat is er?'

'Het gaat over Iesolo, meneer. En over uw zoon. Ik vroeg me af of u al een besluit hebt genomen.'

Patta schoof zijn stoel een stukje naar achteren. Toen hij zag dat Brunetti gemakkelijk op het papier kon kijken dat voor hem lag, keerde hij het om en legde zijn gevouwen handen op de lege achterkant. 'Ik weet niet of er een besluit moet worden genomen, commissario,' zei hij op een toon die verbazing uitdrukte over het feit dat Brunetti zo'n vraag kon stellen.

'Ik wilde weten of uw zoon bereid was te praten over de mensen van wie hij de drugs gekregen heeft.' Brunetti, als gebruikelijk voorzichtig, wist zich in te houden en zei niet: van wie hij de drugs gekocht heeft.

'Als hij zou weten wie het zijn, zou hij naar mijn overtuiging zonder meer bereid zijn de politie te vertellen wat hij weet.' In Patta's stem hoorde hij dezelfde verongelijktheid en verwarring die hij had gehoord in de stemmen van een hele generatie onwillige getuigen en verdachten, en op zijn gezicht zag hij dezelfde overdreven onschuldige, enigszins verbijsterde glimlach. Gelet op de toon die hij aansloeg, duldde hij geen tegenspraak.

'Als hij zou weten wie het zijn?' herhaalde Brunetti, die van Patta's opmerking een vraag maakte.

'Precies. Zoals u weet heeft hij er geen idee van hoe die drugs in zijn bezit zijn gekomen, en ook niet wie ze in zijn zak heeft gedaan.' Patta's stem klonk even kalm als zijn ogen rustig waren.

Kijk, dus zo wordt het spelletje gespeeld, dacht Brunetti. 'En zijn vingerafdrukken, meneer?'

Er verscheen een brede glimlach op Patta's gezicht, en het leek een gemeende lach te zijn. 'Ik weet het. Ik weet wat men moet hebben gedacht toen hij voor het eerst werd verhoord. Maar hij heeft mij verteld, en de politie ook, dat hij de zak in zijn jas aantrof nadat hij had gedanst en in zijn jaszak naar een sigaret zocht. Hij had er geen idee van wat het was, en dus opende hij de zak, net als ieder ander gedaan zou hebben. Daarbij moet hij een aantal zakjes aangeraakt hebben.'

'Een aantal?' vroeg Brunetti op een toon waar hij bewust geen cynisme in liet doorklinken.

'Een aantal,' herhaalde Patta met een stelligheid die een eind maakte aan de discussie.

'Hebt u de krant van vandaag al ingezien, meneer?' vroeg Brunetti, die zichzelf evenzeer verraste met die vraag als zijn baas.

'Nee,' antwoordde Patta en voegde daar, in Brunetti's ogen nogal goedkoop, aan toe: 'Ik heb het sinds ik hier ben erg druk gehad en er was nog geen tijd om de krant te lezen.'

'De afgelopen nacht raakten vier tieners betrokken bij een ongeluk in de buurt van Treviso. Ze waren in een disco geweest; hun auto raakte van de weg en botste tegen een boom. Een jongen is dood, een student aan de universiteit, en de anderen zijn zwaargewond.' Brunetti wachtte even – een volledig diplomatieke onderbreking.

'Nee, ik heb het niet gelezen,' zei Patta. Ook hij wachtte even, maar dit was de onderbreking van een artilleriecommandant die moest besluiten hoe zwaar het volgende salvo zou worden. 'Waarom brengt u dit ter sprake?'

'Hij is dood, meneer, een van de passagiers. In de krant stond dat de auto ongeveer 120 km per uur reed toen hij de boom raakte.'

'Dat is zeker onfortuinlijk, commissario,' merkte Patta op met de betrokkenheid die men gewoonlijk reserveert voor een opmerking over de daling van het aantal geringde boomklevers. Hij richtte zijn aandacht weer op zijn bureau, draaide het papier om, bestudeerde het even en keek toen op naar Brunetti. 'Als dit in Treviso is gebeurd, ga ik ervan uit dat zij zich met die zaak bezighouden, en niet wij.' Hij keek geconcentreerd naar het papier, las een paar regels en keek toen weer op naar Brunetti, alsof hij verbaasd was dat hij er nog stond. 'Dat was het, commissario?' vroeg hij.

'Ja, meneer. Dat is alles.'

Toen hij het kantoor had verlaten, stelde Brunetti vast dat zijn hart zo luid bonsde dat hij even tegen de muur moest leunen; hij was blij dat signorina Elettra niet achter haar bureau zat. Hij bleef zo staan totdat hij weer rustig ademhaalde, en toen hij zichzelf weer onder controle had, ging hij terug naar zijn kantoor.

Hij deed datgene waarvan hij wist dat hij het moest doen: een routineklus zou zijn aandacht afleiden van de woede die hij jegens Patta voelde. Hij schoof de papieren op zijn bureau heen en weer totdat hij het nummer had gevonden dat in Rossi's portefeuille zat. Hij draaide het nummer in Ferrara. Ditmaal werd de telefoon opgenomen nadat hij driemaal was overgegaan. 'Gavini en Cappelli,' zei een vrouwenstem.

'Goedemorgen, signorina. U spreekt met commissario Guido Brunetti van de Venetiaanse politie.'

'Een momentje, alstublieft,' zei ze alsof ze op zijn telefoontje had gewacht. 'Ik verbind u door.'

De lijn was dood terwijl zij het gesprek doorschakelde, maar toen zei een mannenstem: 'Gavini. Ik ben blij dat er eindelijk iemand is die reageert op ons telefoontje. Ik hoop dat u ons iets kunt vertellen.' De stem was donker en vol en leek buitengewoon gretig naar nieuws van Brunetti, wat dat ook mocht zijn.

Brunetti moest even nadenken voordat hij antwoordde. 'Ik ben bang dat u mij wel kent, maar ik u niet, signor Gavini. Ik heb van u nog nooit een bericht ontvangen.' Gavini zei niets, en hij vervolgde: 'Maar ik zou graag willen weten over welke zaak u door de Venetiaanse politie verwacht te worden gebeld.'

'Over Sandro,' zei Gavini. 'Ik heb na zijn dood al gebeld. Zijn vrouw heeft me verteld dat hij had gezegd dat hij in Venetië iemand had gevonden die misschien bereid was te praten.'

Brunetti stond op het punt hem te onderbreken, maar toen wachtte Gavini even en vroeg: 'Bent u er zeker van dat er daar niemand is die mijn bericht heeft ontvangen?'

'Dat weet ik niet, signore. Met wie hebt u gesproken?'

'Ik heb met een van de agenten gesproken; ik weet niet meer hoe hij heet.'

'En kunt u tegen mij herhalen wat u tegen hem hebt gezegd?' vroeg Brunetti en schoof een stuk papier naar zich toe.

'Dat heb ik u al gezegd: ik heb gebeld na Sandro's dood,' zei Gavini en vroeg toen: 'Weet u daar iets van?'

'Nee.'

'Sandro Cappelli,' zei Gavini, alsof die naam alles zou verklaren. Toch ging er bij Brunetti wel een belletje rinkelen: hij kon zich niet herinneren waarom die naam hem iets zei, maar hij was er zeker van dat het in verband was met iets beroerds. 'Hij was mijn partner in de praktijk hier,' voegde Gavini eraantoe.

'Wat voor soort praktijk, signor Gavini?'

'Een rechtskundige. We zijn advocaten. Weet u hier echt niets van?' Voor het eerst klonk er enige ergernis in zijn stem door, een ergernis die onvermijdelijk iedereen beving die lang genoeg aan de telefoon had gehangen met bureaucraten die niet thuis gaven.

Gavini's opmerking dat ze een advocatenkantoor hadden, friste het geheugen van Brunetti op. Hij herinnerde zich de moord op Cappelli, bijna een maand geleden. 'Ja, de naam zegt me wel iets. Hij is doodgeschoten, toch?'

'Hij stond bij het raam van zijn kantoor, er zat een cliënt achter hem, het was elf uur 's ochtends. Iemand heeft door het raam heen op hem geschoten met een jachtgeweer.' Terwijl Gavini de details opsomde van de dood van zijn partner, kreeg zijn stem het staccatoritme van oprechte boosheid.

Brunetti had de krantenverslagen gelezen over de moord, maar de feiten kende hij niet. 'Is er een verdachte?' vroeg hij.

'Natuurlijk niet,' antwoordde Gavini direct, zonder een poging te doen zijn boosheid te verhullen. 'Maar we weten allemaal wie het heeft gedaan.'

Brunetti wachtte tot Gavini het hem zou vertellen. 'De geldschieters. Sandro heeft jaren achter hen aan gezeten. Hij had vier zaken tegen hen lopen toen hij stierf.'

Als politieman voelde Brunetti zich verplicht te vragen: 'Is daar enig bewijs voor, signor Gavini?'

'Natuurlijk niet,' beet de advocaat hem vol venijn toe. 'Ze hebben iemand gestuurd, iemand betaald en die heeft het gedaan. Het was een huurmoord: het schot kwam vanaf het dak van een gebouw aan de overkant van de straat. Zelfs de politie hier zei dat het wel een moord in opdracht moest zijn; wie anders zou hem willen vermoorden?'

Brunetti beschikte over te weinig informatie om vragen te kunnen beantwoorden over de dood van Cappelli, en dat gold zelfs voor retorische vragen, dus zei hij: 'Ik vraag u mijn verontschuldigingen te aanvaarden voor het feit dat ik niet veel weet over de dood van uw partner en de mensen die er verantwoordelijk voor zijn, signor Gavini. Ik belde u over iets heel anders, maar na hetgeen u me hebt verteld, vraag ik me af of het wel echt iets anders is.'

'Wat bedoelt u?' vroeg Gavini. Het was een bruuske reactie, maar zijn stem klonk nieuwsgierig en belangstellend.

'Ik bel over een sterfgeval hier in Venetië, een sterfgeval dat misschien door een ongeval is veroorzaakt, maar misschien ook niet.' Hij wachtte tot Gavini een vraag zou stellen, maar dat deed hij niet, dus vervolgde Brunetti: 'Een man is hier van een steiger gevallen en overleden. Hij werkte voor het Ufficio Catasto en had toen hij stierf in zijn portefeuille een telefoonnummer, maar daar stond geen netnummer bij. Dit nummer is een van de nummers die het mogelijk geweest zijn.'

'Hoe heette hij?' vroeg Gavini.

'Franco Rossi.' Brunetti gaf hem de gelegenheid even na te denken of in zijn herinnering te graven, en vroeg toen: 'Zegt het u iets?'

'Nee, het zegt me niets.'

'Kunt u er op een of andere manier achter komen of die naam uw collega misschien iets gezegd heeft?'

Gavini dacht lang na voordat hij antwoordde. 'Hebt u zijn nummer? Ik zou de telefoonregisters kunnen nakijken,' stelde hij voor.

'Een moment,' zei Brunetti en boog voorover om de onderste bureaula te openen. Hij haalde het telefoonboek eruit en zocht de naam Rossi op: er bleken zeven kolommen van te zijn, en er waren er een stuk of twaalf met de voornaam

Franco. Hij vond het adres en las het nummer op voor Gavini. Daarop vroeg hij hem even te wachten, waarna hij de bladzijden van de Comune di Venezia opsloeg en het nummer van het Ufficio Catasto vond. Als Rossi zo onbezonnen was geweest dat hij de politie met zijn telefonino had gebeld, dan zou hij de advocaat ook gebeld kunnen hebben van zijn kantoor of daar telefoontjes ontvangen kunnen hebben.

'Het duurt even voordat ik de registers heb nagekeken,' zei Gavini. 'Er zit hier iemand op me te wachten. Maar zodra hij vertrokken is, bel ik u terug.'

'Misschien kunt u uw secretaresse vragen het voor u te doen.'

Gavini's stem kreeg ineens een vreemde, formele ondertoon – bijna alsof hij op zijn hoede was. 'Nee, ik geloof dat het beter is dat ik dat zelf doe.'

Brunetti zei tegen Gavini dat hij op zijn telefoontje zou wachten, gaf zijn directe nummer en daarna hingen de twee mannen op.

Een telefoonnummer dat maanden geleden was afgesloten, een oude vrouw die niemand kende met de naam Franco Rossi, een autoverhuurbedrijf dat geen klant had met die naam, en nu de partner van een advocaat die even gewelddadig om het leven was gebracht als Rossi: Brunetti wist maar al te goed hoe je je tijd kon verprutsen met het volgen van valse en misleidende sporen, maar dit gaf hem het juiste gevoel, hoewel hij niet zeker was wat het precies behelsde en waartoe het zou leiden.

Net als de plagen waardoor de kinderen van Egypte werden geteisterd, teisterden de geldschieters de kinderen van Italië en veroorzaakten veel leed. Banken verstrekten slechts met tegenzin leningen en in het algemeen onder zeer strenge financiële voorwaarden, die het zinloos maakten om te lenen. Kortetermijnleningen voor de zakenman die aan het eind van de maand nog maar weinig geld beschikbaar had of wiens klanten slecht van betalen waren, bestonden eigenlijk niet. Daarbij kwam nog dat het gebruikelijk was rekeningen uiterst traag te betalen, iets wat karakteristiek kon worden genoemd voor het gehele land.

Deze leemte werd, zoals iedereen wist maar slechts weinigen toegaven, opgevuld door de geldschieters, *gli strozzini*, duistere personen die bereid waren geld te lenen op de korte termijn terwijl ze nauwelijks financiële garanties eisten van degenen die wilden lenen. De hoogte van de rentetarieven die ze hanteerden, woog ruimschoots op tegen de eventuele risico's die ze liepen. En in zekere zin was het risico dat ze liepen hoogstens theoretisch, want de strozzini hanteerden methoden waarbij de kans dat hun klanten – als dat de juiste term is – niet zouden terugbetalen, buitengewoon klein was. Mannen hadden kinderen, en kinderen konden verdwijnen; mannen hadden dochters, en jonge meisjes konden verkracht worden; mannen hadden hun leven, en, zo werd gezegd, daar kon een einde aan komen. Af en toe verschenen er in de pers verhalen waarin men – weliswaar zonder de onderste steen boven de halen – wist te suggereren dat bepaalde onprettige en gewelddadige gebeurtenissen waren voortgevloeid uit het feit dat geleend geld niet was terugbetaald. Slechts zelden werden de mensen die betrokken waren bij deze handelingen, vervolgd of door de politie ondervraagd: ze hadden zich verschanst achter een muur van zwijgzaamheid. Brunetti moest zijn best doen zich een geval te herinneren waarin genoeg bewijs was verzameld om iemand te veroordelen wegens woekerpraktijken, een misdrijf dat in de wetsbepalingen wel degelijk een plaats kreeg, maar in de rechtszaal slechts zelden aan de orde kwam.

Brunetti zat achter zijn bureau en overdacht met gebruikmaking van zijn verbeeldingskracht en zijn geheugen de vele mogelijkheden die werden geboden door het feit dat Franco Rossi misschien wel het telefoonnummer van het kantoor van Sandro Cappelli in zijn portefeuille had toen hij overleed. Hij probeerde zich Rossi's bezoek te herinneren en zich zijn indruk van de man voor de geest te halen. Rossi was consciëntieus als het om zijn werk ging: dat was misschien wel de voornaamste indruk die hij bij Brunetti had achtergelaten. Rossi, die weinig gevoel voor humor had en serieuzer was dan mogelijk leek voor zo'n jonge vent, was desondanks sympathiek en graag bereid alle hulp te verschaffen die hij kon.

Al deze overpeinzingen brachten Brunetti niet verder, omdat hij geen duidelijk omlijnd idee had over wat er aan de hand was, maar wel ging zo de tijd sneller voorbij tot Gavini zou bellen.

Brunetti nam de hoorn op bij de eerste maal dat het toestel overging. 'Brunetti.'

'Commissario, met Gavini. Ik heb zowel de cliëntenbestanden als de telefoonregisters doorgenomen.' Brunetti wachtte tot er meer zou komen. 'Er staat geen cliënt met de naam Franco Rossi vermeld, maar Sandro heeft Rossi's nummer in de maand voorafgaand aan diens dood driemaal gebeld.'

'Welk nummer? Dat van thuis of van het werk?' vroeg Brunetti.

'Maakt dat iets uit?'

'Alles kan iets uitmaken.'

'Dat van zijn kantoor,' zei Gavini bereidwillig.

'Hoe lang duurden die telefoontjes?'

De man moest het papier bij de hand hebben, want zonder enige aarzeling zei hij: 'Twaalf minuten, daarna zes, en daarna acht.' Gavini wachtte op Brunetti's reactie, maar die zei niets, dus vroeg hij: 'En hoe zit het met Rossi? Weet u of hij Sandro heeft gebeld?'

'Ik heb nog niet naar de lijsten met zijn telefoongesprekken gekeken,' gaf Brunetti toe, die zich nogal beschaamd voelde. Gavini zei niets, en Brunetti vervolgde: 'Morgen heb ik ze wel.' Ineens herinnerde hij zich dat deze man advocaat was, en geen collega-politieman, wat betekende dat hij jegens hem geen verantwoording hoefde af te leggen en geen informatie met hem hoefde te delen.

'Hoe heet de magistraat die de zaak daar onder behandeling heeft?' vroeg hij.

'Waarom wilt u dat weten?'

'Ik wil met hem spreken,' zei Brunetti.

Dit antwoord werd begroet met een langdurige stilte.

'Hebt u zijn naam?' drong Brunetti aan.

'Righetto, Angelo Righetto,' luidde het beknopte antwoord.

Brunetti besloot op dit moment niet verder te vragen. Hij bedankte Gavini, liet na te beloven dat hij contact met hem zou opnemen over de nummers die Rossi gebeld had, en hing op, terwijl hij zich verbaasde over de kilte in Gavini's stem toen die de naam uitsprak van de man die belast was met het onderzoek naar de moord op zijn partner.

Onmiddellijk belde hij signorina Elettra en vroeg haar een lijst te maken van alle telefoontjes die Rossi de laatste drie maanden vanuit zijn huis had gepleegd. Toen hij haar vroeg of het mogelijk was het nummer van Rossi's toestel op het

Ufficio Catasto te achterhalen en dat te controleren, vroeg zij of hij een lijst wilde hebben van de telefoontjes van de laatste drie maanden.

Nu hij haar toch aan de lijn had, vroeg hij of ze magistrato Angelo Righetto in Ferrara wilde bellen en met hem wilde doorverbinden zodra ze dat had gedaan.

Brunetti schoof een vel papier naar zich toe en maakte een lijst met mensen van wie hij dacht dat ze in staat waren hem informatie te verschaffen over de geldschieters in de stad. Hij wist niets van de woekeraars, althans niet veel meer dan een vage overtuiging dat ze er waren en zich diep in de sociale structuren van de stad hadden ingegraven, als maden in dood vlees. Net als bepaalde bacteriën zochten ze de veiligheid van een luchtloze, donkere plaats waarin ze konden gedijen, en in de angstaanjagende omstandigheden waarin hun schuldenaren werden bedreigd, was er zeker geen sprake van licht of lucht. In het geheim, terwijl de onuitgesproken dreigementen over de gevolgen van te late betaling of het uitblijven daarvan hun schuldenaren geen dag losliet, ging het hen voor de wind en werden ze steeds vadsiger. Het wonderlijke was, vond Brunetti, dat hij hun namen, hun gezichten en hun verhalen niet kende, en, zo besefte hij toen hij omlaag keek naar het nog lege vel papier, dat hij er geen idee van had wie hij om hulp zou kunnen vragen als hij hen uit hun holen wilde drijven.

Toen schoot hem een naam te binnen, en hij trok het telefoonboek uit de la om het nummer van de bank waar ze werkte, op te zoeken. Terwijl hij aan het zoeken was, ging de telefoon. Hij nam op en noemde zijn naam.

'Dottore,' zei signorina Elettra, 'ik heb magistrato Righetto aan de lijn, als u met hem wilt spreken.'

'Ja, signorina, dat wil ik. Verbindt u hem maar door.' Brunetti legde zijn pen neer en schoof het papier naar de rand van zijn bureau.

'Righetto,' zei een zware stem.

'Magistrato, met commissario Guido Brunetti, uit Venetië. Ik bel u om te vragen wat u mij kunt vertellen over de moord op Alessandro Cappelli.'

'Waarom bent u daarin geïnteresseerd?' vroeg Righetto, wiens stem geen tekenen van buitengewone nieuwsgierigheid verried. Brunetti meende dat hij sprak met een Zuid-Tirols accent; in ieder geval was het een noorderling, dat stond vast.

'Ik heb hier een zaak,' legde Brunetti uit, 'een ander sterfgeval, en dat staat er misschien mee in verband. Dus vroeg ik me af wat u over Cappelli ontdekt hebt.'

Het was lange tijd stil, en toen zei Righetto: 'Het zou me verbazen als er een ander sterfgeval was dat daarmee in verband staat.' Hij gaf Brunetti even de tijd om een vraag te stellen, maar die zei niets en hij vervolgde: 'Het ziet ernaar uit dat we hier te maken hebben met een geval van persoonsverwisseling, en niet met een moord.' Righetto wachtte even en corrigeerde zichzelf toen. 'Nou ja, moord, natuurlijk is het wel een moord. Maar het was niet Cappelli die ze wilden vermoorden, en we zijn er zelfs niet zeker van dat ze die andere man wilden vermoorden – eerder wilden ze hem bangmaken.'

Brunetti, die voelde dat het tijd werd om enige belangstelling aan de dag te leggen, vroeg: 'En wat is er dan gebeurd?'

'Ze hadden het gemunt op zijn partner, Gavini,' legde de magistraat uit. 'Althans, daarop wijst ons onderzoek.'

'Hoezo?' vroeg Brunetti, die nu echt nieuwsgierig werd.

'Het leek al meteen onwaarschijnlijk dat iemand Cappelli zou willen vermoorden,' begon Righetto, die het deed voorkomen alsof Cappelli's positie als verklaard tegenstander van woekeraars van geen belang was. 'We hebben in zijn verleden gegraven, we hebben zelfs de huidige zaken onderzocht waarmee hij zich bezighield, maar er is geen enkele aanwijzing dat hij omging met iemand die hem zoiets zou willen aandoen.'

Brunetti maakte een geluidje dat kon worden beschouwd als een zucht van zowel begrip als instemming.

'Aan de andere kant,' ging Righetto verder, 'hebben we zijn partner.'

'Gavini,' voegde Brunetti daar nodeloos aan toe.

'Gavini, ja,' zei Righetto met een minachtend lachje. 'Hij is een bekende figuur in de streek en heeft de reputatie van een rokkenjager. Helaas heeft hij er een gewoonte van gemaakt zich in te laten met getrouwde vrouwen.'

'Ah,' zei Brunetti met een wereldwijze zucht, waar hij een passende hoeveelheid mannelijke vergevingsgezindheid in wist te leggen. 'En dat is alles?' vroeg hij minzaam.

'Daar lijkt het op. De laatste jaren heeft hij contacten onderhouden met vier verschillende vrouwen, allemaal getrouwd.'

Brunetti zei: 'Arme sukkel.' Hij wachtte lang genoeg om zelf de komische bijbetekenis van wat hij zojuist had gezegd, te onderkennen en voegde er met een vlotte lach aan toe: 'Misschien had hij zich beter tot een kunnen beperken.'

'Ja, maar hoe moet je als man beslissen welke?' kaatste de magistraat terug, en Brunetti beloonde zijn humor met hartelijk gelach.

'Hebt u er enig idee van welke het geweest is?' vroeg Brunetti, die benieuwd was hoe Righetto die vraag zou beantwoorden, want daarmee zou hij aangeven hoe hij het onderzoek zou gaan aanpakken.

Righetto liet even een stilte vallen, waarmee hij ongetwijfeld wilde suggereren dat hij moest nadenken, en zei toen: 'Nee. We hebben de vrouwen ondervraagd, en hun echtgenoten, maar ze kunnen allemaal bewijzen dat ze ergens anders waren toen het gebeurde.'

'Ik dacht dat de kranten hadden geschreven dat het een professionele moord was,' zei Brunetti, zogenaamd in verwarring.

De stem van Righetto klonk ineens een stuk minder warm. 'Als u een politieman bent, zou u niet alles moeten geloven wat er in de kranten staat.'

'Uiteraard,' zei Brunetti en probeerde joviaal te lachen, alsof hij een welverdiende vermaning had gehad van een collega met meer ervaring en wijsheid. 'U denkt dat er misschien nog een andere vrouw bij betrokken was?'

'Dat spoor zijn we nu aan het volgen,' zei Righetto.

'Het is bij hen op kantoor gebeurd, toch?' vroeg Brunetti.

'Ja,' antwoordde Righetto, die, nadat Brunetti de mogelijkheid van nog een andere vrouw had geopperd, bereid was meer informatie te geven. 'De twee mannen lijken op elkaar: ze zijn alle twee klein en hebben donker haar. Het is gebeurd op een regenachtige dag; de moordenaar zat op het dak van een gebouw aan de overkant van de straat. Dus er bestaat weinig twijfel dat hij Cappelli heeft aangezien voor Gavini.'

'Maar wat moeten we met het gerucht dat Cappelli vermoord zou zijn vanwege zijn onderzoek naar geldschieters?' vroeg Brunetti, die voldoende scepsis in zijn stem legde om Righetto duidelijk te maken dat hij dat soort onzin nog geen seconde zou geloven, maar dat hij toch een antwoord op zijn vraag wilde hebben voor het geval iemand anders, die naïever was dan hij en daarom bereid was alles te geloven wat er in de krant stond, hem ernaar zou vragen.

'We zijn begonnen die mogelijkheid te onderzoeken, maar er is niets uitgekomen, helemaal niets. Dus hebben we het in ons onderzoek verder buiten beschouwing gelaten.'

'*Cherchez la femme*,' zei Brunetti, die het Frans expres verkeerd uitsprak en opnieuw in de lach schoot.

Righetto beloonde hem op zijn beurt met een royale lach en vroeg toen min of meer terloops: 'U zei dat u daar ook een sterfgeval hebt. Een moord?'

'Nee, nee, na wat u mij hebt verteld, magistrato,' zei Brunetti, die zo loom en traag probeerde te klinken als hij maar kon, 'ben ik ervan overtuigd dat er geen verband bestaat. We hebben hier ongetwijfeld te maken met een ongeluk.'

16

Net als de meeste Italianen was Brunetti ervan overtuigd dat er bestanden werden bijgehouden van alle telefoontjes die in het land werden gepleegd, en kopieën van alle faxen die werden verstuurd; als een van de weinige Italianen had hij redenen om aan te nemen dat dit waar was. Of je het nu geloofde of er zeker van was maakte weinig uit voor de manier waarop men handelde: niets van enig belang, niets dat bezwarend zou kunnen zijn voor een van de sprekers en niets dat interessant zou kunnen zijn voor een overheidsinstelling die aan afluisteren deed, werd via de telefoon besproken. De mensen spraken met een codetaal, waarin 'geld' werd aangeduid met 'vazen' of 'bloemen', en waar naar investeringen en bankrekeningen werd verwezen met 'vrienden' in het buitenland. Brunetti had er geen idee van hoe wijdverspreid het geloof en de daaruit voortvloeiende voorzichtigheid waren, maar hij wist genoeg om, toen hij zijn vriendin bij de Banca di Modena belde, haar te vragen of ze een kop koffie met hem wilde drinken, in plaats van zijn vraag direct aan haar voor te leggen.

Omdat de bank aan de andere kant van Rialto lag, spraken ze af dat ze een aperitief op de Campo San Luca zouden drinken en elkaar dus halverwege zouden ontmoeten. Het was voor Brunetti een ingewikkelde manier om een paar eenvoudige vragen te stellen, maar alleen tijdens een gesprek onder vier ogen kon hij Franca zover krijgen dat ze vrijuit zou praten. Hij verliet zijn kantoor zonder een reden op te geven of iemand iets te vertellen en liep naar de *bacino* en verder in de richting van de San Marco.

Terwijl hij langs de Riva degli Schiavoni liep, keek hij naar links en verwachtte daar de sleepboten te zien liggen, maar werd verrast door hun afwezigheid en besefte meteen daarop dat ze er al jaren niet meer lagen, en dat hij dat vergeten was. Hoe kon hij iets vergeten dat hij zo goed wist? Het was alsof hij zich zijn eigen telefoonnummer niet meer herinnerde, of niet meer wist hoe het gezicht van de bakker eruitzag. Hij wist niet waar de sleepboten naartoe waren gebracht, en ook kon hij zich niet herinneren hoeveel jaar ze er nu al niet meer lagen. Aan de riva hadden ze plaatsgemaakt voor andere boten, die zonder twijfel nuttiger waren voor de toeristenindustrie.

Ze hadden altijd van die fraaie Latijnse namen gehad en lagen daar, rood en trots als ze waren, te wachten tot ze moesten uitvaren om andere schepen te assisteren als die het Canale della Giudecca op voeren. De schepen die nu de stad binnenvoeren, waren waarschijnlijk veel te groot en konden niet door die dappere kleine sleepboten geholpen worden: het waren monsters die groter waren dan de Basilica en die vol stonden met duizenden op mieren lijkende figuurtjes bij de reling. Ze voeren naar de steiger, meerden aan, legden de brug uit en dan stroomden de passagiers de stad in.

Brunetti dacht er niet meer over na en liep naar de Piazza, stak het plein over en sloeg rechtsaf in de richting van het stadscentrum en de Campo San Luca. Franca was er al toen hij aankwam en sprak met een man die Brunetti wel iets zei, maar die hij niet kende. Toen hij dichterbij kwam, zag hij dat ze elkaar de hand schudden. De man liep in de richting van de Campo Manin, en Franca draaide zich om en keek in de etalage van de boekhandel.

'*Ciao*, Franca,' zei Brunetti en ging naast haar staan. Ze waren bevriend geweest in hun middelbareschooltijd, en waren een poosje zelfs meer dan vrienden geweest, maar toen had zij haar Mario ontmoet, en Brunetti was naar de universiteit gegaan, waar hij zijn Paola had ontmoet. Ze had nog steeds hetzelfde glanzende blonde haar, een paar gradaties lichter dan dat van Paola, en Brunetti wist inmiddels genoeg van die dingen af om te weten dat ze zich van hulpmiddeltjes bediende om het zo te houden. Maar voor de rest was ze niet veranderd: nog steeds had ze het volle figuur waarmee ze twintig jaar geleden zo ontevreden was geweest, maar dat nu door het feit dat ze ouder was geworden, aan gratie had gewonnen; haar huid vertoonde, als gebruikelijk bij forse vrouwen, geen rimpels, al waren er wat dat betreft geen aanwijzingen dat ze gebruikmaakte van hulpmiddeltjes. Haar lichtbruine ogen waren nog hetzelfde, en dat gold ook voor warmte die ze uitstraalden toen ze zijn stem hoorde.

'*Ciao* Guido,' zei ze en wierp haar hoofd naar achteren, waarna hij haar twee snelle zoenen gaf.

'Laat me je iets te drinken aanbieden,' zei hij, waarbij hij haar volgens een tientallen jaren oude gewoonte bij de arm nam en naar de bar leidde.

Eenmaal binnen besloten ze *uno spritz* te nemen, waarna ze toekeken hoe de barkeeper de wijn en het mineraalwater mengde, een klein drupje Campari toevoegde, een schijfje citroen op de rand stak en de glazen ten slotte over de bar naar hen toe schoof.

'*Cin cin*,' zeiden ze tegen elkaar en namen een slok.

De barkeeper zette een schaaltje chips voor hen neer, maar ze besteedden er geen aandacht aan. Door het gedrang bij de bar werden ze langzaam maar zeker teruggedrongen totdat ze tegen de vensters aan de voorkant van de bar gedrukt werden, vanwaar ze uitzagen op de stad die aan hen voorbijtrok.

Franca begreep dat dit een zakelijke ontmoeting was. Wanneer Brunetti had willen babbelen over haar familie, zou hij dat per telefoon hebben gedaan en niet hebben voorgesteld elkaar te ontmoeten in een bar waar het gegarandeerd zo druk was dat niemand zou kunnen horen waar ze het over hadden.

'Wat is er aan de hand, Guido?' vroeg ze, maar ze lachte erbij om haar vraag zo luchtig mogelijk te laten klinken.

'Geldschieters,' antwoordde hij.

Ze keek naar hem, wendde toen haar blik af en keek hem daarna even snel weer aan.

'Namens wie wil je daar iets over weten?'

'Namens mezelf natuurlijk.'

Ze lachte, maar het was een zuinig lachje. 'Ik weet dat het namens jezelf is, Guido, maar is het voor jou als politieman die zich intensief met hen gaat bezighouden of is het zo'n vraag die je aan je vrienden stelt?'

'Waarom wil je dat weten?'

'Omdat ik je niets te vertellen heb als het om de eerste mogelijkheid gaat.'

'En als het om de tweede gaat?'

'Dan kan ik praten.'

'Vanwaar dat onderscheid?' vroeg hij, liep daarop naar de bar en pakte een paar chips – meer om haar de tijd te geven over haar antwoord na te denken dan omdat hij er echt zin in had.

Toen hij terugkwam, was ze zover. Ze schudde haar hoofd toen hij haar een paar chips aanbood, en dus moest hij ze zelf opeten. 'Bij de eerste mogelijkheid loop ik de kans dat ik alles wat ik je vertel, voor de rechtbank zal moeten herhalen, of misschien moet jij onthullen waar je je informatie vandaan hebt.' Voordat hij haar iets kon vragen, vervolgde ze: 'Als het gewoon een gesprekje is tussen twee vrienden, dan zal ik je vertellen wat ik weet, maar je moet wel beseffen dat ik niet meer weet dat ik het verteld heb, mocht ik er ooit naar gevraagd worden.' Franca lachte niet toen ze dit zei, hoewel ze in de regel een vrouw was van wie de levensvreugde af straalde als de muziek die weerklinkt uit een draaimolen.

'Is het zo gevaarlijk?' vroeg Brunetti, die haar lege glas van haar aannam en zijn arm uitstrekte om het naast het zijne op de bar te zetten.

'Laten we naar buiten gaan,' zei ze. Buiten op de campo stak ze het plein over tot ze links van de vlaggenmast stond, vlak voor de etalageruiten van de boekhandel. Of het nu toevallig was of moedwillig, Franca stond op minstens twee meter afstand van de mensen die het dichtst bij haar stonden op de campo, twee oude vrouwen die zich, leunend op hun wandelstokken, naar elkaar toe bogen.

Brunetti liep achter haar aan en ging naast haar staan. Het zonlicht reikte tot over de gebouwen heen, waardoor hun spiegelbeelden duidelijk zichtbaar waren in de ruit. Het beeld van het stel in de ruit was vaag en onscherp en kon gemakkelijk doorgaan voor de twee tieners die elkaar hier tientallen jaren geleden vaak ontmoetten om met vrienden koffie te drinken.

De vraag kwam zonder dat zij er aanleiding voor gaf. 'Ben je echt zo bang?' vroeg Brunetti.

'Mijn zoon is vijftien,' zei ze bij wijze van verklaring. De vlakke toon waarop ze dat zei was ook passend geweest voor een opmerking over het weer, of bijvoorbeeld over de belangstelling die haar zoon voor voetbal had.

'Waarom wilde je dat we elkaar hier zouden treffen, Guido?' vroeg ze.

Hij lachte. 'Ik weet dat je het druk hebt, en ik weet waar je woont, dus ik dacht dat dit wel een geschikte plek zou zijn: je bent bijna thuis.'

'Is dat de enige reden?' vroeg ze. Ze wendde haar blik af van de in het glas weerspiegelde Brunetti en keek naar de echte.

'Ja. Waarom vraag je dat?'

'Je weet écht niets van die mensen af, hè?' was het enige wat ze daarop zei.

'Nee. Ik weet dat ze bestaan, en ik weet dat ze hier in de stad zitten. Dat moet wel. Maar we hebben nooit officiële klachten over ze gehad.'

'En normaal gesproken houdt de Finanza zich met hen bezig, toch?'

Brunetti haalde zijn schouders op. Hij had er eigenlijk geen idee van waar de agenten van de Guardia di Finanza zich mee bezighielden. Hij zag hen dikwijls lopen in hun grijze uniform, dat was versierd met de fel oplichtende vlammen die symbool moesten staan voor gerechtigheid, maar hij had het idee dat ze weinig anders deden dan een volk in verdrukking aanmoedigen tot het verzinnen van nieuwe manieren om de belastingen te ontduiken.

Hij knikte, niet bereid zijn onwetendheid in woorden uit te drukken.

Franca wendde haar blik van hem af en bekeek de kleine campo. Zwijgend stond ze om zich heen te kijken. Met haar kin maakte ze een beweging in de richting van het fastfoodrestaurant dat aan de overkant stond. 'Wat zie je?'

Hij keek naar de glazen gevel die het grootste deel van die kant van het pleintje in beslag nam. Jonge mensen liepen in en uit; velen van hen zaten aan kleine tafeltjes die duidelijk te zien waren door de gigantische ramen.

'Ik zie de verwoesting van tweeduizend jaar culinaire cultuur,' zei hij en lachte.

'En wat zie je vlak voor dat restaurant?' vroeg ze op vlakke toon.

Hij keek nog eens, teleurgesteld dat ze niet had gelachen om zijn grapje. Hij zag twee mannen in donkere pakken, elk met een aktetas in de hand, die met elkaar praatten. Links van hen stond een jonge vrouw die haar handtas op een onhandige manier onder haar arm geklemd hield en haar adresboekje doorbladerde terwijl ze tegelijkertijd een telefoonnummer probeerde in te toetsen op haar telefonino. Achter haar boog een slonzig geklede, lange en buitengewoon magere man van achter in de zestig voorover om te praten met een oudere vrouw die geheel in het zwart gekleed ging. Door haar ouderdom had ze een kromme rug; ze hield haar kleine handen stevig rond het hengsel van een grote, zwarte handtas geklemd. Ze had een smal gezicht en een lange, puntige neus, een combinatie waardoor ze, gevoegd bij haar gekromde houding, nog het meest deed denken aan een klein buideldier.

'Ik zie mensen die doen wat mensen zoal doen op de Campo San Luca.'

'En dat is?' vroeg ze terwijl ze hem met scherpe blik aankeek.

'Elkaar bij toeval of op afspraak ontmoeten en praten, vervolgens iets gaan drinken, net als wij deden, en daarna naar huis gaan om te lunchen, net als wij gaan doen.'

'En die twee?' vroeg ze en tilde haar kin op in de richting van de magere man en de oude vrouw.

'Het lijkt erop dat ze op weg is naar huis is om te gaan lunchen, en dat ze net een lange mis heeft bezocht in een van de kleinere kerken.'

'En hij?'

Brunettti keek nog eens naar het stel. Ze waren nog steeds druk aan het praten. 'Het lijkt erop dat zij probeert zijn ziel te redden, maar dat hij daar niets van moet weten,' zei Brunetti.

'Die kan niet gered worden, want die heeft hij niet,' zei Franca, en het verbaasde Brunetti dat hij een dergelijk oordeel hoorde uit de mond van een vrouw die hij nog nooit iets slechts over wie dan ook had horen zeggen. 'En dat geldt ook voor haar,' voegde ze er op een koude, onbarmhartige toon aan toe.

Ze draaide zich om, deed een halve stap in de richting van de boekhandel en keek weer in de etalage. Ze bleef met haar rug naar Brunetti toegekeerd staan en zei: 'Dat zijn Angelina Volpato en haar man Massimo. Ze behoren tot de beruchtste geldschieters van de stad. Niemand weet wanneer ze ermee begonnen zijn, maar de laatste tien jaar zijn zij degenen tot wie de meeste mensen zich hebben gewend.'

Brunetti voelde dat er iemand in hun buurt was: een vrouw was naast hen komen staan om in de etalage te kijken. Franca zei niets. Toen de vrouw doorliep, vervolgde ze: 'De mensen kennen hen en weten dat ze hier bijna elke ochtend zijn. Dus komen ze met hen praten en dan nodigt Angelina hen bij zich thuis uit.' Ze wachtte even en voegde eraan toe: 'Ze is een echte vampier,' en zweeg toen weer. Toen ze rustig was geworden, ging ze verder. 'Daar belt ze de notaris en dan stellen ze het contract op. Ze geeft hun het geld, en zij geven haar hun huis, hun bedrijf of hun inboedel.'

'En de geldsom?'

'Dat hangt ervan af hoeveel ze nodig hebben en hoe lang ze het nodig hebben. Wanneer het maar een paar miljoen is, dan spreken ze af dat ze hun inboedel krijgt. Maar als het een flinke som is, vijftig miljoen of meer, dan berekent ze de rente. Er is me verteld dat ze rente kan berekenen in een oogwenk, hoewel diezelfde mensen me verzekerd hebben dat ze analfabeet is, net als haar echtgenoot.' Ze wachtte even omdat ze de draad van haar verhaal kwijt was, maar hervatte toen: 'Als het om een groot geldbedrag gaat, spreken ze af dat ze recht heeft op hun huis als ze een bepaalde som niet voor een bepaalde datum hebben betaald.'

'En als ze niet betalen?'

'Dan sleept haar advocaat hen voor de rechter en heeft zij de overeenkomst die is ondertekend in aanwezigheid van een notaris.'

Terwijl ze sprak, hield ze haar ogen gericht op de boekomslagen in de etalage. Brunetti, die zijn geheugen en zijn geweten naging, moest toegeven dat hij niets nieuws had gehoord. De precieze details kende hij misschien niet, maar wel wist hij dat dit soort dingen gebeurde. Het behoorde tot het werkterrein van de Guardia di Finanza, althans, dat was tot nu toe het geval geweest – totdat zijn aandacht vanwege bepaalde omstandigheden en puur toeval werd getrokken door Angelina Volpato en haar man, die nog steeds aan de overkant van het plein stonden en druk aan het praten waren op deze prachtige lentedag in Venetië.

'Hoeveel rekenen ze?'

'Dat hangt ervan af hoe wanhopig de mensen zijn,' antwoordde Franca.

'Hoe komen ze daarachter?'

Ze wendde haar blik af van de kleine varkentjes die rondreden in brandweerwagens en keek hem aan. 'Dat weet jij even goed als ik: iedereen weet alles. Probeer maar eens geld bij de bank te lenen: aan het eind van de dag weet iedereen in de bank dat je dat wilt, hun familie weet het de volgende ochtend, en de hele stad weet het 's middags.'

Brunetti moest toegeven dat dit waar was. Of dat nu kwam omdat de mensen in Venetië allemaal in relatie tot elkaar stonden door bloedverwantschap of vriendschap, of omdat de stad in werkelijkheid niet veel meer was dan een dorp: in deze intense, incestueuze gemeenschap was er geen geheim dat lang bewaard bleef. Hij vond het zeer aannemelijk dat het binnen de kortste keren algemeen bekend werd dat iemand in financiële nood verkeerde.

'Wat voor rentetarieven hanteren ze?' vroeg hij opnieuw.

Ze begon te antwoorden, wachtte even, en vervolgde toen: 'Ik heb gehoord dat ze twintig procent per maand rekenen. Maar ik heb ook horen zeggen dat het vijftig procent was.'

De Venetiaan in Brunetti had de berekening in een oogwenk gemaakt. 'Dat is zeshonderd procent per jaar,' zei hij, niet in staat zijn verontwaardiging te verbergen.

'Veel meer als het samengestelde rente is,' corrigeerde Franca hem, waarmee ze aangaf dat haar familie dieper in de stad geworteld was dan die van Brunetti.

Brunetti richtte zijn aandacht opnieuw op de twee mensen aan de overkant van de campo. Terwijl hij stond te kijken, beëindigden ze hun gesprek; de vrouw liep weg in de richting van Rialto en de man kwam hun kant op gelopen.

Toen hij dichterbij kwam, zag Brunetti zijn uitpuilende voorhoofd, zijn ruwe, geschilferde huid – alsof hij aan een ziekte leed –, zijn volle lippen en zijn gezwollen oogleden. De man liep op een vreemde manier, als een vogel: bij elke stap zette hij zijn voet plat neer, alsof hij bang was dat de hakken van zijn dikwijls gerepareerde schoenen zouden slijten. Zijn gezicht verried dat de jaren begonnen te tellen en dat hij ziekelijk was, maar zijn slungelige manier van lopen wekte vreemd genoeg de indruk van een jeugdige onhandigheid, vooral toen Brunetti de man van achteren zag nadat hij een calle was ingegaan die naar het stadhuis leidde.

Toen hij weer voor zich keek, zag hij dat de oude vrouw verdwenen was, maar het beeld van een buideldier, of een rechtopstaande rat, bleef in zijn herinnering hangen. 'Hoe weet je dit allemaal?' vroeg hij aan Franca.

'Ik werk bij een bank, weet je nog?' antwoordde ze.

'En die twee zijn de laatste strohalm voor de mensen die bij jullie niets los kunnen krijgen?' Ze knikte. 'Maar hoe komen de mensen erachter dat zij er zijn?' vroeg hij.

Ze keek hem indringend aan, alsof ze overwoog in hoeverre ze hem kon vertrouwen, en zei: 'Er is me verteld dat er af en toe mensen bij de bank zijn die hen aanbevelen.'

'Wat?'

'Als mensen proberen geld te lenen bij een bank en worden afgewezen, geeft een van de bankmedewerkers af en toe het advies dat ze eens zouden moeten gaan praten met de Volpato's. Of met een andere geldschieter die hun een percentage betaalt.'

'Hoe hoog is dat percentage?' vroeg Brunetti op vlakke toon.

Ze haalde haar schouders op. 'Er is me verteld dat het ervan afhangt.'

'Waarvan?'

'Van het bedrag dat uiteindelijk wordt geleend. Of van de overeenkomst die de bankmedewerker heeft met de woekeraars.' Voordat Brunetti haar iets anders kon vragen, voegde ze eraan toe: 'Als mensen geld nodig hebben, dan krijgen ze het ook. En is dat niet via vrienden of familie, of via de bank, dan wel via mensen als de Volpato's.'

Brunetti kon de volgende vraag alleen maar op directe wijze stellen. 'Heeft de maffia hier iets mee te maken?'

'Waar heeft de maffia niet iets mee te maken?' vroeg Franca op haar beurt, maar toen ze zijn geïrriteerde reactie zag, voegde ze eraan toe: 'Sorry, dat was een grapje. Ik heb geen directe aanwijzingen dat de maffia erbij betrokken is. Maar als je er even over nadenkt, besef je dat dit een prima methode is om geld wit te wassen.'

Brunetti knikte. Alleen door middel van bescherming door de maffia kon je dit soort winstgevende praktijken voortzetten zonder dat er vragen werden gesteld of de autoriteiten allerlei onderzoeken begonnen.

'Heb ik je lunch nu verpest?' vroeg ze en begon ineens te lachen – haar stemming sloeg om op een manier die hij zich van haar herinnerde.

'Nee, helemaal niet, Franca.'

'Waarom vraag je dit allemaal?' vroeg ze ten slotte.

'Het staat misschien in verband met iets anders.'

'Dat geldt voor de meeste dingen,' voegde ze daaraan toe, maar vroeg verder niets: ook al een eigenschap die hij altijd in haar gewaardeerd had. 'Ik ga maar naar huis, dan,' zei ze, ging op haar tenen staan en zoende hem op beide wangen.

'Dank je wel, Franca,' antwoordde hij en drukte haar iets dichter tegen zich aan, waarbij hij zich getroost voelde door haar sterke lichaam en haar nog veel grotere wilskracht. 'Het is altijd fijn om je te zien.' Nadat ze hem op zijn arm had getikt en zich had omgedraaid, besefte hij dat hij haar nog niet naar de andere geldschieters had gevraagd, maar hij kon haar nu niet meer roepen om het te vragen. Het enige wat hij kon bedenken, was naar huis gaan.

17

Tijdens de wandeling ging Brunetti in gedachten terug naar de tijd waarin hij met Franca was, nu meer dan twintig jaar geleden. Hij was zich er bewust van hoe prettig hij het had gevonden om zijn armen weer om dat aangename, voor hem ooit zo vertrouwde lichaam te slaan. Hij herinnerde zich een lange wandeling die ze hadden gemaakt op het strand van het Lido op de avond van de Redentore; hij moest toen zeventien zijn geweest. Het vuurwerk was allang voorbij, en ze liepen maar verder, hand in hand; ze wachtten op het ochtendgloren en wilden niet dat de nacht ooit voorbij zou gaan.

Maar dat ging hij wel, en dat gold voor veel dingen tussen hen. Nu had ze haar Mario, en hij had zijn Paola. Hij ging bij Biancat naar binnen en kocht een dozijn irissen voor zijn Paola. Hij was blij dat hij dat kon doen, blij bij de gedachte dat ze boven op hem zat te wachten.

Ze zat aan de keukentafel toen hij binnenkwam en was erwtjes aan het doppen.

'*Risi e bisi*,' zei hij bij wijze van groet toen hij de erwtjes zag, terwijl hij de irissen voor zich uit gestoken hield.

Ze lachte toen ze de irissen zag en zei: 'Dat is het beste wat je met nieuwe erwtjes kunt doen, risotto maken, vind je niet?' en keerde haar wang naar hem toe zodat hij haar een kus kon geven.

Nadat hij haar had gekust, antwoordde hij zonder duidelijke reden: 'Tenzij je een prinses bent en je ze nodig hebt om onder je matras te leggen.'

'Ik denk dat risotto een beter idee is,' antwoordde ze. 'Wil jij ze wel in een vaas zetten terwijl ik dit afmaak?' vroeg ze, terwijl ze met haar hand op de volle papierbak wees die naast haar op tafel stond.

Hij schoof een stoel naar de kasten, nam een stuk krant van tafel en spreidde dat uit op de zitting; daarna klom hij op de stoel om een van de grote vazen te pakken die boven op een van de kasten stond.

'De blauwe, denk ik,' zei ze, terwijl ze opkeek om te zien wat hij deed.

Hij klom van de stoel af, zette hem terug op zijn plaats en liep met de vaas naar het aanrecht. 'Hoe vol?' vroeg hij.

'Ongeveer halfvol. Wat wil je daarna eten?'

'Wat hebben we nog?' vroeg hij.

'Ik heb die rosbief van zondag nog. Als je die heel dun snijdt, kunnen we die eten, en daarna bijvoorbeeld een salade.'

'Eet Chiara vlees deze week?' Chiara had een week daarvoor verklaard dat ze voor de rest van haar leven vegetariër zou blijven, daartoe aangespoord door een artikel over de behandeling van kalveren.

'Je hebt toch gezien dat ze zondag rosbief heeft gegeten?' vroeg Paola.

'O ja, natuurlijk,' antwoordde hij, wijdde zich weer aan zijn bloemen en scheurde het papier ervan af.

'Wat is er mis?' vroeg ze.

'De gebruikelijke dingen,' antwoordde hij, terwijl hij de vaas onder de kraan hield en er koud water in liet stromen. 'We leven in een verdoemd universum.'

Ze richtte haar aandacht weer op haar erwtjes. 'Iedereen die jouw of mijn werk doet, zou dat moeten weten,' antwoordde ze.

Nieuwsgierig vroeg hij: 'Hoe zit dat bij jouw werk dan?' Hij werkte al twintig jaar bij de politie en niemand hoefde hem te vertellen dat de mensheid van haar voetstuk was gevallen.

'Jij hebt te maken met moreel verval. Ik met geestelijk verval.' Ze sprak op die verheven toon vol zelfspot die ze vaak aansloeg wanneer ze zichzelf erop betrapte dat ze haar werk serieus nam. Daarna vroeg ze: 'En wat heeft dit specifiek met jou te maken?'

'Ik heb vanmiddag iets gedronken met Franca.'

'Hoe gaat het met haar?'

'Goed. Haar zoon wordt ouder, en ik geloof dat ze het niet erg leuk vindt om bij een bank te werken.'

'Wie wel?' vroeg Paola, maar het was eerder een reactie uit gewoonte dan een serieuze vraag. Ze keerde terug naar zijn eerdere, nog niet nader toegelichte bewering en vroeg: 'Waarom breng je een ontmoeting met Franca in verband met een vervallen universum? Meestal heeft zo'n ontmoeting een tegengestelde uitwerking, op ons allemaal.'

Brunetti, die de bloemen langzaam een voor een in de vaas stak, overdacht haar opmerking een paar keer en zocht naar een of andere verborgen en mogelijk rancuneuze bijbetekenis, maar hij kon er niet een ontdekken. Ze zag dat hij het prettig vond deze goede oude vriendin te ontmoeten en deelde in de vreugde die hij in haar gezelschap ervoer. Toen hij dat besefte, trok zijn hart even samen en voelde hij dat zijn gezicht ineens begon te gloeien. Een van de irissen viel op het aanrechtblad. Hij pakte hem op, stak hem in de vaas, bij de andere bloemen, en zette de vaas voorzichtig een stukje opzij, veilig van de rand vandaan.

'Ze zei dat ze bang was voor Pietro als ze met mij over geldschieters zou praten, zoiets.'

Paola hield op met wat ze aan het doen was, draaide zich om en keek hem aan. 'Geldschieters?' vroeg ze. 'Wat hebben die er nou mee te maken?'

'Rossi, die man van het Ufficio Catasto die dood is, had het telefoonnummer van een advocaat in zijn portefeuille, een advocaat die bezig was met een aantal zaken tegen hen.'

'Waar zit die advocaat?'

'In Ferrara.'

'Toch niet die man die ze hebben vermoord?' vroeg ze en keek hem aan.

Brunetti knikte en vond het interessant dat Paola voor het gemak maar aannam dat Cappelli door 'hen' was vermoord. Hij zei: 'De magistraat die het onderzoek leidt, sluit de betrokkenheid van geldschieters uit en leek het vooral belangrijk te vinden mij ervan te overtuigen dat de moordenaar het verkeerde slachtoffer heeft gekozen.'

Na een lange pauze, waarin Brunetti Paola's gedachten weerspiegeld zag in haar gezicht, vroeg ze: 'Had hij daarom zijn nummer bij zich, vanwege die geldschieters?'

'Ik kan het niet bewijzen. Maar toevallig is het wel.'

'Het hele leven is toeval.'

'Maar moord niet.'

Ze hield haar handen gevouwen boven de berg gedopte erwtjes. 'Sinds wanneer is dat een moord? Op Rossi, bedoel ik.'

'Ik heb geen idee sinds wanneer. Misschien wel sinds nooit. Ik wil gewoon weten hoe deze zaak in elkaar zit en erachter komen waarom Rossi hem heeft gebeld, als het me lukt.'

'En Franca?'

'Ik dacht dat ze me, omdat ze bij een bank werkt, iets zou kunnen vertellen over geldschieters.'

'Ik dacht dat dat juist typisch iets voor banken was: geld lenen.'

'Vaak doen ze het niet, althans, niet op de korte termijn en niet aan mensen die misschien niet kunnen terugbetalen.'

'Waarom heb je haar ernaar gevraagd, dan?' Gezien haar onbeweeglijke houding had Paola kunnen doorgaan voor een magistraat die aan een verhoor bezig was.

'Ik dacht dat zij misschien wel iets zou weten.'

'Dat heb je al gezegd. Maar waarom Franca?'

Hij had er geen reden voor, afgezien van het feit dat zij de eerste was wier naam in hem was opgekomen. Bovendien was het al een poosje geleden dat hij haar voor het laatst had ontmoet en hij wilde haar weer eens zien – niets meer dan dat. Hij stak zijn handen in zijn zakken en verschoof zijn gewicht naar zijn andere voet. 'Geen echte reden,' zei hij ten slotte.

Ze vouwde haar handen weer open en ging verder met het doppen van de erwtjes. 'Wat heeft ze je verteld, en waarom is ze bang voor Pietro?'

'Ze had het over twee mensen, en die heeft ze zelfs aangewezen.' Voordat Paola hem kon onderbreken, zei hij: 'We ontmoetten elkaar op San Luca, en daar stond dat stel. Ze zijn in de zestig, zou ik zeggen. Ze vertelde dat zij geld lenen.'

'En Pietro?'

'Ze zei dat er een verband zou kunnen zijn met de maffia en het witwassen van geld, maar meer dan dat wilde ze er niet over kwijt.' Paola knikte kort, waaruit hij afleidde dat ze het met hem eens was dat alleen maar het noemen van de maffia voor elke ouder voldoende was om zich zorgen te maken om zijn of haar kind.

'Zelfs niet tegen jou?' vroeg ze.

Hij schudde zijn hoofd. Ze keek hem aan, en hij herhaalde zijn gebaar.

'Serieus, dus,' zei Paola.

'Dat zou ik wel zeggen.'

'Wie zijn die mensen?'

'Angelina en Massimo Volpato.'

'Heb je ooit van ze gehoord?' vroeg ze.

'Nee.'

'Met wie heb je het over hen gehad?'

'Met niemand. Ik heb ze twintig minuten geleden voor het eerst gezien, voordat ik naar huis kwam.'

'Wat ga je nu doen?'

'Zoveel mogelijk over hen te weten komen.'

'En dan?'

'Dat hangt ervan af wat ik ontdek.'

Het was even stil, en toen zei Paola: 'Ik moest vandaag aan je denken, althans, aan je werk.' Hij wachtte af. 'Dat gebeurde toen ik de ramen aan het zemen was, daardoor moest ik aan je denken,' voegde ze eraan toe, een opmerking die hem verraste.

'Waarom de ramen?'

'Ik was ze aan het zemen, en daarna deed ik de spiegel in de badkamer, en toen moest ik denken aan jouw werk.'

Hij wist dat ze zou doorgaan, zelfs als hij niets zei, maar hij wist ook dat ze het leuk vond om aangemoedigd te worden, dus vroeg hij: 'En?'

'Als je een raam zeemt,' zei ze terwijl ze hem aankeek,' moet je het openen en naar je toe trekken, en als je dat doet, verandert de hoek waar het licht in valt.' Ze zag dat hij oplette, en vervolgde: 'Je maakt het raam dus schoon. Althans, dat denk je. Maar als je het raam dichtdoet, valt het licht er in de oorspronkelijke hoek doorheen, en dan zie je dat het raam vanbuiten nog vies is, of dat je binnenin een stukje bent vergeten. Dat betekent dat je het opnieuw moet openen en schoonmaken. Maar je weet nooit zeker of het echt schoon is, tenzij je het weer sluit of het raam beweegt zodat je het vanuit een andere hoek kunt bekijken.'

'En de spiegel?' vroeg hij.

Ze keek hem aan en lachte. 'Een spiegel zie je maar van één kant. Van de achterkant valt er geen licht naar binnen, dus wanneer je de spiegel schoonmaakt, is hij ook schoon. Er is geen sprake van zinsbegoocheling.' Ze keek weer omlaag naar haar werk.

'En?'

Ze keek nog steeds naar de erwtjes, wellicht om haar teleurstelling in hem te verbergen, en legde uit: 'Zo zit het ook met jouw werk, of met jouw idee hoe je werk in elkaar steekt. Je wilt spiegels schoonmaken, je wilt dat alles tweedimensionaal en gemakkelijk op te lossen is. Maar telkens wanneer je iets bekijkt, blijkt het zo te zijn als met de ramen: als je het perspectief verandert of als je de dingen vanuit een andere hoek bekijkt, blijkt alles anders te zijn.'

Brunetti dacht hier lange tijd over na en zei toen, in de hoop de sfeer te verlichten: 'Maar in beide gevallen moet ik het glas schoon zien te krijgen.'

Paola zei: 'Dat zijn jouw woorden, niet de mijne.' Toen Brunetti niet antwoordde, wierp ze de laatste erwtjes in de kom en stond op. Ze liep naar het aanrecht en zette de kom neer. 'Wat je ook doet, ik heb de indruk dat je het 't liefste doet met een volle maag,' zei ze.

Met inderdaad een volle maag ging hij die middag aan de gang zodra hij terug was op de questura. Hij begon bij signorina Elettra – niet de slechtste plaats om te beginnen.

Toen hij binnenkwam, begroette ze hem met een glimlach. Vandaag was ze gekleed in een verleidelijk, matroosachtig kostuum: een marineblauwe rok en een zijden bloes met vierkante schouderpas. Hij bedacht dat een matrozenpetje het enige was wat er nog aan ontbrak, totdat hij op haar bureau naast de computer een witgesteven, kokervormige pet zag liggen.

'Volpato,' zei hij voordat ze hem kon vragen hoe het met hem ging. 'Angelina en Massimo. Ze zijn in de zestig.'

Ze schoof een stuk papier naar zich toe en begon te schrijven.

'Wonen ze hier?'

'Ik denk het wel, ja.'

'Enig idee waar?'

'Nee,' antwoordde hij.

'Dat is gemakkelijk na te gaan,' zei ze en maakte een aantekening. 'Nog meer?'

'Ik heb het liefst de financiële gegevens: bankrekeningen, eventuele investeringen die ze hebben gedaan, onroerend goed dat op hun naam staat, wat u maar kunt vinden.' Hij wachtte even terwijl ze het opschreef, en vervolgde toen: 'En kijk even na of wijzelf iets over hen hebben.'

'Telefoonbestanden?' vroeg ze.

'Nee, nog niet. Alleen de financiële zaken.'

'Hoe snel?'

Hij keek haar aan en zei: 'Hoe snel wil ik alles altijd hebben?'

Ze schoof haar manchet omhoog en keek op het zware duikershorloge om haar linkerpols. 'De informatie van de gemeentelijke diensten moet ik vandaag nog te pakken kunnen krijgen.'

'De banken zijn al dicht, dus dat kan wachten tot morgen,' zei hij.

Ze keek hem aan en lachte. 'De archieven gaan nooit dicht,' zei ze. 'Ik denk dat ik alles binnen een paar uur heb.'

Ze boog voorover en opende een la, waar ze een stapel papieren uit haalde. 'Deze heb ik ook,' begon ze, maar ineens zweeg ze en keek naar links, naar de deur van haar kantoor.

Hij voelde een beweging in plaats van die daadwerkelijk te zien, draaide zich om en zag vice-questore Patta, die nu pas terugkeerde van zijn lunch. 'Signorina Elettra,' begon hij, en toonde niet dat hij zich ervan bewust was dat Brunetti voor haar bureau stond.

'Ja, dottore?' vroeg ze.

'Ik wil graag dat u bij mij op kantoor komt om een brief op te nemen.'

'Natuurlijk, dottore,' zei ze en legde de papieren die ze zojuist uit de la had genomen, midden op haar bureau en tikte er met haar linkerpink op, een gebaar dat Patta niet kon zien omdat Brunetti ervoor stond. Ze trok de voorste lade open en haalde er een ouderwets stenografieschrijfblok uit. Dicteerden mensen nog steeds brieven, en zaten secretaresses nog steeds met de benen over elkaar geslagen, net als Joan Crawford vroeger, woorden op te nemen met kleine krulletjes en kruisjes? Terwijl Brunetti zich dit afvroeg, besefte hij dat hij het opstellen van brieven altijd aan signorina Elettra had overgelaten, dat hij op haar vertrouwde bij het kiezen van de juiste woorden waarmee eenvoudige zaken enigszins verdoezeld konden worden, of de weg vrijgemaakt werd voor verzoeken die strikt genomen buiten de competentie van de politie vielen.

Patta liep langs hem heen en opende de deur naar zijn kantoor, en Brunetti had zonder meer het gevoel dat hij zich nu zelf gedroeg als een van die angstige wilde diertjes, een maki bijvoorbeeld, die stokstijf stonden bij het minste of geringste geluid, zichzelf op grond van die onbeweeglijkheid onzichtbaar verklaarden en daarom geloofden dat ze niets te vrezen hadden van rondzwervende roofdieren. Voordat hij iets tegen signorina Elettra kon zeggen, zag hij dat ze opstond en Patta volgde naar zijn kantoor, maar niet dan nadat ze nog even had omgekeken naar de papieren op haar bureau. Terwijl ze de deur achter zich dichtdeed, nam Brunetti geen spoor van angst waar in haar optreden.

Hij leunde over haar bureau heen, schoof de papieren naar zich toe en schreef snel een briefje, waarin hij haar vroeg de naam te achterhalen van de eigenaar van het pand waarvoor Rossi was aangetroffen.

18

Op weg naar zijn kantoor bekeek hij de papieren die hij had meegenomen van het bureau van signorina Elettra: een lange uitdraai met de nummers die vanuit Rossi's huis en vanuit zijn kantoor waren gebeld. In de kantlijn had ze genoteerd dat Rossi's naam niet voorkwam op de klantenlijst van een van de mobiele-telefoonmaatschappijen, wat betekende dat hij waarschijnlijk had gebeld met een telefoon die was verstrekt door het Ufficio Catasto. Viermaal had hij vanuit zijn kantoor naar hetzelfde nummer gebeld, een nummer met het netnummer van Ferrara waarvan Brunetti vermoedde dat het het nummer was van het kantoor van Gavini en Cappelli. Toen hij achter zijn bureau zat, controleerde hij dat en het bleek dat hij het bij het rechte eind had. De telefoontjes waren allemaal gepleegd binnen een periode van minder dan twee weken; het laatste één dag voordat Cappelli was vermoord. Daarna niets meer.

Brunetti bleef een tijd lang zitten en vroeg zich af wat het verband kon zijn tussen de twee dode mannen. Hij besefte dat hij ze nu beschouwde als twee vermoorde mannen.

Terwijl hij wachtte op signorina Elettra, dacht hij na over een groot aantal zaken: de situering van Rossi's kantoor in het Ufficio Catasto en hoeveel privacy die hem had verschaft; het feit dat magistrato Righetto was aangewezen om de moord op Cappelli te onderzoeken; de kans dat een professionele moordenaar zijn slachtoffer zou verwisselen met een andere man en waarom er na de moord niet opnieuw een poging was ondernomen het veronderstelde werkelijke doelwit te vermoorden.

Over deze en andere dingen dacht hij na, en vervolgens richtte hij zijn aandacht op de lijst met mensen die hem informatie zouden kunnen verstrekken, maar daar hield hij mee op toen hij besefte dat hij nauwelijks wist wat voor informatie hij eigenlijk wilde hebben. Natuurlijk moest hij meer weten over de Volpato's, maar hij moest ook meer weten over het financiële verkeer in de stad en de geheime geldstromen die uit de handen van de ene burger in die van de andere vloeiden.

Net als de meeste andere burgers wist hij dat de archieven van de verkoop en overdracht van onroerend goed werden bewaard door het Ufficio Catasto. Toch had hij slechts een vage indruk van wat ze daar precies deden. Hij herinnerde zich Rossi's enthousiasme over het feit dat verschillende instellingen hun gegevens zouden koppelen in een poging tijd te besparen en informatie gemakkelijker terug te vinden. Hij wilde nu wel dat hij de moeite had genomen Rossi daar iets meer over te vragen.

Hij pakte het telefoonboek uit de onderste la, sloeg het open bij de B en ging op zoek naar een bepaald nummer. Toen hij het had gevonden, draaide hij het en wachtte, tot een vrouwenstem zei: 'Bucintoro onroerend goed, goedemiddag.'

'Ciao Stefania,' zei hij.

'Wat is er aan de hand, Guido?' vroeg ze. Met die vraag verraste ze hem: hij vroeg zich af wat er aan zijn stem te horen was geweest.

'Ik heb wat informatie nodig,' zei hij, al even direct.

'Waarom bel je me anders op?' zei ze zonder zich te bedienen van de flirterige toon waarop ze gewoonlijk met hem sprak.

Hij gaf er de voorkeur aan zowel de stille kritiek in haar toon als de openlijke kritiek in haar vraag te negeren. 'Ik moet iets weten over het Ufficio Catasto.'

'Het wat?' zei ze op een luide en overdreven verbaasde toon.

'Het Ufficio Catasto. Ik wil graag weten wat die mensen precies doen, wie er werken en wie van hen betrouwbaar is.'

'Dat zijn flink wat vragen,' zei ze.

'Daarom bel ik jou.'

Ineens was haar flirtgedrag terug. 'En ik zit hier maar de hele dag te hopen dat je belt en dat je iets heel anders wilt.'

'Wat dan, mijn schatje? Je zegt het maar,' bood hij aan met zijn Rodolfo Valentino-stem. Stefania was gelukkig getrouwd en de moeder van een tweeling.

'Een appartement kopen, natuurlijk.'

'Het is best mogelijk dat ik dat zal moeten gaan doen,' zei hij met plotseling een serieuze ondertoon.

'Hoezo?'

'Er is me verteld dat ons huis zal worden afgekeurd.'

'Wat betekent dat: afgekeurd?'

'Dat we het misschien moeten afbreken.'

Een seconde nadat hij dit had gezegd, hoorde hij Stefania's indringende schaterlach, maar hij wist niet zeker of die werd veroorzaakt door de kennelijke absurditeit van de situatie of doordat ze er verbaasd over was dat hij dit op de een of andere manier ongewoon vond. Ze kirde nog even, en zei toen: 'Dat kun je niet menen.'

'Dat is precies wat ik ervan vind. Maar er was iemand van het Ufficio Catasto die me dat precies zo heeft verteld. Ze konden in hun archieven geen stukken vinden die bewezen dat het appartement ooit was gebouwd of dat er vergunningen waren verstrekt om dat te doen, dus ze zouden kunnen besluiten om het af te breken.'

'Je hebt het waarschijnlijk niet goed begrepen,' zei ze.

'Hij klonk serieus.'

'Wanneer is dit gebeurd?'

'Een paar maanden geleden.'

'Heb je daarna nog iets gehoord?'

'Nee. Daarom bel ik jou.'

'Waarom bel je hen niet?'

'Voordat ik dat doe, wil ik eerst met jou praten.'

'Waarom?'

'Om te weten welke rechten ik heb. En om te weten wie de mensen zijn die daar de beslissingen nemen.'

Stefania reageerde niet, en dus vroeg hij: 'Ken jij de mensen die daar aan de touwtjes trekken?'

'Niet beter dan iemand anders die in deze branche werkt.'

'Wie zijn het?'

'De belangrijkste is Fabrizio dal Carlo; hij is de baas van het hele Ufficio.' Op minachtende toon voegde ze daaraan toe: 'Een arrogante klootzak. Hij heeft een assistent, Esposito, maar die stelt niets voor, want Dal Carlo zorgt dat hij de macht in eigen handen houdt. En dan hebben we nog signorina Dolfin, Loredana, wier bestaan rust op twee pijlers, althans, dat is me verteld: de eerste is ervoor te zorgen dat niemand mag vergeten dat zij, al is ze dan maar een secretaresse op het Ufficio Catasto, afstamt van doge Giovanni

Dolfin,' zei ze, en voegde eraan toe, alsof het ertoe deed: 'Ik ben vergeten wanneer hij aan de macht was.'

'Hij was doge van 1356 tot 1361, toen hij stierf als gevolg van de pest,' vulde Brunetti naadloos aan. Om te zorgen dat ze haar verhaal zou afmaken, vroeg hij: 'En de tweede?'

'Verbergen dat ze Fabrizio dal Carlo aanbidt.' Ze liet dat even op hem inwerken en voegde er toen aan toe: 'Mij is verteld dat het eerste haar beter afgaat dan het tweede. Dal Carlo laat haar werken als een sloof, maar dat is waarschijnlijk precies wat ze wil, al is het voor mij een raadsel hoe het mogelijk is dat je iets voor die man voelt, of het moet minachting zijn.'

'Hebben ze iets?'

Stefania begon te schateren van het lachen. 'God, nee, ze is zo oud dat ze zijn moeder had kunnen zijn. Bovendien is hij getrouwd en hij heeft minstens één andere vrouw, dus hij zou sowieso nauwelijks tijd voor haar hebben, zelfs al was ze niet zo schandalig lelijk.' Steffi dacht even na over wat ze zojuist allemaal had gezegd, en vervolgde toen: 'Eigenlijk is het zielig. Ze heeft jaren van haar leven gegeven om de trouwe dienares te zijn van die derderangs Romeo, waarschijnlijk omdat ze hoopte dat hij op een dag zou beseffen hoeveel zij van hem hield en in katzwijm zou vallen bij de gedachte dat het een echte Dolfin was die verliefd op hem was geworden. Mijn god, wat een troosteloze toestand. Het zou grappig zijn als het niet zo triest was.'

'Je doet het voorkomen alsof dit allemaal algemeen bekend is.'

'Dat is het ook. In ieder geval bij de mensen die met hen werken.'

'Ook dat hij er andere vrouwen op na houdt?'

'Nou, ik geloof dat het de bedoeling is dat dat geheim blijft.'

'Maar dat is niet zo?'

'Nee. Niets blijft toch geheim? Hier, bedoel ik.'

'Nee, ik geloof van niet,' moest Brunetti toegeven, en was er in stilte dankbaar voor.

'Nog meer?' vroeg hij.

'Nee, niets wat me nu te binnen schiet. Geen roddels meer. Maar ik denk dat je ze moet bellen over die kwestie met je appartement. Voor zover ik heb begrepen is dat hele idee om alle bestanden te koppelen toch maar een rookgordijn. Dat zal nooit gebeuren.'

'Een rookgordijn? Waarvoor?'

'Ik heb gehoord dat er iemand in het gemeentebestuur heeft besloten dat er de laatste jaren zoveel restauratiewerkzaamheden zijn verricht die illegaal waren – nou ja, dat een groot deel van het daadwerkelijk verrichte werk zozeer afweek van de ontwerpen die waren neergelegd in de oorspronkelijke bouwtekeningen – dat het beter zou zijn als de vergunningen en de aanvragen daarvoor zouden verdwijnen. Op die manier zouden de ontwerpen nooit vergeleken kunnen worden met wat er daadwerkelijk was gedaan. En dus begonnen ze dit project om alles aan elkaar te koppelen.'

'Ik geloof dat ik je niet helemaal begrijp, Stefania.'

'Het is eenvoudig, Guido,' zei Stefania op belerende toon. 'Wanneer al die papieren van het ene kantoor naar het andere worden gesleept en van de ene naar de andere kant van de stad worden gestuurd, is het onvermijdelijk dat er wel eens een dossier kwijtraakt.'

Brunetti vond dit inventief en bovendien efficiënt. Hij

sloeg het verhaal op in zijn geheugen, voor het geval hij een verklaring zou moeten geven voor het ontbreken van de bouwtekeningen van zijn eigen huis wanneer men hem vroeg die te overleggen. 'En dus,' maakte hij haar redenering af, 'als er vragen zouden worden gesteld over de plaatsing van een muur of van een raam, zou de eigenaar alleen maar zijn eigen bouwtekeningen hoeven te laten zien...'

Stefania onderbrak hem: 'Die uiteraard exact overeen zouden stemmen met de manier waarop het huis is gebouwd.'

'En bij ontstentenis van de officiële bouwtekeningen, die toevallig verloren zijn gegaan bij de reorganisatie van de bestanden,' begon Brunetti onder instemmend gemompel van Stefania, die blij was dat hij het begon te begrijpen, 'is het voor een inspecteur of een toekomstige koper onmogelijk erachter te komen of de bouwwerkzaamheden die zijn verricht, verschillen van de werkzaamheden die op grond van de kwijtgeraakte bouwtekeningen zijn aangevraagd en goedgekeurd.' Toen hij dit had gezegd, liep hij bij wijze van spreken een stapje achteruit om te bewonderen wat hij had ontdekt. Van kindsbeen af had hij de mensen over Venetië dikwijls horen zeggen: '*Tutto crolla, ma nulla crolla.*' En dat leek absoluut waar te zijn: er waren al meer dan duizend jaar voorbijgegaan sinds de eerste gebouwen op het moerassige land waren verrezen, dus er waren er ongetwijfeld nogal wat die dreigden in te storten – maar er was nooit iets ingestort. Ze stonden scheef, helden over, waren ontzet en stonden niet meer loodrecht, maar hij had nog nooit gehoord dat een gebouw daadwerkelijk was ingestort. Natuurlijk had hij verlaten gebouwen gezien met ingezakte daken en dichtgespijkerde huizen met ingestorte muren, maar hij had nog nooit gehoord van een echte ineenstorting, van een gebouw dat in elkaar was gezakt met de bewoners er nog in.

'Wiens idee is dit geweest?'

'Dat weet ik niet,' zei Stefania. 'Dat soort dingen kom je nooit te weten.'

'Weten de mensen van de verschillende diensten hiervan?'

In plaats van hem een direct antwoord te geven, zei ze: 'Denk er eens over na, Guido. Iemand moet erop toezien dat bepaalde papieren verdwijnen, dat dossiers verdwijnen, want je kunt er zeker van zijn dat veel andere papieren en dossiers verloren raken door de gebruikelijke incompetentie. Maar er moet iemand zijn die erop toeziet dat bepaalde papieren niet langer meer bestaan.'

'Wie zou dat graag willen?' vroeg hij.

'Waarschijnlijk zijn dat de mensen die de huizen bezitten waar illegale werkzaamheden zijn verricht, of het zouden de mensen kunnen zijn die geacht werden de verbouwingen te controleren en het hebben nagelaten.' Ze wachtte even en zei toen: 'Of de mensen die hebben gecontroleerd en ertoe zijn overgehaald,' begon ze, waarbij ze dat laatste woord met een ironische ondertoon uitsprak, 'goed te keuren wat ze onder ogen kregen, ongeacht wat er op de bouwtekeningen was aangegeven.'

'En wie zijn dat?'

'De bouwcommissies.'

'Hoeveel zijn er daarvan?'

'Een voor elke *sestiere*, zes in totaal.'

Brunetti trachtte zich de reikwijdte en de omvang van zo'n onderneming voor te stellen, en het aantal mensen dat erbij betrokken moest zijn. Hij vroeg: 'Zou het voor de mensen niet gemakkelijker zijn de verbouwing gewoon door te zetten en daarna een boete te betalen als mocht blijken dat er iets niet is gebeurd volgens de plannen die ze hebben voorgelegd, in plaats van al die moeite te doen en iemand om te kopen om ervoor te zorgen dat de bouwtekeningen worden vernietigd? Of verloren raken,' verbeterde hij zichzelf.

'Zo deden de mensen het vroeger, Guido. Nu we midden in die Europese toestanden zitten, moet je een boete betalen, maar bovendien moet je de verbouwing ongedaan maken en het op de juiste manier overdoen. En die boetes zijn schrikbarend hoog: ik had een klant die illegaal een *altana* had gebouwd, niet eens een grote, zo'n twee bij drie meter. Maar zijn buurman gaf hem aan. Veertig miljoen lire, Guido. En hij moest hem afbreken, ook nog. Vroeger had hij hem in ieder geval mogen laten zitten. Ik zal je dit vertellen: dat wij zo bij Europa betrokken raken, gaat ons de kop kosten. Binnenkort kun je niemand meer vinden die dapper genoeg is om zich te laten omkopen.'

Brunetti hoorde weliswaar de morele verontwaardiging in haar stem, maar hij was er niet zeker van of hij het met haar eens was. 'Steffi, je hebt een groot aantal mensen genoemd, maar wie is volgens jou degene die in staat is dit allemaal te regelen?'

'De mensen van het Ufficio Catasto,' antwoordde ze meteen. 'En als er iets aan de hand is, moet Dal Carlo ervan weten, en ik vermoed dat hij een graantje meepikt. De bouwtekeningen moeten immers op enig moment op zijn bureau terechtkomen, en voor hem is het kinderspel bepaalde papieren te vernietigen.' Stefania dacht even na en vroeg toen: 'Ben je van plan om zoiets te gaan doen, Guido, van die bouwtekeningen af zien te komen, bedoel ik?'

'Ik zei al dat er geen bouwtekeningen zijn. Daarom zijn ze ook naar me toe gekomen.'

'Maar als er geen bouwtekeningen zijn, dan kun jij altijd beweren dat ze zijn kwijtgeraakt, net als de andere die nog verloren zullen gaan.'

'Maar hoe bewijs ik dat mijn huis bestaat, dat het daadwerkelijk is gebouwd?' Op hetzelfde moment dat hij die vraag stelde werd hij overvallen door de absurditeit van de hele affaire: hoe bewijs je dat de werkelijkheid bestaat?

Ze antwoordde onmiddellijk. 'Het enige wat je moet doen is een architect zoeken die de bouwtekeningen voor je maakt.' En voordat Brunetti haar kon onderbreken om de voor de hand liggende vraag te stellen, beantwoordde ze die al voor hem: 'En zorgen dat hij er een valse datum op zet.'

'Stefania, we hebben het over vijftig jaar geleden.'

'Niet echt. Het enige wat je moet doen, is beweren dat je een paar jaar geleden een verbouwing hebt laten uitvoeren, en daarna laat je bouwtekeningen maken die overeenstemmen met de huidige staat van je appartement. Die datum laat je eronder zetten.'

Brunetti wist hier niet zo snel op te reageren, dus ze vervolgde: 'Het is heel eenvoudig, echt. Ik kan je de naam van een architect geven die dat voor je doet, als je wilt. Zo simpel als wat, Guido.'

Ze was zo behulpzaam geweest dat hij haar niet voor het hoofd wilde stoten, en dus zei hij: 'Dat moet ik eerst met Paola overleggen.'

'Natuurlijk,' zei Stefania. 'Wat ben ik toch stom. Dat is de oplossing, toch? Ik ben er zeker van dat haar vader de mensen kent die dit voor elkaar kunnen krijgen. Dan hoef je je ook niet bezig te houden met het zoeken naar een architect.'

Ze hield op: voor haar was het probleem hiermee opgelost.

Brunetti stond juist op het punt hierop te reageren, toen Stefania hem onderbrak en zei: 'Ik heb een telefoontje op de andere lijn. Bid voor me dat het een koper is. Ciao Guido,' en weg was ze.

Hij dacht even over hun gesprek na. Dit was de kneedbare en gewillige werkelijkheid: het enige wat je hoefde te doen was haar een beetje verdraaien, een stukje de andere kant op duwen en aanpassen aan de plannen die je in je hoofd had. En als de werkelijkheid niet van haar plaats bleek te willen wijken, trok je gewoon de pistolen die macht en geld heten, en opende je het vuur. Zo eenvoudig, zo gemakkelijk.

Brunetti besefte dat deze gedachtegang hem naar plekken zou leiden waar hij liever niet vertoefde, dus sloeg hij opnieuw het telefoonboek open en draaide het nummer van het Ufficio Catasto. De telefoon ging over, maar er was niemand die hem opnam. Hij keek op zijn horloge, zag dat het bijna vier uur was en legde de hoorn op het toestel, terwijl hij in zichzelf mompelde dat hij wel gek moest zijn als hij dacht dat daar 's middags nog mensen aan het werk waren.

Hij leunde achterover in zijn stoel en zette zijn voeten op de openstaande onderste la. Hij sloeg zijn armen over elkaar en dacht nog eens na over het bezoek van Rossi. Hij had een eerlijke man geleken, maar schijn bedriegt: je zag het wel vaker, vooral bij oneerlijke mensen. Waarom had hij na de officiële brief besloten persoonlijk naar Brunetti's huis te komen? Toen hij hem gebeld had, later, was hij inmiddels op de hoogte van Brunetti's functie. Even overwoog Brunetti de mogelijkheid dat Rossi aanvankelijk was gekomen omdat hij omgekocht wilde worden, maar die gedachte verwierp hij: daar was de man overduidelijk te eerlijk voor geweest.

Had Rossi, toen hij erachter was gekomen dat de signor Brunetti die de bouwtekeningen van zijn appartement niet kon vinden, een hooggeplaatste politieman was, een lijntje uitgeworpen in de stromende rivier van geruchten en roddel om te zien wat hij over Brunetti te weten kon komen? Niemand durfde in zo'n delicate zaak ook maar een stap te verzetten zonder dat te doen; het was de kunst om erachter komen van wie je het te weten moest komen en waar je je lijn precies moest uitwerpen om de hand te leggen op de noodzakelijke informatie. En had hij op grond van wat zijn bronnen hem hadden verteld over Brunetti besloten hem te benaderen met wat hij had ontdekt op het Ufficio Catasto?

Illegale bouwvergunningen en wat er door omkoping kon worden verdiend door ze af te geven, leken een goedkoop gerecht op het uitgebreide corruptiemenu dat door de overheidsdiensten werd geserveerd: Brunetti kon niet geloven dat iemand veel zou riskeren, laat staan zijn leven, door te dreigen een of ander ingenieus plan te onthullen waarmee de schatkist werd geplunderd. De verwezenlijking van het computerproject waarmee documenten werden gekoppeld om op die manier af te komen van papieren die minder gewenst waren, zou het iets minder onwaarschijnlijk maken, maar Brunetti betwijfelde of het zo belangrijk was dat het Rossi zijn leven had gekost.

Zijn bespiegelingen werden onderbroken door de komst van signorina Elettra, die zijn kantoor kwam binnenlopen zonder de moeite te nemen te kloppen. 'Stoor ik u, meneer?' vroeg ze.

'Nee, helemaal niet. Ik zat na te denken over corruptie.'

'Van de overheid, of door particulieren?' vroeg ze.

'Van de overheid,' zei hij, zette zijn voeten onder zijn bureau en ging rechtop zitten.

'Het lezen van Proust is net zoiets,' zei ze met een uitgestreken gezicht. 'Je denkt dat je klaar bent, maar dan ontdek je dat er nog een deel is. En daarna komt er weer een.'

Hij keek op en wachtte op het vervolg, maar ze legde een aantal papieren op zijn bureau en zei: 'Ik heb van u geleerd dat ik toeval moet wantrouwen, meneer, dus kijkt u maar eens naar de namen van de eigenaars van dat gebouw.'

'De Volpato's?' vroeg hij, terwijl hij op de een of andere manier wist dat het niemand anders kon zijn.

'Precies.'

'Hoe lang al?'

Ze boog zich voorover en trok het derde blaadje eruit. 'Vier jaar. Ze hebben het gekocht van een zekere Mathilde Ponzi. De opgegeven prijs staat daar,' zei ze en wees op een getal aan de rechterkant van het papier.

'250 miljoen lire?' zei Brunetti, wiens verbazing hoorbaar was. 'Dat gebouw heeft vier verdiepingen, en de begane grond is al minstens 150 vierkante meter groot.'

'Maar dat is de opgegeven prijs, meneer,' zei signorina Elettra. Iedereen wist dat de prijs van een huis die stond aangegeven op het koopcontract nooit dezelfde was als de werkelijke prijs, dit om de belastingen te ontduiken; en als dat wel zo was, was het getal zeer moeilijk leesbaar, alsof je door een wazige spiegel keek: de werkelijke prijs was altijd twee- of driemaal zo hoog. Iedereen had het als vanzelfsprekend over de 'werkelijke' prijs en de 'opgegeven' prijs: alleen een idioot of een buitenlander dacht dat die hetzelfde waren.

'Dat weet ik,' zei Brunetti. 'Maar zelfs als ze in werkelijkheid driemaal zoveel hebben betaald, hebben ze nog een koopje gehad.'

'Als u kijkt naar hun andere aanwinsten op het gebied van onroerend goed,' begon signorina Elettra, waarbij ze het woord 'aanwinsten' uitsprak met een zekere scherpte, 'zult u zien dat ze bij de meeste transacties aardig wat geluk hebben gehad.'

Hij bladerde terug naar de eerste bladzijde en las de informatie die erop stond. Het leek er inderdaad op dat het de Volpato's dikwijls was gelukt huizen te vinden die maar weinig geld hadden gekost. Signorina Elettra was zo attent geweest om bij elke 'aanwinst' het aantal vierkante meters te vermelden, en Brunetti rekende snel uit dat ze erin waren geslaagd een gemiddelde opgegeven prijs van minder dan een miljoen lire per vierkante meter te betalen. Zelfs met inachtneming van de fluctuaties die werden veroorzaakt door de inflatie en van het verschil tussen de opgegeven prijs en de werkelijke hadden ze voortdurend veel minder dan een derde betaald van de gemiddelde prijs voor onroerend goed in de stad.

Hij keek haar aan. 'Ik neem aan dat de andere bladzijden eenzelfde beeld opleveren?' vroeg hij.

Ze knikte.

'Hoeveel huizen hebben ze in totaal?'

'Meer dan veertig, en ik heb nog niet eens naar de huizen gekeken die op de naam van andere Volpato's staan – dat zouden immers familieleden kunnen zijn.'

'Ik begrijp het,' zei hij en richtte zijn aandacht weer op de papieren. Aan de laatste bladzijden had ze recente bankafschriften van hun individuele rekeningen gehecht, en ook een aantal afschriften van gezamenlijke rekeningen. 'Hoe krijgt u het voor elkaar,' begon hij, maar toen hij zag dat haar gezichtsuitdrukking ineens veranderde, voegde hij eraan toe, 'om dit zo snel te doen?'

'Vrienden,' antwoordde ze, en vervolgde: 'Zal ik eens nakijken welke informatie Telecom heeft over de telefoontjes die ze hebben gepleegd?'

Brunetti knikte en was er zeker van dat ze hier al mee begonnen was. Ze lachte en verliet de kamer; Brunetti richtte zijn aandacht opnieuw op de papieren en de getallen. Ze waren ronduit verbijsterend. Hij herinnerde zich de indruk die de Volpato's op hem hadden gemaakt: dat ze geen opleiding hadden genoten, geen maatschappelijke positie hadden, en niet over geld beschikten. En toch bezaten deze mensen een enorm fortuin, althans, als hij de informatie op deze papieren mocht geloven. Als zelfs maar de helft van de huizen zou worden verhuurd – en mensen kochten niet het ene na het andere appartement in Venetië om ze vervolgens leeg te laten staan – ontvingen ze twintig of dertig miljoen lire per maand, evenveel als veel mensen in een jaar verdienden. Een groot deel van dat fortuin stond veilig op vier verschillende banken, en nog meer geld was geïnvesteerd in staatsobligaties. Brunetti begreep niet veel van de manier waarop de aandelenmarkt in Milaan werkte, maar hij wist voldoende om de namen te herkennen van de meest betrouwbare aandelen, en de Volpato's hadden er honderden miljoenen in geïnvesteerd.

Die sjofele mensen: hij riep ze op in zijn geheugen en herinnerde zich het versleten hengsel van haar plastic handtas, het stiksel op de linkerschoen van haar echtgenoot, dat aangaf hoe vaak die was gerepareerd. Was dit camouflage ter bescherming tegen de jaloerse blikken van de stad, of was het een vorm van compleet uit de hand gelopen gierigheid? En hoe kon hij in dit verhaal het gehavende lichaam van Franco Rossi plaatsen, die dodelijk gewond was aangetroffen voor een gebouw dat eigendom was van de Volpato's?

19

Het daaropvolgende uur bracht Brunetti door met het nadenken over hebzucht, een zonde waar de Venetianen altijd een natuurlijke neiging toe hadden gehad. La Serenissima was vanaf het begin een commerciële onderneming, dus het vergaren van rijkdom behoorde tot de belangrijkste doelen die een Venetiaan moest leren bereiken. In tegenstelling tot de verkwistende zuiderlingen, Romeinen en Florentijnen, die geld verdienden om het over de balk te gooien en die er plezier in hadden gouden bekers en schalen in hun rivieren te werpen om in het openbaar te tonen hoe rijk ze waren, hadden de Venetianen van kindsbeen af geleerd te verwerven en vervolgens vast te houden, op te potten, te verzamelen en te hamsteren; bovendien hadden ze geleerd hun rijkdom verborgen te houden. Zeker, de fraaie *palazzi* langs het Canal Grande getuigden niet van verborgen rijkdom – integendeel. Maar die waren van de Mocegino's en de Barbaro's, families die dermate gezegend waren door de goden van het geld dat elke poging om hun rijkdom te verhullen vergeefs zou zijn. Hun roem beschermde hen tegen de kwaal die hebzucht heet.

Nee, de symptomen waren veel duidelijker zichtbaar in de minder belangrijke families, de vadsige kooplieden die hun iets bescheidener palazzi langs de iets verder naar achteren gelegen kanalen bouwden, boven hun magazijnen, zodat ze, net als nestelende vogels, in nauw lichamelijk contact met hun rijkdom stonden. Daar konden ze zich warmen aan de weerspiegelde gloed van de specerijen en stoffen die ze uit het Oosten hadden meegebracht en hun spullen in het verborgene koesteren, zonder dat hun buren ook maar een aanwijzing hadden wat er zich precies achter de tralieluiken van hun waterpoort bevond.

In de loop van de eeuwen was deze neiging om te hamsteren gemeengoed geworden en had ze vast wortelgeschoten in de gehele bevolking. Er werden talrijke benamingen voor verzonnen – spaarzaamheid, zuinigheid, omzichtigheid – en ook Brunetti zelf was opgevoed met deze waarden. Maar in een meer overdreven vorm kon ze uitgroeien tot een meedogenloze, nietsontziende gierigheid, een ziekte die niet alleen verwoestend was voor degene die eraan leed, maar ook voor iedereen die in contact kwam met de geïnfecteerde.

Hij herinnerde zich dat hij als jonge inspecteur ooit was opgeroepen om als getuige op te treden bij het openen van het huis van een oude vrouw die 's winters was overleden op de afdelingszaal van het ziekenhuis, ernstig verzwakt door ondervoeding en door het soort lichamelijke klachten dat alleen kon zijn veroorzaakt door langdurige blootstelling aan de kou. Ze waren met z'n drieën naar het adres gegaan dat op haar identiteitskaart vermeld stond; ze hadden alle sloten op de voordeur opengebroken en waren naar binnen gegaan. Ze troffen een appartement aan van meer dan 200 vierkante meter waar het smerig was en waar het stonk naar katten. De kamers stonden vol dozen met oude kranten, en daarbovenop lagen stapels plastic tassen die waren gevuld met vodden en afgedankte kleren. In een van de kamers stonden alleen maar tassen met allerlei soorten glazen flessen: wijnflessen, melkflessen, medicijnflesjes. In een andere kamer vonden ze een vijftiende-eeuwse Florentijnse garderobe waarvan de waarde later werd geschat op 120 miljoen lire.

Hoewel het februari was, voelde het er steenkoud aan: het was niet zo dat de verwarming niet aan stond, maar er was helemaal geen verwarmingssysteem in het huis. Twee inspecteurs kregen de opdracht op zoek te gaan naar papieren die zouden kunnen helpen bij het vinden van de familie van de oude vrouw. Brunetti trok een la open in haar slaapkamer en vond een bundel bankbiljetten van 50.000 lire met een vies touwtje eromheen, terwijl zijn collega, die aan het zoeken was in de woonkamer, een stapel spaarbankboekjes vond, elk met een saldo van meer dan 50 miljoen lire.

Daarna verlieten ze het huis en sloten het af. Ze waarschuwden de Guardia di Finanza en vroegen die dienst langs te komen om de zaak uit te zoeken. Later hoorde Brunetti dat de oude vrouw, die geen familie had en geen testament had opgemaakt, meer dan vier miljard lire had nagelaten, en wel, bij gebrek aan nog levende familieleden, aan de Italiaanse staat.

Brunetti's beste vriend had vaak gezegd dat hij graag wilde dat de dood hem zou verrassen op het moment dat hij zijn laatste lire op de bar legde en zei: 'Prosecco voor iedereen.' En zo was het ongeveer gegaan. Het lot had hem een leven geschonken dat veertig jaar korter was geweest dan dat van de oude vrouw, maar Brunetti wist dat het wel een beter leven was geweest, en een betere dood.

Hij schudde deze herinneringen van zich af, trok het actuele dienstrooster uit zijn la en zag tot zijn voldoening dat Vianello deze week avonddienst had. De brigadier was thuis bezig met het schilderen van de keuken en was erg blij dat Brunetti hem voorstelde elkaar om elf uur de volgende ochtend te ontmoeten bij het Ufficio Catasto.

Brunetti had, net als de meeste andere mensen in het

land, geen vrienden bij de Guardia di Finanza, en wilde dat graag zo houden. Toch moest hij de hand zien te leggen op informatie die de dienst zou kunnen hebben over de Volpato's, want alleen de Finanza, die zich bezighield met het uitpluizen van de zeer persoonlijke financiële geheimen van de burgers, had een duidelijk beeld van de omvang van het opgegeven en dus belaste deel van de enorme rijkdommen van de Volpato's. In plaats van zich druk te maken over de vraag hoe hij op de juiste bureaucratische wijze een verzoek ter verkrijging van informatie zou moeten indienen, belde hij signorina Elettra en vroeg haar of zij toegang had tot hun archieven.

'Ah, de Guardia di Finanza,' zuchtte ze en deed geen poging het enthousiasme te verbergen waarmee ze dit verzoek begroette, 'ik heb ernaar uitgezien dit te mogen doen.'

'U zou dat niet op eigen initiatief doen, signorina?' vroeg hij.

'Welnee, meneer,' antwoordde ze, verbaasd dat hij zoiets vroeg. 'Dan zou ik, nou ja, dan zou ik de boel belazeren, toch?'

'En nu ik het u vraag?'

'Dan is het jagen op groot wild, meneer,' zuchtte ze en legde op.

Hij belde het rechercheteam en vroeg wanneer hij het rapport zou krijgen over het gebouw waar Rossi's lichaam was aangetroffen. Na een paar minuten werd hem verteld dat het team naar de plek was gegaan en had geconstateerd dat er weer arbeiders bezig waren in het gebouw; daarop had men vastgesteld dat de locatie daardoor dermate verstoord was dat men niet meer in staat was accurate gegevens te verzamelen, waarna men was teruggegaan naar de questura zonder het gebouw te hebben betreden.

Hij stond op het punt dit af te doen als de zoveelste mislukking die voortsproot uit een algemeen gebrek aan belangstelling en initiatief, maar bedacht zich en vroeg: 'Hoeveel arbeiders waren er?'

Hij kreeg te horen dat hij even aan de lijn moest blijven, en na een poosje kwam een van de leden van het rechercheteam aan de telefoon. 'Ja, commissario?'

'Hoeveel arbeiders waren er toen u bij dat gebouw was?'

'Ik heb er twee gezien, meneer, op de derde verdieping.'

'Stonden er mannen op de steiger?'

'Ik heb ze niet gezien, meneer.'

'Alleen die twee?'

'Ja.'

'Waar waren ze?'

'Bij het raam, meneer.'

'Waar waren ze toen u aankwam?'

De man moest daar even over nadenken, en antwoordde toen: 'Ze kwamen bij het raam toen we op de deur bonsden.'

'Vertelt u me eens precies wat er is gebeurd,' zei Brunetti.

'We hebben het slot geprobeerd, en daarna bonsden we op de deur. Een van de mannen stak zijn hoofd uit het raam en vroeg wat we wilden. Pedone vertelde hun wie we waren en waarom we er waren, en die vent zei dat ze er nu twee dagen aan het werk waren en spullen aan het versjouwen waren, dus dat het er een stoffige en smerige boel was en dat niets er meer uitzag als een paar dagen daarvoor. Daarna kwam die andere vent en ging naast hem staan. Hij zei niets, maar hij zat onder het stof, dus het was duidelijk dat ze daar aan het werk waren.'

Het bleef lange tijd stil. Ten slotte vroeg Brunetti: 'En dus?'

'Dus stelde Pedone een vraag over de ramen, nou ja, de plek voor de ramen, want daar hadden we moeten kijken, toch, meneer?'

'Ja,' bevestigde Brunetti.

'Die vent zei dat ze de hele dag cementzakken door de ramen naar boven hadden getrokken, waarop Pedone besloot dat het geen zin meer had.'

Brunetti liet opnieuw een stilte vallen en vroeg toen: 'Hoe waren ze gekleed?'

'Wat zegt u, meneer?'

'Hoe waren ze gekleed? Als arbeiders?'

'Dat weet ik niet, meneer. Ze stonden bij het raam op de derde verdieping, en wij keken omhoog, dus het enige wat we zagen waren hun hoofden en schouders.' Hij dacht hier even over na en zei toen: 'Ik geloof dat de man met wie we hebben gepraat, een jasje droeg.'

'Waarom denk je dan dat het een arbeider was?'

'Omdat hij dat zei, meneer. En bovendien: waarom zou hij anders in het gebouw zijn?'

Brunetti kon heel goed bedenken waarom de mannen in het gebouw waren, maar het had geen enkele zin dat te zeggen. Hij wilde de man de opdracht geven samen met zijn partner terug te gaan naar de plaats delict en die op de juiste manier te onderzoeken, maar hij had een beter idee. Dus bedankte hij de man voor zijn informatie en hing op.

Tien jaar daarvoor had een gesprek als dit Brunetti in ziedende woede doen ontsteken; nu echter bevestigde het hoogstens de niet al te hoge dunk die hij van zijn collega's had. In zijn zwartgalligste momenten vroeg hij zich af of het merendeel niet betaald werd door de maffia, maar hij begreep ook wel dat dit incident alleen maar het zoveelste voorbeeld was van chronische onbekwaamheid en gebrek aan belangstelling. Of misschien vloeide het wel voort uit iets wat hij zelf ook ervoer: de steeds sterker wordende indruk dat elke poging om misdaad te bestrijden, te voorkomen of te bestraffen gedoemd was te mislukken.

In plaats van daar te blijven, in zijn eigen Duinkerken, legde hij de papieren over de Volpato's in zijn la, sloot die af en verliet zijn kantoor. De dag probeerde hem te verleiden met zijn verlokkelijke schoonheid: de vogels zongen een vrolijk lied, de blauweregen zond van de overkant van het kanaal een bijzondere, zoete geur in zijn richting en een zwerfkat kwam naar hem toe en kroop tegen zijn benen aan. Brunetti bukte zich en streelde de kat achter zijn oren terwijl hij bepaalde wat hij ging doen.

Op de riva ging hij aan boord van de vaporetto die naar het station voer en hij ging eraf bij San Basilio. Daarna liep hij terug in de richting van Angelo Raffaele en sloeg de smalle calle in waar Rossi had gelegen. Toen hij het smalle straatje in liep, zag hij in de verte het gebouw, maar er was geen teken van enige activiteit te bespeuren. Er liepen geen arbeiders op de steiger en de luiken voor de ramen waren dichtgetrokken. Hij liep naar het gebouw toe en bestudeerde de deur. Het hangslot hield de metalen ketting op zijn plaats, maar de schroeven waarmee de metalen strip aan het deurkozijn was bevestigd, zaten los. Het hele geval kon gemakkelijk losgetrokken worden. Dat deed hij, en de deur zwaaide, hangend op zijn scharnieren, open.

Hij liep naar binnen. Nieuwsgierig draaide hij zich om en keek of het hem zou lukken. En ja hoor, de schroeven die de strip op zijn plaats moesten houden, konden teruggeduwd worden in de gaten: de ketting was zo lang dat de deur een handbreedte open bleef staan terwijl hij dit deed. Toen hij klaar was, trok hij de deur dicht en was veilig binnen: vanbuiten leek het alsof het huis zorgvuldig afgesloten was.

Hij draaide zich om en het bleek dat hij in een gang stond. Aan het eind was een trap, waar hij snel naartoe liep. Doordat de treden van steen waren, maakten zijn voetstappen geen geluid toen hij naar de derde verdieping liep.

Eenmaal boven wachtte hij even om zich te oriënteren, want door al dat gedraai op de trap was hij zijn richtinggevoel kwijt. Links van hem zag hij licht naar binnen filteren, dus hij nam aan dat zich daar de voorkant van het huis bevond; hij liep erheen.

Boven zich hoorde hij een geluid, onderdrukt en zacht, maar zeer zeker een geluid. Hij bleef stilstaan en vroeg zich af waar hij zijn pistool ditmaal had gelaten: in de metalen kist thuis, in zijn locker op de schietbaan, of in de zak van het jasje dat hij in de hangkast op zijn kantoor had laten hangen. Onzinnig om erover na te denken waar het was, want hij wist in ieder geval zeker waar het niet was.

Hij wachtte en ademde door zijn mond; hij was ervan overtuigd dat er boven hem iets bewoog. Hij stapte over een lege plastic fles heen, liep naar een deuropening aan zijn rechterhand en glipte naar binnen. Hij keek op zijn horloge: tien voor halfzeven. Binnen niet al te lange tijd zou het buiten donker worden. Binnen was het al donker, afgezien van het licht dat aan de voorkant van het huis naar binnen filterde.

Hij wachtte. Brunetti was goed in wachten. Toen hij opnieuw op zijn horloge keek, was het vijf over halfzeven. Opnieuw hoorde hij boven zich een geluid, maar ditmaal iets dichterbij, en duidelijker. Na een poosje kwam het zachte geluid de trap af, in zijn richting, en ditmaal was het onmiskenbaar het geluid van een voetstap op de houten trap die van de zolder naar beneden liep.

Hij wachtte. Het beetje licht dat naar binnen filterde, hulde de trap in een wazige mist, die Brunetti hoogstens in staat stelde te concluderen dat hij er niets of niemand zag. Hij keek links van de plaats waar hij het geluid had gehoord en onderscheidde het grijze silhouet van iets wat de trap afdaalde. Hij sloot zijn ogen en begon langzamer te ademen. Bij het volgende geluid, dat afkomstig leek te zijn van de overloop vlak voor hem, opende hij zijn ogen, onderscheidde een vage gestalte en stapte plotseling naar voren terwijl hij zo hard als hij kon riep: 'Stop! Politie!'

Hij hoorde een schreeuw die voortkwam uit pure, dierlijke angst en toen viel de schim voor Brunetti's voeten op de grond. Daar bleef de gestalte doorgaan met het uitstoten van een doordringend, schril gegil waardoor de korte haartjes in Brunetti's nek recht overeind gingen staan.

Hij stommelde naar de voorkant van het huis en trok een raam open; daarna duwde hij de luiken open en kon het daglicht de kamer binnenvallen. Even was hij verblind; hij draaide zich om en liep terug naar de deuropening, waar het lawaai nog steeds weerklonk, hoewel het geschreeuw nu minder schril was en minder angstig – en duidelijk van een mens.

Op het moment dat Brunetti hem daar ineengekronkeld op de vloer zag liggen, met zijn armen rond zijn magere lichaam om zich te beschermen tegen de schoppen en beuken die hij verwachtte, en met zijn schouders opgetrokken tot in zijn nek, herkende hij de jongen. Hij was een van de drie drugsdealers, allen iets ouder dan twintig, die hun dagen al jaren sleten op en rond de Campo San Bortolo; ze gingen van het ene naar het andere café en raakten het gevoel voor de werkelijkheid langzaam kwijt terwijl de dag overging in de nacht en de jaren voorbijgleden. Dit was de langste van de drie, Gino Zecchino, die een aantal malen was gearresteerd wegens dealen in drugs en veel vaker wegens het toebrengen van lichamelijk letsel of het bedreigen van vreemden. Brunetti had hem al bijna een jaar niet meer gezien en schrok van de lichamelijke aftakeling die hij waarnam. Zijn donkere haar was lang en vettig, ongetwijfeld te smerig om aan te raken, en hij had allang geen voortanden meer. Boven en onder zijn kaakbeen waren diepe holten zichtbaar; het leek erop dat hij dagenlang niets had gegeten. Hij kwam uit Treviso en had geen familie in de stad. Hij woonde met zijn twee vrienden in een appartement achter de Campo San Polo, waar de politie al meer dan eens was geweest.

'Dit keer is het raak, Gino,' schreeuwde Brunetti tegen hem. 'Sta op, ga op je benen staan.'

Zecchino herkende zijn eigen naam, maar niet de stem die hem uitsprak. Hij hield op met jammeren en keerde zijn gezicht in de richting van het geluid dat hij hoorde. Verder bewoog hij niet.

'Ik zei: opstaan!' schreeuwde Brunetti in Venetiaans dialect, en probeerde zoveel mogelijk woede in zijn stem te leggen. Hij keek omlaag naar Zecchino; zelfs in dit schaarse licht zag hij de korstjes op de rug van zijn handen, waar hij had geprobeerd een ader te vinden. 'Sta op, want anders schop ik je van die trap af!' Brunetti gebruikte de taal die hij zijn leven lang had gehoord in cafés en politiecellen, dit om ervoor te zorgen dat de door angst veroorzaakte adrenaline door de aderen van Zecchino zou blijven stromen.

De jongen rolde zich op zijn rug, beschermde zijn lichaam nog steeds met zijn armen en bewoog zijn hoofd met gesloten ogen in de richting van het geluid.

'Kijk naar me als ik tegen je praat,' beval Brunetti.

Zecchino duwde zich tegen de muur omhoog en keek met spleetoogjes omhoog naar Brunetti, die vaag boven hem uit torende. Met een vloeiende, snelle beweging boog Brunetti zich over de jongen heen, greep hem met twee knuisten beet aan de voorkant van zijn jasje en trok hem omhoog, terwijl hij zich erover verbaasde hoe gemakkelijk dat ging.

Toen Zecchino zo dicht bij Brunetti stond dat hij hem herkende, gingen zijn ogen wijd open van angst en begon hij te prevelen: 'Ik heb niets gezien. Ik heb niets gezien. Ik heb niets gezien.'

Brunetti trok de jongen ruw naar zich toe en schreeuwde aan één stuk door in zijn gezicht: 'Wat is er gebeurd?'

De woorden druppelden uit Zecchino's mond, werden er door angst uitgepompt. 'Ik hoorde stemmen beneden. Het was een ruzie. Ze waren binnen. Toen hielden ze even op, en daarna begonnen ze opnieuw, maar ik heb ze niet gezien. Ik was daarboven,' zei hij en zwaaide met zijn hand in de richting van de trap die naar de zolder leidde.

'Wat is er gebeurd?'

'Ik weet het niet. Ik hoorde dat ze naar boven kwamen en ik hoorde ze schreeuwen. Maar toen kreeg ik van mijn vriendin nog wat spul, en wat er daarna is gebeurd, weet ik niet.' Hij keek Brunetti aan, benieuwd als hij was welk deel van zijn verhaal door Brunetti geloofd zou worden.

'Ik wil meer, Zecchino,' zei Brunetti en hield zijn gezicht

recht voor dat van de jongen, waardoor hij de stinkende adem rook die wees op dode tanden en jarenlange slechte voeding. 'Ik wil weten wie het waren.'

Zecchino stond op het punt te gaan praten, maar deed het niet en keek naar de grond. Toen hij ten slotte opkeek naar Brunetti, was de angst verdwenen en hadden zijn ogen een andere uitdrukking. Een of andere geheimzinnige, berekenende gedachte vervulde ze nu met een dierlijke sluwheid.

'Hij was buiten toen ik wegging, op de grond,' zei hij ten slotte.

'Bewoog hij?'

'Ja, hij kroop vooruit en zette zich af met zijn voeten. Maar hij had geen...' begon Zecchino, maar zijn pas ontdekte sluwheid maakte dat hij stopte.

Hij had genoeg gezegd. 'Hij had geen wat?' bulderde Brunetti. Zecchino antwoordde niet, en hij schudde hem opnieuw door elkaar, waarna de jongen een korte, gebroken snik uitstootte. Zijn neus begon te lopen op de mouw van Brunetti's jasje. Hij trok zijn handen van hem af en Zecchino viel naar achteren, tegen de muur.

'Wie was er bij je?' bulderde hij.

'Mijn vriendin.'

'Waarom waren jullie hier?'

'Om te neuken,' zei Zecchino. 'Hier gaan we altijd naartoe.' Die gedachte vervulde Brunetti met weerzin.

'Wie waren het?' vroeg Brunetti en deed een halve stap in zijn richting.

Zecchino's overlevingsinstinct had het gewonnen van zijn angst, en het voordeel dat Brunetti had gehad, was verdwenen – even snel verdampt als een door drugs gedreven fantoom. Hij stond daar voor dit menselijke wrak, dat maar een paar jaar ouder was dan zijn eigen zoon, en begreep dat de kans dat Zecchino nog met de waarheid op de proppen zou komen, definitief verkeken was. Brunetti vond het idee dat hij dezelfde lucht moest inademen of zich in dezelfde ruimte bevond als Zecchino onverdraaglijk, maar hij dwong zichzelf ertoe terug te lopen naar het raam. Hij keek naar beneden en zag daar het trottoir waar Rossi was neergegooid en waar hij had geprobeerd zichzelf voort te slepen. Een oppervlak van minstens twee meter rond het raam was schoongeveegd. Er waren geen zakken cement, ze stonden ook niet in de kamer. Net als de zogenaamde arbeiders die men bij dit raam had gezien, waren ze verdwenen zonder een spoor achter te laten.

20

Brunetti liet Zecchino voor het gebouw achter en liep in de richting van zijn huis, maar hij vond geen troost in de zachte lenteavond, en ook niet in de lange wandeling langs het water die hij zichzelf toestond. Dat hij deze route koos, betekende dat hij een flinke omweg zou maken, maar hij had behoefte aan de vergezichten, de geur van het water en de troost van een glas wijn in een cafeetje dat hij kende bij de Accademia om de herinnering aan Zecchino uit te wissen – vooral aan de dierlijke sluwheid die aan het eind van hun ontmoeting over hem was gekomen. Hij dacht aan wat Paola had gezegd: dat ze blij was dat ze drugs nooit aantrekkelijk had gevonden, bang als ze was voor wat er had kunnen gebeuren. Hijzelf was niet zo onbevangen als zij en had er nooit mee geëxperimenteerd, zelfs niet toen hij student was en iedereen om hem heen wel iets aan het roken was, waarbij ze hem verzekerden dat dit de uitgelezen methode was om zijn geest te bevrijden van zijn verstikkende, voor het burgermansbestaan typerende vooroordelen. Ze hadden er geen idee van hoezeer hij destijds verlangde naar vooroordelen die typerend waren voor het burgermansbestaan – feitelijk naar alles wat typerend was voor het burgermansbestaan.

De herinnering aan Zecchino bleef hardnekkig rondspoken in zijn hoofd en verdrong alle andere gedachten. Onder aan de Ponte di Accademia bleef hij even staan en twijfelde, maar besloot toen een flinke omweg te maken en via de Campo San Luca te lopen. Hij liep de brug over, de ogen op zijn voeten gericht, en zag dat grote delen van de witte beschermstrippen aan de voorkant van de traptreden beschadigd of zelfs geheel verdwenen waren. Wanneer was hij gerestaureerd, die brug? Drie jaar geleden? Twee misschien? En nu al moest een groot aantal traptreden gerepareerd worden. Zijn gedachten dwaalden af van de vraag hoe dat bouwcontract tot stand moest zijn gekomen en richtten zich op wat Zecchino hem had verteld voordat hij was gaan liegen. Een ruzie. Rossi is gewond en probeert te vluchten. En een meisje dat bereid is met Zecchino mee te gaan naar het hol dat hij op die zolder had om zich daar over te geven aan wat de door drugs bedwelmde Gino Zecchino voor haar in petto had.

Toen hij de afschuwelijke Cassa di Risparmio in zicht kreeg, sloeg hij linksaf, liep langs de boekhandel en kwam op de Campo San Luca. Hij liep de Bar di Torino binnen en bestelde een spritz, nam het glas van de bar en ging bij het raam staan om de mensen te bekijken die nog op de campo rondliepen.

Er was geen spoor van signora Volpato of haar man. Hij dronk zijn glas leeg, zette het op de bar en gaf de barkeeper een aantal bankbiljetten.

'Ik zie signora Volpato niet,' zei hij terloops en knikte met zijn hoofd in de richting van de campo.

De barkeeper gaf hem zijn bonnetje en het wisselgeld en zei: 'Nee, die zijn er normaal gesproken alleen 's ochtends. Na tienen.'

'Ik moet met haar even over iets praten,' zei Brunetti, die nerveus klonk en op een merkwaardige manier naar de barkeeper lachte, alsof hij begrip zocht voor een menselijke behoefte.

'Het spijt me,' zei de barkeeper en richtte zijn aandacht op een andere klant.

Eenmaal weer buiten sloeg Brunetti linksaf, daarna nog eens links, en liep de apotheek binnen, die net aan het sluiten was.

'Ciao Guido,' zei zijn vriend Danilo, de apotheker, en sloot de deur achter hem af. 'Laat me dit even afmaken, en dan gaan we iets drinken.' Snel en met het gemak van iemand met een ruime ervaring leegde de bebaarde man het kasregister, telde het geld en nam het mee naar een ruimte achter de apotheek, waar Brunetti hem hoorde rondlopen. Na een paar minuten kwam hij terug, nu gehuld in zijn leren jasje.

Brunetti voelde dat zijn lichtbruine ogen hem onderzoekend aankeken en zag dat hij begon te glimlachen. 'Het lijkt erop dat jij graag wat informatie wilt hebben,' zei Danilo.

'Is het zo duidelijk te zien?'

Danilo haalde zijn schouders op. 'Soms kom je langs voor medicijnen, en dan zie je er bezorgd uit, soms ben je hier om iets met me te gaan drinken, en dan zie je er ontspannen uit, maar als je langskomt voor informatie, dan zie je er zo uit,' zei hij, zijn wenkbrauwen fronsend en Brunetti aankijkend met een blik alsof hij op het punt stond gek te worden.

'*Va là*,' zei Brunetti en moest onwillekeurig lachen.

'Wat is er?' vroeg Danilo. 'Of: wie is het?'

Brunetti maakte geen aanstalten om naar de deur te lopen, want hij bedacht dat het beter was dit gesprek in de afgesloten apotheek te voeren dan in een van de drie cafés op de campo. 'Angelina en Massimo Volpato,' zei hij.

'*Madre di dio*,' riep Danilo uit. 'Je kunt beter geld lenen van mij. Kom mee,' zei hij, nam Brunetti bij de arm en trok hem mee naar de ruimte achter de apotheek. 'Ik open de kluis en zal later zeggen dat de dief een skibril droeg, dat beloof ik.' Brunetti dacht dat Danilo een grapje maakte, maar die vervolgde: 'Je bent toch niet van plan naar hen toe te gaan, Guido? Echt, ik heb geld op de bank staan dat je mag hebben, en ik weet zeker dat Mauro je nog meer kan geven,' zei hij, zijn baas in zijn aanbod betrekkend.

'Nee, nee,' zei Brunetti, die zijn hand geruststellend op Danilo's arm legde. 'Ik wil alleen maar meer over hen te weten komen.'

'Je gaat me toch niet vertellen dat ze eindelijk een fout hebben gemaakt en iemand een klacht tegen hen heeft ingediend?' zei Danilo en begon te lachen. 'Kijk eens aan, dat is mooi.'

'Ken je ze zo goed?' vroeg Brunetti.

'Ik ken ze al jaren,' zei hij en spuugde de woorden bijna uit van walging. 'Vooral haar. Ze komt een keer per week hier, met die fotootjes van haar van heiligen, en een rozenkrans in haar handen.' Hij trok zijn schouders op en legde zijn handen onder zijn kin. Hij keek opzij naar Brunetti en zijn mond trok zich samen tot een pruilend lachje. Toen zei hij met een hoog piepstemmetje en in zuiver Venetiaans, in plaats van het voor hem gebruikelijke dialect van Trentino: 'O, dottor Danilo, u weet niet hoeveel goeds ik gedaan heb voor de mensen in deze stad. U weet niet hoeveel mensen mij dankbaar zijn voor wat ik voor hen heb gedaan. Ze zouden voor me moeten bidden. Nee, u hebt er geen idee van.' Hoewel Brunetti signora Volpato nooit had horen praten, hoorde hij in Danilo's boosaardige parodie de echo van alle hypocrieten die hij ooit had gekend.

Ineens ging Danilo rechtop staan, en op slag was de oude vrouw verdwenen. 'Hoe krijgt ze het voor elkaar?' vroeg Brunetti.

'De mensen kennen haar. En hem. Ze zijn 's ochtends altijd op de campo, in ieder geval een van hen, en de mensen weten waar ze hen kunnen vinden.'

'Hoe weten ze dat?'

'Hoe komen de mensen dingen te weten?' vroeg Danilo bij wijze van antwoord. 'Zo'n gerucht doet de ronde. Mensen die geld nodig hebben om hun belastingen te betalen, of die gokken, of die de uitgaven voor hun bedrijf niet voor het einde van de maand kunnen betalen. Ze ondertekenen een papier waarop staat dat ze binnen een maand zullen terugbetalen, en aan de geleende som wordt altijd rente toegevoegd. Maar dat zijn mensen die geld moeten lenen om dat geld terug te kunnen betalen. Gokkers winnen niet en mensen worden niet rijk van het bestieren van hun bedrijf.'

'Wat mij verbaast,' zei Brunetti nadat hij hier even over had nagedacht, 'is dat dit allemaal legaal is.'

'Het is zo legaal als maar kan, want ze hebben een contract dat is opgesteld door een notaris en ondertekend door beide partijen.'

'Wie zijn die notarissen?'

Danilo noemde er drie: respectabele mannen met omvangrijke praktijken in de stad. Een van hen werkte voor Brunetti's schoonvader.

'Alle drie?' vroeg Brunetti, die zijn verbazing niet kon onderdrukken.

'Je denkt toch niet dat de Volpato's opgeven wat ze hun betalen? Je denkt toch niet dat ze belasting betalen over het geld dat ze aan de Volpato's verdienen?'

Brunetti verbaasde zich er nauwelijks over dat notarissen zo diep zouden zinken dat ze deel uitmaakten van dit soort smerige praktijken; wel verbaasde hij zich over de namen van de drie betrokken notarissen, van wie er een lid was van de Ridderorde van Malta en een ander een voormalig gemeenteraadslid was.

'Kom,' zei Danilo bemoedigend, 'laten we iets gaan drinken, dan kun je me vertellen waarom je dit allemaal wilt weten.' Toen hij de uitdrukking op Brunetti's gezicht zag, verbeterde hij zichzelf en zei: 'Of je vertelt het me niet.'

Tegenover de calle, bij Rosa Salva, vertelde Brunetti hem alleen dat hij belangstelling had voor de geldschieters in de stad en hun schimmige bestaan tussen de legale wereld en die van de misdaad. Veel klanten van Danilo waren oude vrouwen en de meeste waren verliefd op hem, dus hij kreeg vaak roddelverhalen te horen waar geen einde aan kwam. Vriendelijk en geduldig als hij was, en altijd bereid om naar hun verhalen te luisteren, had hij in de loop van de jaren een schat aan roddels en *innuendo* verzameld, die in het verleden een belangrijke informatiebron voor Brunetti was geweest. Danilo noemde de namen van de bekendste geldschieters, beschreef hen en gaf een indruk van de rijkdommen die ze hadden vergaard.

Rekening houdend met Brunetti's gemoedstoestand en met zijn professionele gevoel voor discretie, kwam Danilo uit zichzelf met al zijn roddels op de proppen, omdat hij wel wist dat Brunetti hem geen vragen meer zou stellen. Daarna zei hij, terwijl hij snel even op zijn horloge keek: 'Ik moet gaan. Wij eten om acht uur.'

Samen verlieten ze het café en liepen tot aan Rialto terwijl ze over koetjes en kalfjes babbelden. Bij de brug namen ze afscheid en haastten zich beiden naar huis om te gaan eten.

De verschillende brokjes informatie gingen nu al dagen door Brunetti's hoofd; hij had ze gekneed en had ermee gespeeld, in een poging er een enigszins samenhangend patroon in te ontdekken. De mensen van het Ufficio Catasto, bedacht hij, zouden waarschijnlijk weten wie de bouwwerkzaamheden gingen verrichten en wie er boetes moesten gaan betalen vanwege illegale verbouwingen in het verleden. Zij wisten waarschijnlijk hoe hoog de boetes waren. Misschien hadden ze zelf wel iets te vertellen over de hoogte van de boetes. Het enige wat ze moesten doen was erachter komen hoe de eigenaars er financieel voor stonden – het kon niet echt moeilijk zijn om dat uit te zoeken. Signorina Elettra was ongetwijfeld niet het enige genie in de stad, overwoog hij. En tegen mensen die klaagden dat ze niet genoeg geld hadden om de boete te betalen, konden ze zeggen dat ze eens met de Volpato's moesten gaan praten.

Het was de hoogste tijd om een bezoek te brengen aan het Ufficio Catasto.

Toen hij de volgende ochtend om even over halfnegen op de questura aankwam, zei de agent die bij de deur op wacht stond dat er eerder al een jonge vrouw was langsgekomen die had gevraagd of ze hem kon spreken. Nee, ze had niet gezegd wat ze precies wilde, en toen de agent haar had verteld dat commissario Brunetti er nog niet was, had ze gezegd dat ze even een kop koffie ging drinken en daarna terug zou komen. Brunetti zei tegen de man dat hij haar naar boven moest brengen zodra ze terug was.

In zijn kantoor las hij het eerste deel van de *Gazzettino*

en overwoog net om even een kop koffie te gaan halen toen de agent bij zijn deur verscheen en zei dat de jonge vrouw was teruggekomen. Hij stapte opzij en een vrouw – eerder een meisje – glipte zijn kantoor binnen. Brunetti bedankte de agent en zei tegen hem dat hij weer naar zijn post kon gaan. De agent salueerde en sloot de deur toen hij vertrok. Brunetti maakte een gebaar tegen de jonge vrouw, die nog steeds bij de deur stond, alsof ze bang was voor wat er zou gebeuren als ze verder zou lopen.

'Alstublieft, signorina, maak het uzelf gemakkelijk.'

Hij liet aan haar over wat ze wilde doen, liep langzaam om zijn bureau heen en ging op zijn vertrouwde plaats zitten.

Langzaam liep ze het kantoor binnen en ging op het puntje van de stoel zitten, met haar handen in haar schoot. Brunetti keek haar even aan en boog zich toen over zijn bureau om een papier van de ene kant naar de andere te schuiven, zodat zij de tijd had om in een iets comfortabeler houding te gaan zitten.

Toen hij haar opnieuw aankeek, lachte hij naar haar op een manier waardoor ze zich volgens hem welkom zou kunnen voelen. Ze had donkerbruin haar dat kortgeknipt was, als van een jongen, en droeg een spijkerbroek en een lichtblauwe trui. Hij merkte op dat haar ogen even donker waren als haar haren, en ze had wimpers die zo dik waren dat hij aanvankelijk dacht dat ze vals waren, totdat hij zag dat ze helemaal geen make-op ophad en het idee liet voor wat het was. Het was een mooi meisje, op de manier zoals de meeste jonge meisjes mooi zijn: lichte botten, een korte, rechte neus, een gave huid en een kleine mond. Wanneer hij haar in een café een kop koffie had zien drinken, had hij niet nog een keer gekeken, maar nu hij haar hier zag, bedacht hij hoe gezegend hij was dat hij in een land woonde waar mooie meisjes voor het oprapen en uitzonderlijk mooie meisjes heel normaal waren.

Ze schraapte haar keel een, twee keer, en zei toen: 'Ik ben Marco's vriendin.' Haar stem was buitengewoon mooi: laag, muzikaal en vol sensualiteit – het soort stem dat je verwacht bij een vrouw die een lang en gelukkig leven heeft geleid.

Brunetti wachtte op een verklaring, maar toen ze verder niets meer zei, vroeg hij: 'En waarom komt u met mij praten, signorina?'

'Omdat ik u wil helpen bij het zoeken van de mensen die hem hebben vermoord.'

Brunetti hield zijn gezicht uitdrukkingsloos en bedacht dat dit het meisje moest zijn dat Marco vanuit Venetië had gebeld. 'Ben jij dan het andere konijntje?' vroeg hij vriendelijk.

Ze schrok van zijn vraag. Ze bracht haar ineengevouwen handen op borsthoogte en tuitte werktuiglijk haar lippen, waardoor ze inderdaad veel weg had van een konijn.

'Hoe komt het dat u daar iets van afweet?' vroeg ze.

'Ik heb zijn tekeningen gezien,' legde Brunetti uit en vervolgde, 'en ik was onder de indruk van zijn talent, en van het feit dat hij overduidelijk sympathie voelde voor konijnen.'

Ze boog haar hoofd en aanvankelijk dacht hij dat ze aan het huilen was. Maar dat was niet zo; in plaats daarvan hief ze haar hoofd op en keek hem aan. 'Ik had een knuffelkonijn toen ik klein was. Toen ik dat tegen Marco zei, vertelde hij me dat hij het zo vreselijk vond dat zijn vader ze doodschoot en vergiftigde op hun boerderij.' Ze wachtte even, en vervolgde toen: 'Ze zijn een plaag als ze buiten zijn. Dat zei zijn vader altijd.'

Brunetti zei: 'Ik begrijp het.'

Er viel een stilte, maar hij wachtte rustig af. Toen zei ze, alsof de konijnen helemaal niet ter sprake waren gekomen: 'Ik weet wie het zijn.' Ze wreef voortdurend in haar handen, die in haar schoot lagen, maar haar stem bleef rustig – bijna verleidelijk. Het scheen hem toe dat ze er geen idee van had hoeveel kracht en schoonheid er in haar stem lag.

Brunetti knikte haar bemoedigend toe, en ze ging verder: 'Nou ja, ik bedoel: ik ken de naam van een van hen, degene die het aan Marco heeft verkocht. Ik weet niet hoe de mensen heten van wie hij het heeft gekregen, maar ik denk dat hij dat wel zal vertellen als u hem goed bang maakt.'

'Ik vrees dat we hier niet zitten om mensen bang te maken,' zei Brunetti met een glimlach, terwijl hij wenste dat het waar was.

'Ik bedoel bang maken zodat hij hier zal komen en u gaat vertellen wat hij weet. Dat zou hij wel doen als hij wist dat u hem kende en achter hem aan zou gaan.'

'Als u mij zijn naam geeft, signorina, dan kunnen we hem hierheen halen en ondervragen.'

'Maar is het niet een beter idee als hij uit zichzelf zou komen en u zou vertellen wat hij weet, vrijwillig?'

'Ja, dat is zeker zo...'

Ze onderbrak hem. 'Ik heb geen bewijs, moet u weten. Het is niet zo dat ik kan getuigen dat ik heb gezien dat hij het aan Marco heeft verkocht, of dat Marco me heeft verteld dat het zo is gegaan.' Ze schoof onrustig heen en weer in haar stoel en legde haar gevouwen handen weer in haar schoot. 'Maar ik weet zeker dat hij hier zou komen als hij geen andere keus zou hebben, en dan zou het er voor hem niet zo slecht uitzien, toch?'

Die intense bezorgdheid kon alleen maar wijzen op de betrokkenheid van een familielid, besefte Brunetti. 'Ik ben bang dat u mij nog niet hebt verteld hoe u heet, signorina.'

'Ik wil u mijn naam niet vertellen,' antwoordde ze, en haar stem klonk nu iets minder lief.

Brunetti opende zijn handen en spreidde zijn vingers wijd uiteen, als teken van de vrijheid die hij haar gaf: 'Daarmee staat u volkomen in uw recht, signorina. Het enige wat ik u in dat geval kan aanraden is tegen die persoon zeggen dat hij hier moet komen.'

'Hij luistert niet naar mij. Dat heeft hij nooit gedaan,' zei ze met grote stelligheid.

Brunetti overwoog zijn mogelijkheden. Hij keek naar zijn trouwring en zag dat die dunner was dan de laatste keer dat hij hem had bekeken – versleten in de loop van de jaren. Hij hief zijn hoofd op en keek haar aan. 'Leest hij de krant?'

Verbaasd antwoordde ze meteen: 'Ja.'

'De *Gazzettino*?'

'Ja.'

'Kunt u ervoor zorgen dat hij hem morgen leest?' vroeg hij.

Ze knikte.

'Mooi. Ik hoop dat het voldoende zal zijn om hem ertoe te bewegen met ons te komen praten. Wilt u hem op het hart drukken om hier te komen?'

Ze keek omlaag nadat hij dit had gezegd, en opnieuw dacht hij dat ze begon te huilen. In plaats daarvan zei ze: 'Dat heb ik al geprobeerd sinds Marco dood is.' Haar stem brak, en ze balde haar handen opnieuw samen tot vuisten. Ze schudde haar hoofd. 'Hij is bang.' Opnieuw een lange pauze. 'Ik kan hem er niet toe dwingen. Mijn ou...' Ze brak de zin af nog voor ze het woord had afgemaakt en bevestigde wat hij al wist. Ze verschoof haar gewicht naar voren, en hij zag dat ze klaar was om ervandoor te gaan – de boodschap was overgebracht.

Brunetti stond langzaam op en liep om zijn bureau heen. Ze stond op, draaide zich om en liep naar de deur.

Brunetti opende die voor haar. Hij bedankte haar dat ze met hem was komen praten. Zodra ze de trap begon af te dalen, sloot hij de deur, rende terug naar zijn telefoon en draaide het nummer van de bewakerspost bij de voordeur. Hij herkende de stem van de jongeman die haar naar boven had gebracht.

'Masi, niets zeggen. Wanneer dat meisje naar beneden komt, neem je haar mee naar je kantoor en zorg je dat ze daar een paar minuten blijft. Zeg maar dat je de tijd waarop ze is vertrokken moet noteren in het register, verzin maar wat, maar zorg dat je haar vasthoudt. Daarna kan ze vertrekken.'

Zonder hem de kans te geven om iets terug te zeggen, legde Brunetti de hoorn op het toestel en liep naar de grote houten kast die tegen de muur bij de deur stond. Hij gooide de kastdeur open, die tegen de muur aan botste en terugsloeg. In de kast zag hij een oud tweedjasje dat hij er ruim een jaar geleden een keer had laten hangen en rukte het van de hanger. Hij hield het jasje met een hand beet, liep naar de deur van zijn kantoor, opende die, keek omlaag naar de trap en rende er met twee treden tegelijk vanaf naar de agentenkamer op de verdieping eronder.

Hijgend van inspanning rende hij de kamer binnen en zuchtte in stilte, blij dat hij Pucetti achter zijn bureau zag zitten. 'Pucetti,' zei hij, 'sta op en doe je jasje uit.'

De jonge agent stond meteen op en wierp zijn jasje op het bureau voor hem. Brunetti gaf hem het wollen jasje en zei: 'Er is een meisje beneden, bij de ingang. Masi houdt haar een paar minuten vast in zijn kantoor. Wanneer ze vertrekt, wil ik dat jij haar volgt. Als het moet volg je haar de hele dag, maar ik wil weten waar ze naartoe gaat, en ik wil weten wie ze is.'

Pucetti was al op weg naar de deur. Het jasje hing te ruim om zijn schouders, dus hij sloeg de manchetten om en stroopte zijn mouwen op; hij trok zijn das af en gooide hem in de richting van zijn bureau. Toen hij zonder verdere uitleg van Brunetti te vragen het kantoor verliet, zag hij eruit als een nonchalant geklede jongeman die er die dag voor had gekozen een witte bloes en een donkerblauwe broek te dragen, en die de militaire snit van de broek gecompenseerd had door een oversized tweedjasje aan te trekken waarvan de mouwen op een ongebruikelijke manier waren opgestroopt.

Brunetti ging terug naar zijn kantoor, draaide het nummer van de nieuwsredactie van *Il Gazzettino* en zei wie hij was. Hij vertelde dat de politie bezig was met een onderzoek naar de dood van een jonge student waarbij drugs in het spel waren, en dat men de identiteit had vastgesteld van de jongen van wie men vermoedde dat hij de drugs had verkocht die zijn dood hadden veroorzaakt. Er was een arrestatie ophanden, en men hoopte dat dit zou leiden tot de arrestatie van anderen die betrokken waren bij drugshandel in de regio Veneto. Toen hij de telefoon op het toestel legde, hoopte hij dat het familielid van het meisje, wie hij ook was, door dit verhaal de moed zou vinden naar de questura te komen, zodat de zinloze dood van Marco Landi in ieder geval nog iets positiefs zou opleveren.

Hij en Vianello meldden zich om elf uur bij het Ufficio Catasto. Brunetti gaf zijn naam en rang op aan de secretaresse op de eerste verdieping. Ze vertelde hem dat het kantoor van ingeniere Dal Carlo zich op de derde verdieping bevond en dat ze hem met alle plezier wilde bellen om te zeggen dat commissario Brunetti op weg naar boven was. Brunetti en in zijn kielzog een geüniformeerde, zwijgende Vianello klommen naar de derde verdieping en verbaasden zich over het grote aantal mensen – bijna allemaal mannen – dat de trappen opliep en afdaalde. Op elke overloop kwamen ze hun kantoren uit gelopen met op hun armen kokers met bouwontwerpen en zware mappen met papieren.

Het kantoor van ingeniere Dal Carlo bevond zich links aan het einde van de gang. De deur was open, dus ze gingen naar binnen. Een klein vrouwtje, dat oud genoeg leek om de moeder van Vianello te zijn, zat achter een bureau met naast zich een enorm computerscherm. Ze keek hen aan over de dikke glazen van haar leesbril. Haar haren, waar al flink wat grijze plukken in zaten, waren strak naar achteren gekamd en in een knotje opgestoken, wat Brunetti deed denken aan signora Landi; haar smalle schouders waren naar voren gericht, alsof ze leed aan de eerste symptomen van osteoporose. Ze had geen make-up op, alsof ze het idee dat zoiets zin zou kunnen hebben, allang verworpen had.

'Commissario Brunetti?' vroeg ze en bleef gewoon zitten.

'Ja. Ik zou graag willen spreken met ingeniere Dal Carlo.'

'Mag ik vragen met welk oogmerk?' vroeg ze in een precies soort Italiaans, en zich bedienend van een uitdrukking die hij al tientallen jaren niet meer had gehoord.

'Ik wil hem een aantal vragen stellen over een voormalige werknemer.'

'Voormalige?'

'Ja, Franco Rossi,' zei hij.

'Ach, ja,' zei ze, bracht haar hand naar haar voorhoofd en bedekte haar ogen. Ze deed haar hand weer naar beneden, zette haar bril af en keek op. 'Die arme jongen. Hij heeft hier jarenlang gewerkt. Zoiets is nog nooit eerder gebeurd.' Er hing een kruisbeeld aan de muur boven haar bureau, waar ze haar ogen op richtte en onhoorbaar een gebedje prevelde voor de dode jongeman.

'Kende u signor Rossi?' vroeg Brunetti en zei toen, alsof hij haar naam niet goed had verstaan: 'Signora…?'

'Dolfin, signorina,' antwoordde ze kortaf en wachtte even, bijna alsof ze wilde zien hoe hij zou reageren op die naam. Ze vervolgde: 'Zijn kantoor lag hier tegenover. Hij was een heel beleefde jongeman, die buitengewoon veel ontzag had voor dottor Dal Carlo.' Zo te horen kon signorina Dolfin geen grotere aanbeveling verzinnen.

'Ik begrijp het,' zei Brunetti, die geen zin had om te luisteren naar dat soort nietszeggende complimenten die men aan doden gaf omdat ze dood waren. 'Zou ik even met de ingeniere kunnen spreken?'

'Uiteraard,' zei ze en stond op. 'U moet mij verontschuldigen dat ik zoveel praat. Je weet gewoon niet wat je moet doen als je hoort dat iemand zo tragisch aan zijn eind komt.'

Brunetti knikte – de meest efficiënte manier om een cliché te beantwoorden, had hij geleerd.

Ze begeleidde hen het kleine stukje dat haar bureau scheidde van de deur van het kantoor erachter. Ze hief haar hand op en klopte tweemaal, wachtte even, en klopte toen nog een keer, ietsje zachter, alsof ze in de loop van de jaren een code had ontwikkeld waarmee de man die binnen zat meteen zou weten wat voor soort bezoeker hij kon verwachten. Toen de mannenstem van binnen 'Avanti' riep, zag Brunetti dat haar ogen onmiskenbaar begonnen te stralen en dat ze haar mondhoeken optrok.

Ze opende de deur, ging naar binnen, stapte opzij om de mannen binnen te laten en zei: 'Dit is commissario Brunetti, dottore.' Brunetti had bij het betreden van het kantoor naar binnen gekeken en had een lange man met donker haar achter het bureau zien zitten, maar hij hield zijn ogen gericht op signorina Dolfin terwijl ze sprak, geboeid als hij was door de verandering in haar gedrag en zelfs in haar stem, die veel warmer en voller klonk dan toen zij tegen hem sprak.

'Dank u, signorina,' zei dal Carlo, die haar nauwelijks aankeek. 'Het is goed zo.'

'Dank u, meneer,' zei ze, draaide zich uiterst langzaam om en verliet het kantoor, terwijl ze de deur zachtjes achter zich dichtdeed.

Dal Carlo stond op en glimlachte. Hij was eind vijftig, maar had de strakke huid en de rechte houding van iemand die jonger was. Zijn glimlach onthulde zijn typisch Italiaanse tanden: een maatje groter dan noodzakelijk. 'Buitengewoon aangenaam u te ontmoeten, commissario,' zei hij, stak zijn hand uit, en gaf Brunetti toen die dat ook deed, een krachtige, mannelijke handdruk. Dal Carlo knikte naar Vianello en liep met hen naar een paar stoelen die verderop in de kamer stonden. 'Wat kan ik voor u doen?'

Brunetti ging zitten en zei: 'Ik zou het een en ander willen weten over Franco Rossi.'

'Ach, ja,' zei Dal Carlo en schudde een aantal malen met

zijn hoofd. 'Een vreselijk verhaal, tragisch. Het was een geweldige jongen, een uitstekende arbeidskracht. Hij zou een fantastische carrrière tegemoet gaan.' Hij zuchtte en herhaalde: 'Tragisch, tragisch.'

'Hoe lang heeft hij hier gewerkt, ingeniere?' vroeg Brunetti. Vianello haalde een opschrijfboekje uit zijn zak, sloeg het open en begon aantekeningen te maken.

'Eens kijken,' begon Dal Carlo. 'Een jaar of vijf, zou ik zeggen.' Hij glimlachte en zei: 'Ik kan dat aan signorina Dolfin vragen. Zij kan u een exacter antwoord geven.'

'Nee, het is goed zo, dottore,' zei Brunetti met een vluchtig handgebaar en vervolgde: 'Wat was precies de taak van signor Rossi?'

Dal Carlo bracht zijn hand naar zijn kin, alsof hij diep nadacht, en keek naar de grond. Na een poosje zei hij: 'Hij moest bouwtekeningen bestuderen om te zien of ze overeenstemden met verbouwingen die werden uitgevoerd.'

'En hoe ging hij daarbij te werk, dottore?' vroeg Brunetti.

'Hij bestudeerde de tekeningen hier op kantoor en inspecteerde daarna de locatie waar het werk werd uitgevoerd, om erop toe te zien dat het op de juiste manier gebeurde.'

'Op de juiste manier?' vroeg Brunetti, met de verbazing van een leek.

'Dat de verbouwing geschiedde conform de bouwtekeningen.'

'En als dat niet zo was?'

'Dan rappporteerde signor Rossi de verschillen en startte ons kantoor bepaalde procedures.'

'Zoals?'

Dal Carlo keek Brunetti aan en leek niet alleen de vraag te

overwegen, maar ook de reden waarom hij werd gesteld.

'Gewoonlijk een boete en de opdracht dat het uitgevoerde werk opnieuw moet worden gedaan, maar dan volgens de voorschriften op de bouwtekeningen,' antwoordde Dal Carlo.

'Ik begrijp het,' zei Brunetti, die knikte naar Vianello ten teken dat hij vooral dat laatste antwoord moest noteren. 'Dat zou een erg dure inspectie kunnen zijn.'

Dal Carlo keek verbaasd. 'Ik ben bang dat ik niet begrijp wat u bedoelt, commissario.'

'Ik bedoel dat het aardig in de papieren kan lopen: eerst een verbouwing uitvoeren, en het vervolgens nog eens overdoen. Om nog maar te zwijgen van de boetes.'

'Natuurlijk,' zei Dal Carlo. 'De voorschriften zijn daar zeer duidelijk over.'

'Tweemaal zo duur, dus,' zei Brunetti.

'Ja, dat zal zeker. Maar er zijn maar weinig mensen die zo onbezonnen te werk gaan.'

Brunetti stond zichzelf toe enige verbazing te tonen en keek naar Dal Carlo met een glimlachje, zoals de ene samenzweerder de andere aankijkt. 'Uw woorden, ingeniere,' zei hij. Snel veranderde hij van onderwerp en ook van toon toen hij vroeg: 'Is signor Rossi ooit bedreigd?'

Opnieuw leek Dal Carlo verbaasd te zijn. 'Ik ben bang dat ik die vraag ook niet begrijp, commissario.'

'Laat ik het duidelijk stellen, dottore. Signor Rossi had de bevoegdheid om mensen op kosten te jagen. Als hij rapporteerde dat er illegale verbouwingen hadden plaatsgevonden, waren de eigenaars verplicht een boete te betalen en waren ze verantwoordelijk voor de kosten van het werk dat moest worden gedaan om de oorspronkelijke verbouwing ongedaan te maken.' Hij glimlachte en voegde eraan toe: 'We weten allebei hoe hoog de bouwkosten zijn in deze stad, dus ik betwijfel of er ook maar iemand is die blij zou zijn als signor Rossi's onderzoek verschillen aan het licht zou brengen.'

'Zeker niet,' stemde Dal Carlo hiermee in. 'Maar ik betwijfel ten zeerste of iemand het in zijn hoofd zou halen om een ambtenaar te bedreigen die gewoon zijn werk doet.'

Ineens vroeg Brunetti: 'Zou signor Rossi steekpenningen aannemen?' Hij keek aandachtig naar Dal Carlo's gezicht toen hij deze vraag stelde, en zag dat hij van zijn stuk gebracht was, om niet te zeggen geschokt.

In plaats van te antwoorden dacht hij langdurig na over de vraag. 'Daar heb ik nog nooit over nagedacht,' zei hij toen, en Brunetti twijfelde er niet aan dat hij de waarheid sprak. Dal Carlo kneep nog net niet zijn ogen dicht of wierp zijn hoofd naar achteren om te tonen dat hij zich diep concentreerde. Ten slotte loog hij: 'Ik heb geen zin om kwaad over hem te spreken, nu niet, maar dat is wel mogelijk. Dat wil zeggen,' zei hij schutterig, 'dat was wel mogelijk.'

'Waarom zegt u dat?' vroeg Brunetti, hoewel hij er vrijwel zeker van was dat het niet meer dan een in het oog lopende poging van hem was om Rossi te gebruiken als middel om de sporen van zijn eigen oneerlijkheid uit te wissen.

Voor het eerst keek Dal Carlo Brunetti recht in de ogen. Brunetti had geen duidelijker bewijs kunnen krijgen dat de man loog, als dat al nodig was geweest. 'U moet begrijpen dat ik niets specifieks kan noemen of omschrijven. Hij gedroeg zich anders de laatste maanden. Hij gedroeg zich stiekem, nerveus. Pas nu u die vraag stelt, komt die mogelijkheid bij me op.'

'Zou het gemakkelijk zijn?' vroeg Brunetti, en toen het

leek of Dal Carlo de vraag niet begreep, moedigde hij hem aan: 'Steekpenningen aannemen?'

Hij verwachtte half en half dat Dal Carlo zou zeggen dat hij daar nog nooit over had nagedacht, en in dat geval had hij niet geweten hoe hij zichzelf ervan had kunnen weerhouden in lachen uit te barsten. Ze bevonden zich tenslotte in een stadskantoor. Maar de ingenieur wist zich in te houden en zei: 'Ik denk dat het wel mogelijk is.'

Brunetti bleef lange tijd stil – zo lang dat Dal Carlo uiteindelijk gedwongen was te vragen: 'Waarom stelt u deze vragen, commissario?'

Ten slotte zei Brunetti: 'Wij zijn er niet geheel zeker van' – hij had het altijd veel efficiënter gevonden om het meervoud te gebruiken – 'dat Rossi's dood een ongeluk was.'

Ditmaal kon Dal Carlo zijn verbazing niet verbergen, hoewel niet uit te maken viel of het verbazing was over die mogelijkheid of over het feit dat de politie het had ontdekt. Terwijl de verschillende ideeën door zijn hoofd gingen, wierp hij een geslepen blik op Brunetti, die die laatste deed denken aan de manier waarop Zecchino hem had aangekeken.

Met de jonge drugsverslaafde in zijn achterhoofd zei Brunetti: 'We hebben misschien een getuige die kan verklaren dat er iets anders aan de hand was.'

'Een getuige?' herhaalde Dal Carlo op luide toon en vol ongeloof, alsof hij dat woord nog nooit eerder had gehoord.

'Ja, iemand die in dat gebouw was.' Brunetti stond ineens op. 'Dank u voor uw hulp, dottore,' zei hij en stak zijn hand uit. Dal Carlo, die duidelijk van de wijs was gebracht door de vreemde wending die het gesprek had genomen, duwde zichzelf omhoog en stak op zijn beurt zijn hand uit. Zijn handdruk was minder hartelijk dan die hij had gegeven toen ze net binnen waren.

Nadat hij de deur had geopend, gaf hij eindelijk lucht aan zijn verbazing. 'Ik vind het ongelooflijk,' zei hij. 'Niemand zou hem vermoorden. Daar is geen reden voor. En dat gebouw staat leeg. Hoe kan iemand hebben gezien wat er is gebeurd?'

Toen Brunetti noch Vianello iets zei, liep Dal Carlo door de deuropening, negeerde signorina Dolfin, die achter haar computer zat te werken, en begeleidde de twee politiemannen naar de deur van het kantoor. Geen van hen nam de moeite goedendag te zeggen.

21

Brunetti sliep slecht die nacht en werd herhaaldelijk wakker door de herinneringen aan de voorbije dag. Hij besefte dat Zecchino waarschijnlijk had gelogen over de moord op Rossi en veel meer had gezien of gehoord dan hij had toegegeven; waarom was hij anders zo ontwijkend geweest? De eindeloze nacht bracht nog meer gedachten naar boven: Patta's weigering om het gedrag van zijn zoon als misdadig te beschouwen, de antipathie van zijn vriend Luca jegens diens echtgenote en het algemene gebrek aan kundigheid waardoor zijn werk dag in, dag uit bemoeilijkt werd. Maar de gedachten aan de twee jonge meisjes baarden hem nog de grootste zorgen: het ene was zo afgestompt door het leven dat ze ermee instemde seks te bedrijven met Zecchino in dat smerige hol, en het andere zat ingeklemd tussen verdriet over Marco's dood en een schuldgevoel omdat ze wist hoe die was veroorzaakt. Ervaring had de ridder in Brunetti allang om zeep geholpen, maar toch lukte het hem niet zich te bevrijden van een knagend gevoel van medelijden met deze meisjes.

Was het eerste meisje boven geweest toen hij Zecchino vond? Hij was er dermate op gebrand geweest het huis te ontvluchten dat hij niet meer naar de zolder was gegaan om te kijken of er nog iemand was. Het feit dat Zecchino de trap af kwam betekende niet dat hij van plan was het huis te verlaten; het zou evengoed kunnen dat hij naar beneden was gegaan omdat hij gewaarschuwd was door de geluiden die Brunetti bij zijn binnenkomst had gemaakt, en het meisje op de zolder had achtergelaten. Pucetti had in ieder geval de naam weten te achterhalen van het tweede meisje: ze heette Anna Maria Ratti, woonde met haar ouders en broer in Castello en was studente architectuur aan de universiteit.

Even nadat de kerkklokken vier uur hadden geslagen, besloot hij dat hij die ochtend terug zou gaan naar het huis om te proberen opnieuw met Zecchino te praten; niet lang daarna viel hij in een vredige slaap en werd pas weer wakker nadat Paola al naar de universiteit was vertrokken en de kinderen naar school waren.

Nadat hij zich had aangekleed, belde hij de questura om te zeggen dat hij later zou komen en ging terug naar de slaapkamer om zijn pistool te zoeken. Hij schoof een stoel tot voor de *armadio*, klom erop en zag op de bovenste plank het kistje dat zijn vader aan het eind van de oorlog uit Rusland had meegenomen. Het hangslot zat keurig aan de oogjes aan de voorkant van het kistje, maar hij had er geen idee van waar hij de sleutel had gelaten. Hij trok het kistje van de plank, nam het mee en legde het op het bed. Op de bovenkant zat een met plakband bevestigd stukje papier, waarop in Chiara's duidelijke handschrift een boodschap stond geschreven: 'Papà – Raffi en ik mogen eigenlijk niet weten dat de sleutel met een plakbandje vastzit aan de achterkant van het schilderij in de studeerkamer van mamma. *Baci.*'

Hij liep weg om de sleutel te pakken en vroeg zich af of hij iets onder haar boodschap moest schrijven – nee, het was beter om haar niet aan te moedigen. Hij maakte het kistje open, haalde het pistool eruit, laadde het en liet het in de leren holster glijden die hij eerder al aan zijn riem had bevestigd. Hij zette het kistje terug in de kast en verliet het huis.

De calle was leeg, net als de twee vorige keren dat hij er was geweest, en er was geen teken van activiteit op de steiger. Hij trok de metalen strip uit het hout en ging het gebouw binnen; ditmaal liet hij de deur achter zich openstaan. Hij deed geen poging het geluid van zijn voetstappen te onderdrukken, of welk geluid van zijn komst dan ook. Onder aan de trap bleef hij staan en riep naar boven: 'Zecchino, hier is de politie. Ik kom naar boven.'

Hij wachtte even, maar er kwam geen antwoord of schreeuw van boven. Hij had er spijt van dat hij was vergeten een zaklantaarn mee te nemen, maar gelukkig kwam er enig licht door de open deur achter hem. Hij liep naar de eerste verdieping. Nog steeds hoorde hij geen geluiden van boven. Hij ging naar de twee verdieping, en naar de derde, en bleef even staan op de overloop. Hij opende de luiken van twee ramen, waardoor hij voldoende licht had om terug te lopen naar de trap en naar de zolder te klimmen.

Eenmaal boven bleef Brunetti even staan. Er waren twee deuren aan de beide zijden van de overloop en nog een derde aan het eind van een korte gang. Er filterde flink wat licht naar binnen door een kapot luik links van hem. Hij wachtte, riep Zecchino nogmaals, was op een vreemde manier gerustgesteld door het feit dat het stil bleef, en liep toen naar de eerste deur rechts.

De kamer was leeg, dat wil zeggen: er was niemand binnen, hoewel er wel dozen met gereedschap en een aantal zaagbokken stonden; verder lag er een afgedankte schilderbroek vol kalkvlekken. De deur ertegenover gaf toegang tot een kamer waar het net zo'n rommeltje was. Daarmee bleef alleen de deur aan het eind van de gang nog over.

Binnen vond hij Zecchino, zoals hij had gehoopt, en hij vond het meisje. In het licht dat door een vies dakraam viel, zag hij haar voor het eerst; ze lag boven op Zecchino. Ze moesten hem eerst vermoord hebben, of anders had hij het opgegeven en was ter aarde gestort onder de regen van klappen, terwijl zij vergeefs had doorgevochten om uiteindelijk boven op hem te vallen.

'*Gesù bambino*,' zei Brunetti zachtjes toen hij ze zag en hij wist de neiging een kruis te slaan te onderdrukken. Daar lagen ze: twee slappe gestalten, die al gekrompen waren op die speciale manier waardoor dode mensen kleiner lijken. Er was een donkere kring van gedroogd bloed zichtbaar rond hun hoofden, die dicht bij elkaar lagen, als kleine hondjes, of jonge geliefden.

Hij zag de achterkant van het hoofd van Zecchino en het gezicht van het meisje, of, om precies te zijn, wat er nog over was van haar gezicht. Beiden leken te zijn doodgeslagen: Zecchino's schedel was nauwelijks nog rond te noemen en de neus van het meisje was compleet verdwenen: kapotgeslagen door een dermate harde klap dat het enige wat er nog van restte een stukje kraakbeen was dat op haar linkerwang lag.

Brunetti draaide zich om en keek de kamer rond. Tegen een van de muren lag een stapel vlekkerige matrassen. Daarnaast lagen de kledingstukken – pas toen hij omkeek naar het dode stel, besefte hij dat ze halfnaakt waren – die ze snel hadden uitgetrokken om te doen wat ze dan ook deden op die matrassen. Hij zag een bebloede spuit liggen; ineens herinnerde hij zich een gedicht dat Paola hem ooit had voorgelezen, waarin de dichter probeerde een vrouw te verleiden door haar te vertellen dat hun bloed met elkaar was vermengd in de mug die het bloed van hen beiden had gedronken. Destijds had hij het een belachelijke manier gevonden om tegen de eenheid van man en vrouw aan te kijken, maar de spuit die op de grond lag, was minstens even belachelijk. Ernaast lagen een paar kapotte plastic zakjes, die waarschijnlijk niet veel groter waren dan de exemplaren die in de zak van het jasje van Roberto Patta waren gevonden.

Beneden haalde hij zijn telefonino uit zijn zak, die hij die dag wel had meegenomen, en belde de questura. Hij vertelde wat hij had gevonden en waar ze hem konden vinden. Volgens de beroepscode zou hij nu moeten teruggaan naar de kamer waar de twee jonge mensen lagen om te zien of hij nog iets zou ontdekken. Maar hij besloot zich er niet aan te houden en bleef in plaats daarvan werkeloos in de zon staan voor het gebouw ertegenover en wachtte tot de anderen zouden komen.

Toen ze er eindelijk waren, stuurde hij hen naar boven en wist de verleiding te weerstaan om tegen hen te zeggen dat ze, aangezien er die dag geen arbeiders in het gebouw waren, konden doorgaan met hun onderzoek van de plaats delict. Niemand was gebaat bij een goedkope grap, en het zou hun toch niets uitmaken als ze hoorden dat ze de keer daarvoor bij de neus genomen waren.

Hij vroeg wie ze hadden gebeld om de lichamen te onderzoeken en was blij om te horen dat het Rizzardi was. Hij week niet van zijn plek toen de mannen het gebouw betraden en stond er twintig minuten later, toen de patholoog arriveerde, nog steeds. Ze knikten elkaar toe bij wijze van begroeting.

'Nog een?' vroeg Rizzardi.

'Twee,' zei Brunetti. Hij draaide zich om naar het gebouw en ging de arts voor.

De twee mannen hadden weinig moeite om naar boven te lopen: de luiken stonden nu allemaal open en het licht stroomde naar binnen. Boven aan de trap werden ze als motten aangetrokken door de felle lampen van de technisch rechercheurs, waarvan het licht vanuit de kamer de gang in scheen en hen uitnodigde te komen kijken naar dit nieuwe bewijs van de kwetsbaarheid van het lichaam en de ijdelheid van de hoop.

Eenmaal binnen liep Rizzardi ernaartoe en bestudeerde de lichamen van bovenaf. Daarna trok hij een paar rubberhandschoenen aan en bukte zich om de keel van het meisje en daarna die van de jongen te voelen. Hij zette zijn leren tas op de grond en hurkte neer naast het meisje, strekte zijn arm uit over haar lichaam en rolde haar langzaam van de jongen af, tot ze op haar rug lag. Daar lag ze, starend naar het plafond; een van haar verbrijzelde handen gleed van haar lichaam af en sloeg tegen de grond, waar Brunetti van schrok, die er de voorkeur aan had gegeven niet toe te kijken.

Hij liep ernaartoe, ging bij Rizzardi staan en keek omlaag. Haar korte haar was donkerrood geverfd en lag dicht tegen haar hoofd aan; het was vettig en vies. Hij merkte op dat haar tanden, die te zien waren doordat haar bebloede mond een ietsje openstond, glommen en perfect waren. Het bloed rond haar mond was hard geworden, hoewel de bloedstroom vanuit haar zwaar gekwetste neus schijnbaar in haar ogen was gelopen toen ze op de grond lag. Was ze mooi geweest? Of had ze een alledaags uiterlijk gehad?

Rizzardi legde zijn hand op Zecchino's kin en duwde zijn

hoofd naar het licht toe. 'Ze zijn allebei overleden als gevolg van slagen tegen het hoofd,' zei hij en wees een plek aan op de linkerkant van Zecchino's voorhoofd. 'Het is niet gemakkelijk om dat voor elkaar te krijgen en het vergt veel kracht. Of veel slagen. En je gaat er niet snel dood van. Maar in ieder geval hebben ze er niet veel van gevoeld, niet na de eerste paar slagen.' Hij keek opnieuw naar het meisje en draaide haar gezicht naar een kant om een donkere holte aan de achterkant van haar hoofd te bekijken. Hij keek naar twee plekken op haar bovenarmen. 'Ik vermoed dat ze werd vastgehouden terwijl ze werd geslagen, mogelijk met een stuk hout, of met een pijp.'

Geen van tweeën vond het nodig hier commentaar op te geven of te zeggen: 'Net als Rossi.'

Rizzardi stond op, trok zijn handschoenen uit en deed ze in de zak van zijn jasje.

'Wanneer kun je het doen?' was het enige dat Brunetti kon bedenken.

'Vanmiddag, denk ik.' Rizzardi was zo verstandig om niet aan Brunetti te vragen of die erbij wilde zijn. 'Als je me tegen vijven belt, weet ik wel iets.' Voordat Brunetti kon reageren, voegde Rizzardi eraan toe: 'Maar veel zal het niet zijn, niet veel meer dan wat we hier zien.'

Nadat Rizzardi was vertrokken, begon het rechercheteam aan hun dodelijke parodie van huiselijkheid: vegen, stoffen, oprapen van kleine dingetjes die op de vloer waren gevallen en erop toezien dat ze in veiligheid werden gebracht. Brunetti moest zich ertoe zetten de zakken van de jonge mensen te controleren; eerst keek hij in die van de uitgetrokken kleren die naast en boven op de matrassen lagen, en vervolgens, nadat hij van Del Vecchio een paar laboratoriumhandschoenen had aangenomen, in die van de kleren die ze nog droegen. In het borstzakje van Zecchino's bloes vond hij nog drie plastic zakjes, die gevuld waren met wit poeder. Hij gaf ze aan Del Vecchio, die ze keurig van een etiket voorzag en in zijn zak met bewijsmateriaal deed.

Hij was blij om te zien dat Rizzardi hun ogen had dichtgedrukt. Zecchino's blote benen deden hem denken aan de benen van die broodmagere mensen die bij de toegangspoort van concentratiekampen stonden en die hij op foto's had gezien: alleen maar huid en pezen, en nauwelijks spieren. Zijn knieën waren knokig; een van zijn heupbeenderen was te zien en stak scherp uit. Zijn dijen waren overdekt met rode puisten, maar Brunetti kon niet zeggen of dit de etterende littekens van oude injecties waren of symptomen van een huidziekte. Het meisje was weliswaar alarmerend mager en had bijna geen borsten, maar ze was niet zo skeletachtig als Zecchino. Toen Brunetti besefte dat ze nu allebei voor eeuwig en altijd skeletachtig zouden zijn, draaide hij zich om en ging naar beneden.

Omdat hij de leiding had over dit deel van het onderzoek, was het minste wat hij voor de overledenen kon doen in de buurt van het pand blijven totdat de lichamen waren verwijderd en het technische team naar tevredenheid alles had gevonden, gemerkt en bestudeerd wat voor de politie in de toekomst van nut zou kunnen zijn bij het zoeken van de moordenaars. Hij liep naar het eind van de calle en keek in de tuin aan de overkant, blij dat forsythia er altijd zo vrolijk uitzag, hoe haastig de struik zich ook in een geel jasje hulde.

Ze zouden natuurlijk een buurtonderzoek moeten doen en moeten vragen wie zich kon herinneren dat er iemand de calle in was gelopen of het gebouw had betreden. Toen hij zich omdraaide, zag hij dat een groepje mensen zich al aan de andere kant van de calle had verzameld, waar de steeg uitkwam op een andere straat. Hij liep naar hen toe en dacht alvast na over de eerste vragen die hij hun zou stellen.

Niemand had iets gezien, zoals hij al verwacht had; die dag niet, en ook niet in de afgelopen weken. Niemand had geweten dat het mogelijk was het gebouw binnen te gaan. Niemand had Zecchino ooit gezien, en men kon zich ook niet herinneren ooit een meisje te hebben gezien. Aangezien er geen mogelijkheid was hen tot praten te dwingen, nam Brunetti maar aan dat ze de waarheid spraken, maar zijn lange ervaring had hem geleerd dat de meeste Italianen zich weinig meer konden herinneren dan hun eigen naam wanneer ze met de politie te doen hadden.

De rest van het buurtonderzoek kon wachten tot na de lunch of tot 's avonds, als de meeste mensen die in deze buurt woonden, waarschijnlijk wel thuis zouden zijn. Maar hij wist nu al dat er niemand zou zijn die zou toegeven dat hij iets had gezien. Zeer snel zou bekend worden dat er twee drugsverslaafden waren overleden in het gebouw, en er zouden maar weinig mensen zijn die hun dood als iets bijzonders zouden beschouwen, laat staan dat ze de moeite zouden nemen zich te laten ondervragen door de politie. Waarom zouden ze zich urenlang laten behandelen alsof ze een verdachte waren? Waarom zouden ze het risico nemen dat ze weg zouden moeten blijven van hun werk voor een nader verhoor of om een proces bij te wonen?

Hij wist dat de politie door het grote publiek niet werd bejegend met iets wat maar leek op sympathie; hij wist dat de politie de mensen slecht behandelde, ongeacht welke rol ze speelden in een bepaald onderzoek – als verdachte of als getuige. Jarenlang had hij geprobeerd de mannen die onder zijn verantwoordelijkheid vielen, bij te brengen dat ze getuigen moesten behandelen als mensen die bereid waren hulp te bieden, in zekere zin als collega's dus; maar wanneer hij langs de verhoorkamers liep zag hij dat er tegen hen werd geschreeuwd, dat ze werden bedreigd en werden uitgescholden. Geen wonder dat de mensen er niet over piekerden informatie aan de politie te geven: hij zou het ook niet doen.

Hij moest er niet aan denken nu te gaan lunchen, en ook niet dat hij in het bijzijn van zijn gezin herinnerd zou worden aan wat hij zojuist had gezien. Hij belde Paola en zei dat hij zou teruggaan naar de questura. Daar ging hij zitten, wijdde zich aan routineklusjes en wachtte tot Rizzardi zou bellen. De oorzaak van hun dood zou misschien geen nieuws opleveren, maar het betekende in ieder geval dat hij over meer informatie zou beschikken, die hij in een dossier zou kunnen stoppen – misschien zou hij troost vinden in het feit dat hij een klein beetje orde had geschapen in de chaos die hun plotselinge dood had veroorzaakt.

De daaropvolgende uren ploegde hij zich door twee maanden achterstallig werk heen; hij zette zijn initialen keurig onder papieren en rapporten die hij had bestudeerd zonder ze te begrijpen. Hij was er de hele middag zoet mee, maar uiteindelijk lag er geen papier meer op zijn bureau. Hij ging zelfs zo ver dat hij ze naar het kantoor van signorina Elettra bracht; omdat ze niet aanwezig was, schreef hij haar een briefje waarin hij haar vroeg de papieren te archiveren of door te sturen naar wie het ook was die ze nu moest lezen.

Toen dat gebeurd was, ging hij naar het café bij de brug, waar hij een glas mineraalwater dronk en een tosti at. Hij pakte de *Gazzettino* van die dag van de bar en zag in het tweede deel het artikel staan waarvan hij had gevraagd of ze het wilden plaatsen. Zoals hij wel verwachtte stond er veel meer in dan hij hun had verteld: er werd gesuggereerd dat er een arrestatie ophanden was, dat een veroordeling onvermijdelijk was en dat de drugshandel in Veneto de kop was ingedrukt. Hij liet de krant liggen en ging terug naar de questura; onderweg viel hem op dat de gele forsythiatakken aan de overkant van het kanaal net boven de muur uit staken.

Eenmaal achter zijn bureau keek hij op zijn horloge en zag dat het laat genoeg was om Rizzardi te bellen. Hij strekte net zijn hand uit om de telefoon te pakken toen het toestel begon te rinkelen.

'Guido,' begon de patholoog zonder verdere inleiding, 'toen jij vanochtend naar die twee kinderen keek nadat ik vertrokken was, heb je er toen aan gedacht handschoenen aan te trekken?'

Brunetti had even de tijd nodig om van de verbazing te bekomen en moest even nadenken voor hij het zich herinnerde. 'Ja. Del Vecchio heeft me een paar handschoenen gegeven.'

Rizzardi stelde nog een vraag. 'Heb je haar tanden gezien?'

'Ik heb alleen gezien dat het erop leek dat ze al haar tanden nog had, in tegenstelling tot de meeste drugsverslaafden. Waarom wil je dat weten?'

'Er zat bloed op haar tanden en in haar mond,' verklaarde Rizzardi.

Die woorden brachten Brunetti in gedachten terug naar die smerige kamer en de twee mensen die daar op elkaar hadden gelegen. 'Dat weet ik. Het zat op haar hele gezicht.'

'Dat was háár bloed,' zei Rizzardi en legde de nadruk op het bezittelijk voornaamwoord. Voordat Brunetti hem iets kon vragen, vervolgde hij: 'Het bloed in haar mond was van iemand anders.'

'Van Zecchino?'

'Nee.'

'O, mijn god, ze heeft hem gebeten,' zei Brunetti en vroeg vervolgens: 'Heb je genoeg kunnen verzamelen om…' Hij zweeg, want hij wist niet wat Rizzardi nu precies had moeten verzamelen. Hij had ellenlange rapporten gelezen over DNA en bloed- en spermamonsters die konden worden gebruikt als bewijs, maar hij beschikte niet over de wetenschappelijke kennis waarmee hij zou kunnen begrijpen hoe het precies werkte, en bovendien ontbrak het hem aan intellectuele nieuwsgierigheid: het enige wat hem interesseerde was dat het mogelijk was en dat de resultaten van zo'n onderzoek konden leiden tot een positieve identificatie.

'Ja,' antwoordde Rizzardi. 'Als jij voor mij de juiste persoon kan vinden, heb ik voldoende materiaal om te bewijzen dat het bloed in haar mond van hem afkomstig is.' Rizzardi zweeg even en Brunetti voelde aan de spanning dat hij nog veel meer te zeggen had.

'Wat is er?' vroeg hij.

'Ze waren positief.'

Wat betekende dat? De resultaten van zijn onderzoek? De monsters? 'Ik begrijp het niet,' bekende Brunetti.

'Alle twee, de jongen en het meisje. Ze waren positief.'

Dio mio!' riep Brunetti uit, die het nu pas begreep.

'Dat is het eerste wat we controleren bij verslaafden. Hij was al veel verder dan zij: het virus had zich in hem genesteld. Hij was al ver heen en had geen drie maanden meer geleefd. Is het je niet opgevallen?'

Ja, het was Brunetti opgevallen, of misschien was hij niet bereid geweest al te zorgvuldig te kijken of goed te begrijpen wat hij zag. Hij had er niet werkelijk op gelet hoe mager Zecchino was of wat dat zou kunnen betekenen.

In plaats van Rizzardo's vraag te beantwoorden, vroeg Brunetti: 'En het meisje?'

'Die was er niet zo slecht aan toe; de infectie had zich nog niet zo ver doorgezet. Daarom was ze waarschijnlijk nog zo sterk dat ze heeft geprobeerd zich tegen hen te verzetten.'

'Maar die nieuwe medicijnen dan? Waarom gebruikten ze die niet?' vroeg Brunetti, alsof Rizzardi dat kon weten.

'Ik weet niet waarom ze die niet namen, Guido,' zei Rizzardi geduldig, die wist dat hij sprak met een man met kinderen die maar iets jonger waren dan de twee slachtoffers. 'Maar ik heb geen sporen in hun bloed aangetroffen, of waar dan ook in hun lichaam, die erop wijzen dat ze die middelen gebruikten. In de regel doen verslaafden dat niet.'

Geen van beiden wenste er verder nog iets over te zeggen. In plaats daarvan vroeg Brunetti: 'En die beet? Vertel me daar eens iets over.'

'Er zat heel wat vlees tusen haar tanden, dus degene die ze heeft gebeten heeft een lelijke wond.'

'Is het zo besmettelijk?' vroeg Brunetti, die zich erover verbaasde dat hij daar geen duidelijk beeld van had, ondanks de jarenlange informatiestroom en discussies in de kranten en tijdschriften.

'Theoretisch wel,' antwoordde Rizzardi. 'Er zijn in de literatuur gevallen bekend waarbij het zich op die manier heeft verspreid, hoewel ik die informatie nooit uit de eerste hand heb gekregen. Ik ga ervan uit dat het op die manier zou kunnen. Maar het ziektebeeld is nu anders dan een paar jaar geleden: met de nieuwe medicijnen is de ziekte aardig goed te beheersen, vooral als ze vanaf het beginstadium worden ingenomen.'

Brunetti luisterde goed en vroeg zich af wat de gevolgen konden zijn als men er weinig van af wist, zoals hijzelf. Als hij, een man die veel las en een redelijk brede kennis had van wat er zich in de wereld afspeelde, er geen idee van had hoe besmettelijk een beet kon zijn en nog steeds een soort primitieve, atavistische angst had dat de ziekte op deze manier kon worden doorgegeven, dan was het geenszins verbazingwekkend dat die vrees wijdverbreid was.

Hij richtte zijn aandacht weer op Rizzardi. 'Maar hoe ernstig is die beet?'

'Ik denk dat hij een stukje van zijn arm mist.' Voordat Brunetti verder kon vragen, zei hij: 'Er zaten haren in haar mond. Waarschijnlijk van de onderarm.'

'Hoe groot was de beet?'

Nadat hij even had nagedacht, zei Rizzardi: 'Ongeveer de omvang van een hondenbeet, misschien van een cockerspaniël.' Geen van beiden merkte iets op over de bizarre vergelijking.

'Groot genoeg om naar een arts te gaan?' vroeg Brunetti.

'Misschien, misschien ook niet. Als de wond geïnfecteerd raakt wel.'

'Of als ze wisten dat ze positief was,' ging Brunetti verder. 'Of daar in een later stadium achter kwamen.' Iedereen die zich er bewust van was dat hij was gebeten door iemand die besmet was, zou doodsbang naar de eerste de beste persoon toe rennen die hem kon vertellen of hij de ziekte onder de leden had, daar was Brunetti zeker van. Hij dacht na over de gevolgen: er zouden artsen moeten worden gebeld, eerstehulpposten van ziekenhuizen zouden op de hoogte moeten worden gebracht en men zou zelfs contact moeten opnemen met apotheken, want daar moest de moordenaar naartoe voor ontsmettingsmiddelen of verband.

'Is er verder nog iets?' vroeg Brunetti.

'Hij zou voor het eind van de zomer overleden zijn. Zij zou het nog wel een jaar hebben volgehouden, maar niet veel langer.' Rizzardi zweeg even en zei toen op een compleet andere toon: 'Denk jij dat wij er littekens aan overhouden, Guido, aan de dingen die we moeten zeggen en doen?'

'Lieve Jezus, ik hoop het niet,' antwoordde Brunetti met zachte stem, waarna hij zei dat hij contact met Rizzardi zou opnemen wanneer hij het meisje had geïdentificeerd, en ophing.

22

Hij belde de agentenkamer beneden en zei dat ze meldingen over een vermist meisje van ongeveer zeventien jaar in de gaten moesten houden, en dat ze moesten nakijken of er de laatste weken zo'n melding was binnengekomen. Maar hij was zich terdege bewust van de mogelijkheid dat niemand haar vermissing zou melden: veel kinderen waren wegwerpartikelen geworden; hun ouders maakten zich totaal geen zorgen als ze langdurig van huis waren. Hij was niet zeker van haar leeftijd, maar schatte haar op zeventien. Hij hoopte dat ze niet nog jonger was. Als dat wel zo was, zou Rizzardi het waarschijnlijk wel weten, hijzelf wilde het niet weten.

Hij ging naar het herentoilet en waste zijn handen, droogde ze af en waste ze nog eens. Toen hij weer achter zijn bureau zat, nam hij een vel papier uit zijn la en schreef in dikke kapitalen de kop op die hij in de kranten van de volgende dag wilde zien: SLACHTOFFER VAN MOORDENAAR NEEMT WRAAK MET FATALE BEET. Hij keek naar het resultaat en vroeg zich net als Rizzardi af wat voor soort littekens dit allemaal zou achterlaten. Daarna plaatste hij een v-tje tussen 'neemt' en 'wraak' en zette erboven: VANUIT HET GRAF. Hij keek er een poosje naar, maar oordeelde toen dat de regel door het toegevoegde gedeelte te lang zou worden om in één kolom te passen en schrapte het. Hij haalde zijn opschrijfboekje vol ezelsoren tevoorschijn waarin hij namen en telefoonnummers noteerde en belde opnieuw met het kantoor van de misdaadverslaggever van *Il Gazzettino*. Zijn vriend, die vereerd was dat Brunetti tevreden was over het vorige verhaal, beloofde ervoor te zorgen dat dit verhaal in de volgende ochtendeditie zou verschijnen. Hij zei dat hij Brunetti's kop prachtig vond en beloofde dat hij hem onveranderd zou overnemen.

'Ik wil niet dat je in de problemen komt,' zei Brunetti als reactie op zijn bereidwillige medewerking. 'Er zijn toch geen risico's aan verbonden als je dit publiceert?'

De man begon hard te lachen. 'Moeilijkheden omdat ik iets publiceer wat niet waar is? Ik?' Hij lachte nog steeds en wilde al afscheid nemen, maar Brunetti onderbrak hem.

'Is het misschien mogelijk dat dit ook in *La Nuova* verschijnt?' vroeg hij. 'Ik wil dat het in beide kranten komt.'

'Dat zal wel lukken. Er zit daar iemand die al jaren inbreekt in onze computer. Dat bespaart hun de kosten van een verslaggever. Dus ik zet dit verhaal erin, en dan zullen zij het ook opnemen, zeker als ik het een beetje luguber maak. Bloed kunnen ze niet weerstaan, daar. Maar ik ben bang dat ze onze kop niet zullen gebruiken,' zei hij met oprechte spijt in zijn stem. 'Ze veranderen hem altijd een beetje, in ieder geval één woord.'

Tevreden over het bereikte resultaat legde Brunetti zich hierbij neer, bedankte zijn vriend en hing op.

Om ervoor te zorgen dat hij iets omhanden had, of misschien gewoon omdat hij niet achter zijn bureau wilde zitten, liep hij naar het kantoor van signorina Elettra. Hij trof haar aan achter haar bureau, gebogen over een tijdschrift.

Bij het geluid van zijn voetstappen keek ze op. 'Ah, u bent terug, commissario,' zei ze en glimlachte. Maar toen ze de uitdrukking op zijn gezicht zag, verdween haar lach. Ze deed haar tijdschrift dicht, opende een la en haalde er een map uit. Ze leunde voorover en gaf hem de map. 'Ik heb het gehoord over die twee jonge mensen,' zei ze. 'Het spijt me.'

Hij wist niet of hij haar nu moest bedanken voor haar condoleances of niet. Hij knikte haar toe toen hij de map van haar aannnam en sloeg hem open. 'De Volpato's?' vroeg hij.

'Jazeker,' antwoordde ze. 'Als u gelezen hebt wat daarin staat, zult u zien dat ze buitengewoon goed beschermd worden.'

'Door wie?' vroeg hij en bekeek de eerste bladzijde.

'Iemand bij de Guardia di Finanza, denk ik.'

'Hoezo?'

Ze stond op en leunde op haar bureau. 'De tweede bladzijde,' zei ze. Toen hij die opsloeg, wees ze een rij getallen aan. 'Het eerste getal is het jaartal. Daarna komt het totaal van hun opgegeven totale bezit: bankrekeningen, appartementen, aandelen. En in de derde kolom staat wat ze als inkomen hebben opgegeven in datzelfde jaar.'

'Dus,' zei hij en merkte op wat voor de hand lag, 'zouden ze elk jaar meer moeten verdienen, want dat ze meer bezitten is duidelijk.' Dat bleek uit de steeds langer wordende lijst met eigendommen.

Hij ging verder met het bestuderen van de lijsten. In plaats van dat het derde getal steeds groter werd, werd het steeds kleiner, hoewel de Volpato's meer appartementen, bedrijven en huizen in handen hadden. Ze verwierven steeds meer eigendommen en betaalden steeds minder.

'Zijn ze ooit gehoord door de Finanza?' vroeg hij, wetend dat hij fiscaal gezien dermate alarmerende papieren in handen had dat de alarmbellen zelfs in het centrale kantoor van de Guardia di Finanza in Rome nog hoorbaar moesten zijn.

'Nog nooit,' zei ze, schudde haar hoofd en ging weer zitten. 'Daarom zeg ik ook dat ze door iemand beschermd worden.'

'Hebt u kopieën van hun belastingaangifte?'

'Uiteraard,' antwoordde ze vlot en deed geen moeite haar trots te verbergen. 'De getallen die aangeven wat ze verdienen, komen op alle aangifteformulieren terug, maar ze slagen er telkens in te bewijzen dat ze een fortuin hebben uitgegeven aan omvangrijke verbeteringen aan hun eigendommen, elk jaar weer, en het lijkt erop dat ze niet in staat zijn ook maar een van hun eigendommen met winst te verkopen.'

'Aan wie verkopen ze die?' vroeg Brunetti, hoewel hij door zijn jarenlange ervaring vertrouwd was geraakt met deze gang van zaken.

'Tot dusverre hebben ze, afgezien van een aantal andere verkopen, twee appartementen verkocht aan gemeenteraadsleden en twee aan inspecteurs van de Guardia di Finanza. Altijd met verlies, en dat geldt vooral voor het appartement dat ze hebben verkocht aan de kolonel.'

'En,' vervolgde ze, terwijl ze een bladzijde omsloeg en naar de bovenste regel wees, 'het lijkt erop dat ze tevens twee appartementen hebben verkocht aan een zekere dottor Fabrizio dal Carlo.'

'Aha,' zuchtte Brunetti. Hij keek op van het papier en zei: 'Hebt u misschien toevallig...'

Haar glimlach was een weldaad. 'Hier heb ik het allemaal: zijn belastinggegevens, een lijst met huizen die in zijn bezit zijn, zijn bankafschriften, die van zijn vrouw, alles.'

'En?' vroeg hij, terwijl hij de neiging op het papier te kijken kon onderdrukken omdat hij haar het genoegen wilde schenken het hem te vertellen.

'Alleen door een wonder zou hij onder een verhoor kunnen uitkomen,' zei ze en tikte met de vingers van haar linkerhand op de papieren.

'Toch heeft niemand het nog opgemerkt,' zei Brunetti kalm, 'al die jaren niet: dat geldt voor Dal Carlo en voor de Volpato's.'

'Dat zal waarschijnlijk ook niet gebeuren, niet zolang gemeenteraadsleden,' zei ze en bladerde terug naar het eerste vel, 'dit soort prijzen betalen.' Na even gezwegen te hebben, voegde ze eraan toe: 'En kolonels.'

'Ja,' zei hij instemmend, terwijl hij de map met een vermoeide zucht sloot, 'en kolonels.' Hij schoof de map onder zijn arm. 'En hoe zit het met hun telefoon?'

Ze begon bijna te lachen. 'Ze hebben geen telefoon.'

'Wat?' vroeg Brunetti.

'Niet voor zover ik kan nagaan. Niet op hun naam, en niet op het adres waar ze wonen.' Voordat Brunetti iets kon vragen, kwam ze al met mogelijke verklaringen. 'Dat komt of omdat ze te gierig zijn om een telefoonrekening te betalen, of ze hebben een telefonino die op naam van iemand anders staat.'

Het was voor Brunetti moeilijk voor te stellen dat iemand vandaag de dag kon leven zonder telefoon, vooral mensen die zich bezighielden met de aan- en verkoop van onroerend goed, het uitlenen van geld en de contacten met advocaten, gemeenteambtenaren en notarissen die zulke zaken met zich meebrachten. Bovendien kon hij zich niet voorstellen dat mensen zo ziekelijk zuinig waren dat ze er geen telefoon op nahielden.

Nu hij zag dat een van de mogelijke manieren om de zaak te onderzoeken, afviel, richtte Brunetti zijn aandacht weer op het vermoorde stel. 'Wilt u kijken wat u kunt vinden over Gino Zecchino?' vroeg hij.

Ze knikte. Ze kende de naam al.

'We weten nog niet wie het meisje is,' begon hij en hij bedacht dat het mogelijk was dat ze daar nooit achter zouden komen. Maar hij wilde die gedachte niet uitspreken en zei alleen maar: 'Wanneer u iets hebt gevonden, laat het me dan even weten.'

'Ja, meneer,' zei ze en keek hem na toen hij het kantoor verliet.

Boven besloot hij nog wat toe te voegen aan de desinformatie die de volgende morgen in de krant zou verschijnen en de daaropvolgende anderhalf uur zat hij aan de telefoon. Vaak raadpleegde hij zijn opschrijfboekje en af en toe belde hij een vriend om de telefoonnummers te vragen van mannen en vrouwen aan beide zijden van de wet. Met gevlei, de belofte van een wederdienst en soms ook met een openlijke bedreiging wist hij er een aantal mensen toe te krijgen hardop en breedvoerig te spreken over dit vreemde geval, waarbij de moordenaar gedoemd was een langzame en vreselijke dood te sterven door de beet die hem door zijn slachtoffer was toegediend. In het algemeen was er geen hoop en gewoonlijk ook geen remedie, maar soms, heel soms, als de beet bijtijds werd behandeld met gebruikmaking van een experimentele techniek die werd geperfectioneerd door het Laboratorium voor Immunologie van het Ospedale Civile en die werd uitgevoerd op de afdeling eerste hulp, was er een kans dat de besmetting een halt kon worden toegeroepen. In alle andere gevallen was de dood onvermijdelijk: dan zou de krantenkop bewaarheid worden en zou het slachtoffer inderdaad 'wraak nemen met een fatale beet'.

Hij had er geen idee van of dit vruchten zou afwerpen, maar wel wist hij dat dit Venetië was, de stad van de geruchten, waar de nauwelijks kritische bevolking iets las en het geloofde, iets hoorde en het geloofde.

Hij draaide het centrale nummer van het ziekenhuis en stond op het punt te vragen naar het kantoor van de directeur toen hij een beter idee kreeg en vroeg of hij dottor Carraro op de Pronto Soccorso aan de lijn kon krijgen.

Eindelijk werd hij doorverbonden en Carraro brulde zijn naam praktisch in de hoorn; een man die het te druk had om gestoord te worden, die het leven van zijn patiënten op het spel zette als hij te lang aan de telefoon zou blijven omdat hij werd opgehouden door mensen die hem stomme vragen stelden.

'Ah, dottore,' begon Brunetti, 'wat aangenaam om u opnieuw te spreken.'

'Wie bent u?' vroeg de arts op dezelfde onbeleefde, impulsieve toon.

'Commissario Brunetti,' zei hij en wachtte tot de naam tot hem was doorgedrongen.

'O, ja. Goedemiddag, commissario,' zei Carraro, die ineens een compleet andere toon aansloeg.

De arts leek niet van plan veel meer te zeggen, dus Brunetti zei: 'Dottore, het ziet ernaar uit dat ik u enige hulp kan bieden.' Hij wachtte om Carraro de kans te geven te vragen hoe. Maar dat deed hij niet, dus vervolgde Brunetti: 'Het lijkt erop dat we moeten gaan beslissen of we de resultaten van ons onderzoek in handen zullen geven van de rechter van instructie. Nou ja, dat wil zeggen,' corrigeerde hij zichzelf met een minzaam lachje, 'we dienen een aanbeveling te doen over de vraag of er een gerechtelijk onderzoek moet worden gestart. Wegens verwijtbare nalatigheid.'

Aan de andere kant van de lijn hoorde hij Carraro alleen maar ademhalen. 'Uiteraard ben ik ervan overtuigd dat dit niet noodzakelijk is. Ongelukken gebeuren. De man zou toch overleden zijn. Ik denk niet dat het nodig is dat u veel last wordt bezorgd, of dat de politie haar tijd verdoet met het onderzoeken van een zaak waarbij we toch niets zullen vinden.'

Het bleef stil. 'Bent u daar nog, dottore?' vroeg hij op een hartelijke toon.

'Ja, ja, ik ben er nog,' zei Carraro op zijn gewijzigde, zachtere toon.

'Goed zo. Ik wist wel dat u blij zou zijn dit nieuws van mij te vernemen.'

'Ja, dat ben ik ook.'

'Nu ik u toch aan de lijn heb,' zei Brunetti, om maar vooral duidelijk te maken dat het niet zojuist in hem opgekomen was, 'vraag ik me af of u iets voor mij kunt doen.'

'Natuurlijk, commissario.'

'Morgen of overmorgen zou er een man bij de eerste hulp kunnen komen met een beet in zijn hand of in zijn arm. Hij zal waarschijnlijk zeggen dat hij door een hond is gebeten, of misschien beweert hij wel dat zijn vriendin het heeft gedaan.' Carraro zweeg nog steeds. 'Luistert u, dottore?' vroeg Brunetti, ineens veel luider.

'Ja.'

'Mooi zo. Op het moment dat die man binnenkomt, wil

ik dat u de questura belt, dottore. En wel meteen,' zei hij en gaf Carraro het telefoonnummer. 'Mocht u er niet zijn, dan reken ik erop dat u dit doorgeeft aan degene die u vervangt en tegen hem zegt dat hij hetzelfde dient te doen.'

'En wat moeten we met hem doen in de tijd die u nodig hebt om hier te komen?' vroeg Carraro, die nu weer op normale toon sprak.

'U zorgt dat hij daar blijft, dottore. U liegt en verzint maar een of andere behandeling die zo lang duurt dat wij voldoende tijd hebben om naar het ziekenhuis te komen. En u mag hem niet toestaan het ziekenhuis te verlaten.'

'En als we hem niet kunnen tegenhouden?' vroeg Carraro.

Brunetti wist bijna zeker dat Carraro hem zou gehoorzamen, maar hij oordeelde dat hij nu het beste kon liegen. 'Het ligt nog steeds in onze macht de archieven van het ziekenhuis te controleren, dottore, en ons onderzoek naar de omstandigheden waaronder Rossi is gestorven, is pas voorbij als ik het zeg.' Die laatste zin – een aperte leugen – sprak hij op een ijzige toon uit, wachtte even, en zei toen: 'Mooi, ik zie uit naar onze samenwerking.'

Daarna wisselden de mannen nog enige beleefdheden uit en namen afscheid.

Nu had Brunetti weinig meer te doen tot het moment waarop de kranten de volgende ochtend zouden verschijnen. Maar hij voelde er zich rusteloos door, iets waar hij altijd bang voor was, omdat dit gevoel hem vaak aanzette tot het nemen van overhaaste beslissingen. Het was voor hem moeilijk de verleiding te weerstaan om als het ware de knuppel in het hoenderhok te gooien en de zaak eens flink op te schudden. Hij liep naar beneden en ging naar het kantoor van signorina Elettra.

Toen hij haar zag zitten met haar ellebogen op haar bureau, de kin rustend op haar vuisten en het hoofd over een boek gebogen, kon hij bij binnenkomst niet nalaten te zeggen: 'Stoor ik u?' Ze keek lachend op en verwierp die veronderstelling met een zijwaartse beweging van haar hoofd.

'Hebt u uw appartement gekocht, signorina?'

Gewend als ze was aan zijn af en toe wat vreemde gedrag liet ze niet blijken dat ze nieuwsgierig was en antwoordde: 'Ja,' waarbij ze het aan hem overliet of hij bereid was zijn vraag toe te lichten.

Hij had tijd gehad om erover na te denken, dus vervolgde hij: 'Hoewel, ik geloof dat het er niet zoveel toe doet.'

'Voor mij wel, meneer, en niet zo'n beetje,' merkte ze op.

'O, ja, dat begrijp ik heel goed,' zei hij en besefte dat zijn opmerking verwarrend voor haar moest zijn geweest. 'Signorina, als u het niet te druk hebt, zou ik graag willen dat u iets voor mij doet.'

Ze strekte haar arm uit om pen en papier te pakken, maar hij hield haar tegen.

'Nee,' zei hij, 'ik wil graag dat u met iemand gaat praten.'

Hij moest meer dan twee uur wachten tot ze terugkwam, en toen het zover was liep ze direct door naar zijn kantoor. Ze kwam binnen zonder kloppen en liep naar zijn bureau toe.

'Ah, signorina,' zei hij en nodigde haar uit te gaan zitten. Hij ging naast haar zitten en was zeer nieuwsgierig, maar hij zei niets.

'U geeft mij gewoonlijk toch geen kerstcadeautjes, commissario?' vroeg ze.

'Nee,' antwoordde hij. 'Moet ik dat vanaf nu wel gaan doen?'

'Ja meneer,' zei ze met nadruk. 'Ik verwacht twaalf, nee, vierentwintig witte rozen van Biancat en, laat eens kijken, een doos prosecco.'

'En wanneer wilt u dat dit cadeau bij u wordt bezorgd, signorina, als ik dat mag vragen?'

'Om de drukte rond kerst te vermijden, meneer, lijkt het mij het beste ze ergens volgende week te sturen.'

'Uiteraard. Dat komt voor elkaar.'

'Heel vriendelijk, signore,' zei ze en aanvaardde zijn aanbod met een sierlijk hoofdknikje.

'Het genoegen is geheel aan mijn zijde,' antwoordde hij. Hij wachtte nog een paar seconden en vroeg toen: 'En?'

'Ik vroeg naar hen in de boekhandel op de campo, de eigenaar vertelde me waar ze woonden, ik ben ernaartoe gegaan en heb met hen gesproken.'

'En?' drong hij aan.

'Dit zijn waarschijnlijk de walgelijkste mensen die ik ooit heb ontmoet,' zei ze op een ongeïnteresseerde, afstandelijke toon. 'Laten we eens kijken. Ik werk hier nu langer dan vier jaar, en ik ben ik aanraking gekomen met een flink aantal criminelen, hoewel de mensen bij de bank waar ik werkte, waarschijnlijk nog erger waren. Maar deze twee vormen een klasse apart,' zei ze en ze leek oprecht te huiveren van walging.

'Hoezo?'

'Ik denk vanwege de combinatie van hebzucht en vroomheid.'

'Hoe bedoelt u?'

'Toen ik hun vertelde dat ik geld nodig had om de gokschulden van mijn broer af te lossen, vroegen ze me wat ik als onderpand had, en toen zei ik dat ik een appartement bezat. Ik probeerde een beetje zenuwachtig te klinken toen ik dat zei, net zoals u tegen mij had gezegd. Hij vroeg me het adres, en dat gaf ik hem. Daarop ging hij naar de andere kamer en ik hoorde hem met iemand praten.'

Ze wachtte even en vervolgde toen: 'Het moet een telefonino zijn geweest. Er waren geen telefoonstekkers in de twee kamers waar ik ben geweest.'

'Wat gebeurde er toen?' vroeg Brunetti.

Ze hief haar kin op en richtte haar ogen op de bovenkant van de armadio aan de andere kant van de kamer. 'Toen hij terugkwam, lachte hij naar zijn vrouw, en toen begonnen ze erover dat ze me mogelijk konden helpen. Ze vroegen hoeveel ik nodig had, en ik zei vijftig miljoen.'

Dat was het bedrag dat ze hadden afgesproken: niet te veel en niet te weinig; ongeveer het bedrag dat een gokker er in een avondje doorheen jaagt, en bovendien het bedrag waarvan hij denkt dat hij het gemakkelijk terug kan winnen, als hij maar iemand kan vinden die de schulden afbetaalt zodat hij weer achter de goktafel kan gaan zitten.

Ze keek Brunetti aan. 'Kent u die mensen?'

'Nee. Het enige wat ik weet is wat een vriend me heeft verteld.'

'Ze zijn vreselijk,' zei ze met zachte stem.

'En verder?'

Ze haalde haar schouders op. 'Ik neem aan dat ze hebben gedaan wat ze gewoonlijk ook doen. Ze zeiden tegen me dat ze de papieren van het huis wilden zien, hoewel ik er zeker van ben dat hij iemand belde om zich ervan te overtuigen dat het mijn huis was, of dat het op mijn naam stond.'

'Wie zou dat kunnen zijn?' vroeg hij.

Ze keek op haar horloge voordat ze die vraag beantwoordde. 'Het is niet waarschijnlijk dat er nog iemand op het Ufficio Catasto was, dus het moet iemand zijn die direct toegang heeft tot hun archieven.'

'Dat hebt u toch ook?' vroeg hij.

'Nee, het kost mij wel even om in te breken... om in hun systeem te komen. Degene die hem die informatie meteen heeft gegeven, moet direct toegang tot de archieven hebben gehad.'

'Hoe liep het af?' vroeg Brunetti.

'Ik moet morgen terugkomen met de papieren. Ze hebben de notaris om vijf uur 's middags bij hen thuis ontboden.' Ze wachtte even en glimlachte naar hem. 'Stel je voor: je gaat dood voordat de arts je thuis komt bezoeken, maar zij hebben een notaris die binnen vierentwintig uur bij hen op de stoep staat.' Ze fronste haar wenkbrauwen bij het idee alleen al. 'Dus ik zal morgen om vijf uur terug moeten gaan, dan tekenen we alle papieren, en dan krijg ik het geld in handen.'

Nog voordat ze was uitgesproken, had Brunetti een vinger opgestoken en zwaaide die heen en weer, ten teken dat dit niet door zou gaan. Er was geen sprake van dat hij zou toestaan dat signorina Elettra nog eens zo dicht in de buurt van deze mensen zou verkeren. Ze glimlachte, waarmee ze liet zien dat ze hem begrepen had – en mischien ook wel van opluchting.

'En de rente? Hebben ze gezegd hoeveel die was?'

'Ze zeiden dat we het daar morgen over zouden hebben, dat het op papier zou staan.' Ze sloeg haar benen over elkaar en legde haar gevouwen handen op haar schoot. 'Ik denk dus dat dit betekent dat we het er niet over gaan hebben,' zei ze op afrondende toon.

Brunetti wachtte even en vroeg toen: 'En die vroomheid?'

Ze stak haar hand in de zak van haar jasje en haalde er een rechthoekig stukje papier uit, dat iets kleiner was dan een speelkaart. Ze gaf het aan Brunetti, die het bekeek. Het was een onbuigzaam stukje papier, een soort namaakperkament, waar een schilderijtje op stond van een vrouw die als non gekleed was en die haar handen gevouwen hield terwijl haar ogen, ook van vroomheid, leek het, scheel keken. Brunetti las de eerste paar regels die eronder afgedrukt stonden – een gedicht, waarvan de eerste letter een versierde 'O' was.

'Santa Rita,' zei ze toen hij de afbeelding een tijdje had bekeken. 'Dat schijnt een beschermheilige te zijn van Hopeloze Gevallen, en signora Volpato voelt zich nauw verbonden met haar omdat ze gelooft dat ook zij mensen helpt als ze nergens anders meer hulp kunnen krijgen. Dat is de reden waarom ze een speciale band voelt met Santa Rita.' Signorina Elettra wachtte even om over dit wonderlijke verhaal na te denken en achtte het toen gepast om te zeggen: 'Nog meer dan met de Madonna, vertrouwde ze me toe.'

'Daar boft de Madonna dan mee,' zei Brunetti en gaf het kaartje terug aan signorina Elettra.

'Houdt u het maar, meneer,' zei ze en wuifde het weg met een handgebaar.

'Hebben ze u gevraagd waarom u niet naar een bank bent gegaan als u een een huis bezit?'

'Ja. Ik heb hun verteld dat ik het huis van mijn vader heb gekregen, en dat ik niet wilde riskeren dat hij erachter zou komen waar ik mee bezig was. Als ik naar onze bank zou gaan, waar ze ons allemaal kennen, zou hij erachter komen wat er met mijn broer aan de hand is. Ik probeerde te huilen toen ik haar dat vertelde.' Signorina Elettra lachte even en ging toen verder: 'Signora Volpato zei dat het haar buitengewoon speet van mijn broer; ze zei dat gokken een vreselijke zonde was.'

'En woekeren is dat niet?' vroeg Brunetti, maar het was niet echt een vraag.

'Schijnbaar niet. Ze vroeg me hoe oud hij was.'

'Wat hebt u tegen haar gezegd?' vroeg Brunetti, die wist dat ze geen broer had.

'Zevenendertig, en dat hij al jaren gokte.' Ze hield op, overdacht de gebeurtenissen van die middag en zei: 'Signora Volpato was erg vriendelijk.'

'Echt waar? Wat deed ze dan?'

'Ze gaf me nog een kaartje van Santa Rita en zei dat ze voor mijn broer zou bidden.'

23

Het enige wat Brunetti die middag nog deed voordat hij naar huis ging, was het ondertekenen van de papieren waardoor het lichaam van Marco Landi zou worden vrijgegeven zodat het naar zijn ouders kon worden overgebracht. Nadat hij dat had gedaan, belde hij naar beneden en vroeg Vianello of hij bereid was het transport van het lichaam naar Treviso te begeleiden. Vianello ging direct akkoord, maar hij zei wel dat hij niet wist of hij zijn uniform kon dragen, omdat hij de volgende dag vrij had.

Brunetti had er geen idee van of hij de bevoegdheid had om het te doen, maar hij zei: 'Ik verander het rooster wel.' Hij trok een la open en begon ernaar te zoeken – het lag verstopt tussen de papieren die hij elke week binnenkreeg, die hij negeerde en die uiteindelijk ongelezen weer verdwenen. 'Ga er maar van uit dat je dienst hebt en trek je uniform aan.'

'En als ze vragen wat er hier aan de hand is, of we vooruitgang hebben geboekt?' vroeg Vianello.

'Dat zullen ze niet vragen, nu nog niet,' antwoordde Brunetti, die niet wist waarom hij daar zo zeker van was, maar hij wist het zeker.

Toen hij thuiskwam, trof hij Paola aan op het terras met haar benen uitgestrekt op een van de rieten stoelen, die verweerd waren na de zoveelste winter waarin ze aan de elementen waren blootgesteld. Ze keek glimlachend naar hem op en trok haar voeten van de stoel; hij aanvaardde de uitnodiging en ging tegenover haar zitten.

'Moet ik vragen wat voor dag je hebt gehad?' vroeg ze.

Hij ging onderuitgezakt in de stoel zitten en schudde zijn hoofd, maar wist nog wel een glimlach tevoorschijn te toveren. 'Nee. Gewoon weer een dag.'

'Gevuld met?'

'Woekeraars, corruptie en menselijke hebzucht.'

'Gewoon weer een dag.' Ze pakte een envelop van het boek op haar schoot en boog voorover om hem aan te geven. 'Misschien helpt dit wel,' zei ze.

Hij nam de envelop aan en keek erop. Hij was afkomstig van het Ufficio Catasto; hij begreep niet hoe die hem zou kunnen helpen.

Hij haalde de brief eruit en las hem. 'Is dit een sprookje?' vroeg hij. Vervolgens bekeek hij de brief opnieuw en las de laatste zin hardop voor: '"Aangezien er voldoende documentatie is gepresenteerd, vervalt met dit besluit van *condono edilizio* alle voorafgaande correspondentie van onze dienst."'

Brunetti liet zijn hand, met de envelop er nog in, in zijn schoot vallen. 'Betekent dit wat ik denk dat het betekent?'

Paola knikte zonder te lachen of haar blik van hem af te wenden.

Hij zocht naar woorden en naar de juiste toon, en toen hij die had gevonden, vroeg hij: 'Kun je misschien iets duidelijker zijn?'

Haar uitleg kwam snel. 'Zoals ik het interpreteer, staat er dat de zaak is gesloten, dat ze de noodzakelijke papieren hebben gevonden, en dat we ons hier niet meer gek door hoeven laten maken.'

'Gevonden?' herhaalde hij.

'Gevonden,' zei ze.

Hij bekeek het ene papier dat hij in zijn hand had, waar het woord 'gepresenteerd' op vermeld stond, vouwde het op en liet het in de envelop glijden, terwijl hij nadacht over hoe hij het moest vragen, en of hij het moest vragen.

Hij gaf de envelop aan haar terug. Hij vroeg, terwijl hij zijn toon nog steeds onder controle had, maar niet zijn woordkeus: 'Heeft je vader hier iets mee te maken?'

Hij keek haar aan en ervaring maakte dat hij precies kon zien hoe lang ze overwoog om tegen hem te liegen; door diezelfde ervaring zag hij dat ze dat idee verwierp. 'Waarschijnlijk wel.'

'Hoe dan?'

'We hadden het over jou,' begon ze en hij verborg zijn verbazing over het feit dat Paola het met haar vader over hem had gehad. 'Hij vroeg me hoe het met je ging, en hoe het op je werk ging, en toen vertelde ik hem dat je op het moment meer problemen had dan gebruikelijk.' Voordat hij haar ervan kon beschuldigen dat ze de geheimen van zijn werk had verraden, voegde ze eraantoe: 'Je weet dat ik tegen hem, of tegen wie dan ook, nooit zou spreken over specifieke gevallen, maar ik heb wel verteld dat je het zwaarder had dan gewoonlijk.'

'Zwaarder?'

'Ja.' Om dat uit te leggen vervolgde ze: 'Met de zoon van Patta en dat hij de dans zal ontspringen. En die arme jonge mensen die zijn gestorven.' Toen ze zijn gezichtsuitdrukking zag, zei ze: 'Nee, ik heb daarover niets tegen hem gezegd, ik heb alleen maar geprobeerd uit te leggen hoe zwaar je het de laatste tijd hebt. Vergeet niet dat ik met je samenwoon en met je slaap, dus je hoeft mij niet dagelijks te rapporteren hoe zwaar al die dingen je vallen.'

Hij zag dat ze rechtop ging zitten in haar stoel, alsof ze ervan uitging dat het gesprek beëindigd was en ze kon opstaan om iets te drinken voor hen te halen.

'Wat heb je hem nog meer verteld, Paola?' vroeg hij voordat ze overeind kon komen.

Het duurde even voor ze antwoordde, maar toen ze dat deed, was het wel de waarheid. 'Ik heb hem verteld van die onzin van het Ufficio Catasto, dat hoewel we verder niets meer gehoord hebben die kwestie nog steeds dreigend boven ons hoofd hangt als een soort bureaucratisch zwaard van Damokles.' Hij kende de tactiek: een grapje om hem af te leiden. Hij trapte er niet in.

'En wat was zijn reactie?'

'Hij vroeg of er iets was wat hij kon doen.'

Wanneer Brunetti minder moe was geweest en de dag, die was beheerst door gedachten over menselijke corruptie, minder zwaar op hem had gedrukt, had hij het er waarschijnlijk bij laten zitten en de gebeurtenissen hun loop laten nemen boven zijn hoofd, en achter zijn rug om. Maar er was iets – Paola's zelfingenomen dubbelhartigheid of zijn eigen gevoel van schaamte – dat hem ertoe zette te zeggen: 'Ik heb je gezegd dat niet te doen.'

Snel verbeterde hij dit en zei: 'Dat heb ik je gevraagd.'

'Ik weet dat je dat hebt gedaan. Dus heb ik hem niet gevraagd ons te helpen.'

'Dat hoefde je niet te vragen, toch?' zei hij en verhief zijn stem.

Ook zij verhief haar stem. 'Ik weet niet wat hij heeft gedaan. Ik weet niet eens of hij überhaupt iets heeft gedaan.'

Brunetti wees op de envelop in haar hand. 'Voor het antwoord hoeven we niet ver te zoeken, nietwaar? Ik heb je gevraagd er niet op aan te sturen dat hij ons zou helpen, niet zijn kring van vrienden en relaties in te zetten.'

'Maar je zag er geen kwaad in onze eigen kring te gebruiken,' wierp ze hem tegen.

'Dat is iets anders,' hield hij vol.

'Hoezo?'

'Omdat wij kleine mensen zijn. Wij beschikken niet over zoveel macht als hij. Wij weten niet zeker dat we altijd krijgen wat we willen of dat het ons altijd zal lukken onder de wet uit te komen.'

'Geloof je echt dat dat verschil maakt?' vroeg ze ongelovig.

Hij knikte.

'Waartoe behoort Patta dan?' vroeg ze. 'Hoort hij bij ons of bij de mensen met macht?'

'Patta?'

'Ja, Patta. Als jij vindt dat het in orde is dat kleine mensen onder het systeem proberen uit te komen, maar dat het niet goed is als de grote jongens dat doen, waar staat Patta dan?' Brunetti aarzelde en ze zei: 'Ik vraag je dit omdat je absoluut geen poging doet je mening te verbergen over wat hij heeft gedaan om zijn zoon te redden.'

Hij werd bevangen door een plotselinge en hevige woede. 'Zijn zoon is een misdadiger.'

'Toch is het zijn zoon.'

'En is het daarom prima dat jouw vader het systeem corrumpeert, omdat hij het voor zijn dochter doet?' Op het moment dat hij die woorden had uitgesproken, had hij er al spijt van, een spijt die zijn woede verdrong en zelfs geheel deed verdwijnen. Paola keek hem aan terwijl ze met haar lippen een kleine 'o' vormde, alsof hij zich naar voren had gebogen en haar een klap had gegeven.

Direct daarop zei hij: 'Het spijt me. Het spijt me. Dat had ik niet moeten zeggen.' Hij wierp zijn hoofd tegen de stoelleuning en schudde het heen en weer. Hij wilde het liefst zijn ogen sluiten en ervoor zorgen dat dit allemaal voorbij was. In plaats daarvan hief hij zijn hand op, opende zijn handpalm en liet de hand daarna in zijn schoot vallen. 'Het spijt me echt. Ik had dat niet moeten zeggen.'

'Nee, dat had je inderdaad niet moeten doen.'

'Het is niet waar,' zei hij bij wijze van verontschuldiging.

'Jawel,' zei ze op een uiterst rustige toon. 'Ik denk dat je het daarom niet had moeten zeggen. Want het is wel waar. Hij heeft het gedaan omdat ik zijn dochter ben.'

Brunetti stond op het punt te zeggen dat het andere gedeelte niet waar was: conte Falier kon niet een systeem corrumperen dat al corrupt was, dat waarschijnlijk corrupt ter wereld was gekomen. Maar het enige wat hij zei was: 'Dit wil ik niet, Paola.'

'Wat niet?'

'Hier ruzie over maken.'

'Het geeft niet.' Haar stem klonk afstandelijk, ongeïnteresseerd en enigszins hooghartig.

'Ach, kom,' zei hij en werd opnieuw kwaad.

Lange tijd werd er door beiden niets gezegd. Ten slotte vroeg Paola: 'Wat wil je dat ik nu doe?'

'Ik denk niet dat er iets is wat je kunt doen.' Hij zwaaide met zijn hand in de richting van de brief. 'Niet nu we die ontvangen hebben.'

'Ik denk het ook niet,' zei ze instemmend. Ze hield hem omhoog. 'Maar buiten dit?'

'Ik weet het niet.' Toen zei hij op zachtere toon: 'Ik neem aan dat ik je niet kan vragen terug te keren naar de idealen van je jeugd?'

'Zou je dat dan willen?' En meteen daarop vervolgde ze: 'Dat is onmogelijk, dat kan ik je wel vertellen. Dus mijn vraag is volstrekt retorisch. Zou je dat willen?'

Maar toen hij opstond, besefte hij dat een terugkeer naar de idealen van hun jeugd geen garantie was voor een ongestoord leven.

Hij liep het appartement binnen en kwam er een paar minuten later weer uit met twee glazen chardonnay. Ze bleven een halfuurtje zitten en zeiden niet veel, totdat Paola op haar horloge keek, opstond en zei dat ze met het eten zou beginnen. Toen ze zijn lege glas pakte, bukte ze zich en kuste hem op zijn rechteroor, omdat ze zijn wang net miste.

Na het eten lag hij op de bank en bedacht dat hij in godsnaam hoopte dat zijn gezin met rust gelaten zou worden en dat de vreselijke gebeurtenissen waarmee zijn dagen gevuld waren, geen bedreiging zouden vormen voor de gang van zaken thuis. Hij probeerde verder te gaan in Xenophon, maar hoewel de overgebleven Grieken op weg waren naar huis en bijna in veiligheid waren, vond hij het moeilijk zich op hun verhaal te concentreren en onmogelijk om zich bezig te houden met hun tweeduizend jaar oude beslommeringen. Chiara, die tegen tienen binnenkwam om hem goedenacht te kussen, zei niets over schepen en kon niet vermoeden dat, als ze dat wel had gedaan, Brunetti ermee had ingestemd de QE2 voor haar te kopen.

Nadat hij de volgende ochtend op weg naar zijn werk een exemplaar van *Il Gazzettino* had gekocht en de krant even inkeek, trof hij, zoals hij al had gehoopt, op de voorpagina van het tweede katern zijn kopregel aan; hij ging achter zijn bureau zitten om het artikel door te lezen. Het was nog erger en urgenter dan hij had aangegeven, en zoals zoveel van de wilde verhalen die in deze krant te lezen waren, klonk het allemaal buitengewoon overtuigend. Hoewel er in het stuk duidelijk werd gesteld dat de therapie alleen zou helpen bij een mogelijke overdracht door een beet – hoeveel onzin zouden de mensen slikken? – vreesde hij dat het ziekenhuis overspoeld zou worden door drugsverslaafden en besmette mensen die hoopten op de wonderbaarlijke genezing waartoe de artsen van het Ospedale Civile in staat waren en die op verzoek beschikbaar was bij de Pronto Soccorso. Op weg naar kantoor had hij iets gedaan wat hij zelden deed: hij had een exemplaar van *La Nuova* gekocht en hoopte maar dat hij geen bekenden zou tegenkomen die dat zagen. Hij trof het artikel aan op pagina 27: drie kolommen, en zelfs met een foto van Zecchino, die vermoedelijk uit een grotere groepsfoto geknipt was. Het gevaar dat de beet zou kunnen opleveren, was volgens dit artikel zo mogelijk nog groter, en dat gold ook voor de kans dat genezing mogelijk was na een behandeling die alleen kon worden uitgevoerd door de Pronto Soccorso.

Hij zat nog geen tien minuten achter zijn bureau of de deur werd opengegooid; Brunetti keek op en zag, aanvankelijk geschrokken en daarna verbaasd, dat vice-questore Patta in de deuropening stond. Lang bleef hij daar niet staan: binnen een paar seconden was hij het kantoor door gelopen en stond hij vlak voor Brunetti's bureau. Brunetti wilde opstaan, maar Patta hief een hand op alsof hij hem terug wilde duwen, balde die hand vervolgens tot een vuist en sloeg ermee op Brunetti's bureau.

'Waarom hebt u dit gedaan?' schreeuwde hij. 'Wat heb ik u ooit aangedaan dat u ons dit aandoet? Ze zullen hem vermoorden. Dat weet u. Dat moet u hebben geweten toen u het deed.'

Even vreesde Brunetti dat zijn baas gek was geworden of dat de spanningen die zijn werk met zich meebrachten, of de spanningen die zijn privéleven beheersten, hem zo ver hadden gebracht dat hij zich niet meer kon beheersen en dat hij een of andere onzichtbare grens was gepasseerd waardoor hij nu compleet uit zijn dak ging. Brunetti legde zijn handpalmen op zijn bureau en zorgde er wel voor dat hij niet bewoog.

'Nou? Nou?' schreeuwde Patta, die zijn eigen handpalmen op het bureau legde en vooroverboog tot zijn gezicht zeer dicht bij dat van Brunetti was. 'Ik wil weten waarom u hem dit hebt aangedaan. Als er ook maar iets met Roberto gebeurd, gaat u eraan.' Patta ging rechtop staan, en Brunetti merkte op dat hij zijn handen tot vuisten gebald had. De vice-questore slikte en bulderde toen: 'Ik heb u een vraag gesteld, Brunetti,' op een toon die lichtelijk dreigend klonk.

Brunetti leunde achterover in zijn stoel en greep de leuningen beet. 'Ik denk dat u beter even kunt gaan zitten, vice-questore,' zei hij, 'om me te vertellen waar u het over hebt.'

Mocht er al enige kalmte op het gezicht van Patta te zien zijn geweest, dan was die nu op slag verdwenen, en opnieuw schreeuwde hij: 'Niet liegen tegen mij, Brunetti. Ik wil weten waarom u het hebt gedaan.'

'Ik weet niet waar u het over hebt,' zei Brunetti en ook in zijn stem klonk nu enige woede door.

Patta haalde de krant van de dag ervoor uit de zak van zijn jasje en wierp hem op het bureau van Brunetti. 'Hier heb ik het over,' zei hij en wees met een trillende vinger op de krant. 'Dit verhaal, waarin staat dat Roberto binnenkort gearresteerd zal worden en dat hij ongetwijfeld zal getuigen tegen de mensen die de drugshandel in Veneto controleren.' Voordat Brunetti kon reageren, zei Patta: 'Ik weet wel hoe jullie werken, jullie noorderlingen: jullie vormen een geheim, klein clubje. Het enige wat u hoeft te doen is een van uw vrienden bij de krant bellen, en die publiceert de onzin die u hem hebt gegeven.'

Patta was ineens uitgeput en liet zich zakken in een van de stoelen die voor Brunetti's bureau stonden. Op zijn gezicht, dat nog steeds rood was, stonden transpiratiedruppeltjes, en toen hij die wilde wegvegen, zag Brunetti dat zijn hand trilde. 'Ze zullen hem vermoorden,' zei hij bijna onhoorbaar.

Brunetti's verwarring en zijn verontwaardiging over Patta's gedrag maakten plaats voor het besef hoe de zaak in elkaar stak. Hij wachtte even totdat Patta weer normaal ademde en zei, terwijl hij probeerde op rustige toon te spreken: 'Het gaat niet over Roberto. Het gaat over die jongen die vorige week door een overdosis is overleden. Zijn vriendin is hier geweest en vertelde me dat ze wist van wie hij de drugs had gekocht, maar dat ze me niet durfde te vertellen wie het was. Ik dacht dat artikel hem ertoe zou kunnen aanmoedigen vrijwillig met ons te komen praten.'

Hij zag dat Patta zat te luisteren. Of hij geloofde wat hij hoorde, was een heel andere zaak. En, als hij het geloofde, of het enig verschil zou maken.

'Het heeft helemaal niets met Roberto te maken,' zei hij op een zo vlakke en kalme toon als hij maar kon. Brunetti wist de verleiding te weerstaan om te zeggen dat het onmogelijk was dat Roberto door dit verhaal in moeilijkheden zou komen als de jongen niets met de verkoop van drugs te maken had, zoals Patta had beweerd. Maar zelfs Patta was zo'n goedkope overwinning niet waard. Hij zweeg en wachtte tot Patta iets zou zeggen.

Na een lange pauze zei de vice-questore: 'Het kan me niet schelen over wie het gaat,' waarmee hij aangaf dat hij geloofde wat Brunetti had gezegd. Hij keek Brunetti strak aan, met een oprechte blik. 'Ze hebben hem vannacht gebeld. Op zijn telefonino.'

'Wat hebben ze gezegd?' vroeg Brunetti, die er zich maar al te goed bewust van was dat Patta zojuist had toegegeven dat zijn zoon, de zoon van de vice-questore van Venetië, drugs verkocht.

'Ze zeiden dat het beter zou zijn als ze hier niets meer over zouden horen, dat het beter zou zijn als hen niet ter ore kwam dat hij er met iemand over had gepraat of dat hij naar de questura was gelopen.' Patta hield op en sloot zijn ogen, niet bereid om verder te praten.

'En anders?' vroeg Brunetti op neutrale toon.

Na lange tijd kwam het antwoord. 'Dat hebben ze niet gezegd. Dat hoefde ook niet.' Brunetti betwijfelde niet dat dit waar was.

Ineens werd hij overspoeld door het verlangen waar dan ook te zijn, maar niet waar hij nu was. Het was zelfs beter om weer in de kamer te zijn bij Zecchino en het dode meisje, omdat hij daar een zuiver en diep gevoel van spijt had gevoeld; daar was geen sprake geweest van dit kleinzielige overwinningsgevoel bij het zien van de man voor wie hij vaak zo'n diepe verachting had gevoeld. Hij wilde geen bevrediging voelen bij het zien van een angstige, woedende Patta, maar het lukte hem niet het gevoel te onderdrukken.

'Gebruikt hij ook of verkoopt hij alleen maar?' vroeg hij.
Patta zuchtte. 'Ik weet het niet. Ik heb er geen idee van.'
Brunetti gaf hem even de tijd op te houden met liegen, en na een poosje zei Patta: 'Ja. Cocaïne, geloof ik.'

Jaren geleden, toen hij nog niet zoveel ervaring had met ondervragingen, had Brunetti waarschijnlijk bevestigd willen krijgen dat de jongen ook drugs verkocht, maar nu ging hij daarvan uit en stelde zijn volgende vraag. 'Hebt u met hem gepraat?'

Patta knikte. Na een poosje zei hij: 'Hij is doodsbang. Hij wil bij zijn grootouders gaan logeren, maar ook daar zou hij niet veilig zijn.' Hij keek Brunetti aan. 'Deze mensen moeten ervan overtuigd raken dat hij niet zal praten. Dat is de enige manier om ervoor te zorgen dat hem niets zal overkomen.'

Brunetti had dezelfde conclusie al getrokken en overwoog inmiddels hoe hoog de prijs zou zijn wanneer ze dat wilden bereiken. De enige manier om het voor elkaar te krijgen, was opnieuw een artikel te laten plaatsen, waarin zou staan dat de politie vermoedde dat er verkeerde informatie was verstrekt en dat men niet in staat was gebleken een verband te leggen tussen recente, aan drugs gerelateerde sterfgevallen en de persoon die verantwoordelijk was voor het verkopen van de drugs. Daarmee zou Roberto Patta vermoedelijk geen direct gevaar meer lopen, maar het zou ook betekenen dat de broer van Anna Maria Ratti, of haar neef, of wie dan ook, niet meer zoveel zin zou hebben om langs te komen en te vertellen van wie hij de drugs had gekocht die de dood van Marco Landi hadden betekend.

Als hij niets zou doen, zou het leven van Roberto Patta in gevaar zijn, maar als hij het verhaal zou laten plaatsen, zou Anna Maria moeten leven met de stille wroeging dat ze, weliswaar indirect, verantwoordelijk was voor de dood van Marco.

'Ik zal het in orde maken,' zei hij, waarop Patta meteen zijn hoofd ophief en hem strak aankeek.

'Wat?' vroeg hij toen. 'Hoe dan?'

'Ik zei dat ik het in orde zal maken,' herhaalde hij en probeerde een krachtige toon aan te slaan, in de hoop dat Patta hem zou geloven en elke uiting van dankbaarheid achterwege zou laten. Hij vervolgde: 'Probeer hem naar een of andere kliniek te laten gaan, als dat mogelijk is.'

Hij zag dat Patta's ogen groot werden van woede over het feit dat zijn ondergeschikte hem van advies durfde te dienen.

Brunetti wilde er nu snel een einde aan maken. 'Ik bel ze nu op,' zei hij en keek in de richting van de deur.

Patta, die ook hier kwaad over was, draaide zich om, liep naar de deur en liet zichzelf uit.

Brunetti, die zich aardig belachelijk voelde, belde opnieuw zijn vriend bij de krant en regelde de zaak snel, terwijl hij zich zeer bewust was van de grote schuld die hij hiermee opbouwde. Als het tijd werd om terug te betalen, en hij twijfelde er geen seconde aan dat dat moment ooit zou komen, wist hij dat het ten koste zou gaan van een principe of dat er wetten omzeild zouden moeten worden. Geen van die twee mogelijkheden deed hem ook maar een moment aarzelen.

Hij stond op het punt te gaan lunchen toen zijn telefoon ging. Het was Carraro, die zei dat er tien minuten daarvoor een man had gebeld: hij had het verhaal die ochtend in de krant gelezen en wilde weten of het echt waar was. Carraro had hem verzekerd dat het inderdaad waar was: de therapie was revolutionair en vormde het enige lichtpuntje voor degene die was gebeten.

'Denkt u dat het hem is?' vroeg Brunetti.

'Ik weet het niet,' zei Carraro. 'Maar hij leek zeer geïnteresseerd. Hij zei dat hij vandaag zou langskomen. Wat gaat u nu doen?'

'Ik kom er nu aan.'

'Wat moet ik doen als hij binnenkomt?'

'Zorg dat hij daar blijft. Blijf tegen hem praten. Verzint u maar een of ander onderzoek dat gedaan moet worden, maar zorg dat hij daar blijft,' zei Brunetti. Op weg naar buiten stak hij zijn hoofd om de deur van de agentenkamer en beval dat er onmiddellijk twee agenten en een boot naar de ingang van de Pronto Soccorso moesten vertrekken.

De wandeling naar het ziekenhuis duurde maar tien minuten, en toen hij aankwam zei hij tegen de *portiere* dat men hem naar de personeelsingang van de Pronto Soccorso moest brengen, zodat hij niet zou worden gezien door patiënten die zaten te wachten. Het was blijkbaar duidelijk dat het dringend was, want de man verliet zijn plaats in het door glas afgeschermde kantoor en liep met Brunetti via de centrale gang en langs de patiënteningang naar de eerstehulppost, waarna ze via een deur zonder opschrift in een smalle gang terechtkwamen. Ze kwamen uit bij de zusterkamer van de eerstehulppost.

De dienstdoende zuster keek hem verbaasd aan toen hij ineens onaangekondigd links van haar stond, maar Carraro had blijkbaar gezegd dat er iemand zou komen, want ze stond op en zei: 'Hij is bij dottore Carraro.' Ze wees op de deur van de centrale behandelkamer. 'Daar is het.'

Zonder aan te kloppen opende Brunetti de deur en liep

naar binnen. Carraro, die een witte jas droeg, stond over een lange man gebogen die op zijn rug op de behandeltafel lag. Zijn overhemd en trui hingen over een stoelleuning, en Carraro was bezig met zijn stethoscoop naar zijn hart te luisteren. Omdat hij de oorstukken in had, merkte Carraro niet dat Brunetti was binnengekomen. Maar de man die op tafel lag had dat wel gemerkt, en toen zijn hart sneller begon te kloppen bij het zien van Brunetti keek Carraro op om te zien wat de oorzaak was van de reactie van de patiënt.

Hij zag Brunetti, maar hij zei niets.

De man op de tafel bleef stil liggen, hoewel Brunetti zag dat zijn lichaam verstijfde en dat zijn gezicht een plotselinge emotie vertoonde. Ook zag hij de vurige wond aan de buitenkant van zijn onderarm: ovaal, terwijl de buitenranden van de wond een patroon vertoonden dat deed denken aan een ritssluiting.

Hij gaf er de voorkeur aan te zwijgen. De man op de behandeltafel sloot zijn ogen, ging achterover liggen en liet zijn armen slap naar beneden hangen. Brunetti zag dat Carraro doorzichtige rubberhandschoenen droeg. Als hij nu was binnengekomen en de man zo had zien liggen, had hij gedacht dat hij sliep. Zijn eigen hart sloeg nu minder snel. Carraro liep weg van de tafel, ging naar zijn bureau, legde de stethoscoop neer en verliet de kamer zonder iets te zeggen.

Brunetti zette een stap in de richting van de tafel, maar zorgde er wel voor dat hij er minstens een armlengte afstand van verwijderd bleef. Nu pas zag hij hoe sterk de man moest zijn: de spieren op zijn borst en schouders waren rond en gespannen: het resultaat van tientallen jaren zwaar werk. Zijn handen waren reusachtig groot: een hand lag met de palm naar boven en Brunetti was ervan onder de indruk hoe plat de topjes waren van die brede, spatelachtige vingers.

In rust had het gezicht van de man iets afwezigs. Zelfs toen hij Brunetti voor het eerst had gezien en wellicht besefte wie hij was, was er nauwelijks een uitdrukking op zijn gezicht te zien geweest. Zijn oren waren heel klein; zijn vreemd gevormde, cylindervormige hoofd leek een of twee maten te klein voor dat omvangrijke lichaam van hem.

'Signore,' zei Brunetti ten slotte.

De man opende zijn ogen en keek omhoog naar Brunetti. Zijn ogen waren donkerbruin en deden Brunetti denken aan beren, maar dat kwam misschien ook doordat hij zo groot was. 'Ze zei me dat ik niet moest gaan,' zei hij. 'Ze zei dat het een val was.' Hij knipperde met zijn ogen, sloot ze toen lange tijd, deed ze weer open en zei: 'Maar ik was bang. Ik hoorde de mensen erover praten, en ik was bang.' Opnieuw sloot hij zijn ogen langdurig – zo lang dat het leek of de man naar een andere plek ging zolang ze dicht waren, als een duiker in zee die het liefst te midden van die prachtige omgeving blijft en geen zin heeft om terug te gaan.

Hij deed zijn ogen open. 'Maar ze had gelijk. Ze heeft altijd gelijk.' Nadat hij dat had gezegd, ging hij rechtop zitten. 'Maakt u zich niet ongerust,' zei hij tegen Brunetti. 'Ik doe u niets. Ik wil dat de dokter me behandelt, en dan ga ik met u mee. Maar eerst wil ik die behandeling.'

Brunetti knikte en begreep dat hij dat wilde. 'Ik zal de dokter halen,' zei hij en liep naar de zusterkamer, waar Carraro stond te telefoneren. De zuster was nergens te bekennen.

Toen hij Brunetti zag, hing hij op en keerde zich om. 'En?' De woede was terug, maar Brunetti vermoedde dat het niets te maken had met het schenden van de eed van Hippocrates.

'Ik wil graag dat u hem een tetanusinjectie geeft, en dan neem ik hem mee naar de questura.'

'U laat mij alleen in een kamer met een moordenaar, en nu wilt u dat ik daar opnieuw naartoe ga en hem een tetanusinjectie geef? U lijkt wel gek,' zei Carraro, die zijn armen over elkaar sloeg om op die manier duidelijk te maken dat hij weigerde.

'Ik denk niet dat u enig risico loopt, dottore. Hij zou er een nodig kunnen hebben vanwege die beet, lijkt me. Volgens mij is hij ontstoken.'

'O, dus nu bent u ook ineens een arts?'

'Dottore,' zei Brunetti, keek naar zijn schoenen en haalde diep adem. 'Ik vraag u om uw rubberhandschoenen weer aan te trekken, die kamer in te gaan en uw patiënt een tetanusinjectie te geven.'

'En als ik weiger?' vroeg Carraro op een nauwelijks serieus te nemen strijdlustige toon, waarbij Brunetti zijn adem kon ruiken: pepermunt en alcohol, precies het soort zaken dat alcoholisten als ontbijt kiezen.

'Als u weigert, dottore,' zei Brunetti doodkalm terwijl hij een hand naar hem uitstrekte, 'trek ik u die kamer in en vertel ik hem dat u weigert hem de injectie te geven die hem zal genezen. En dan laat ik u alleen met hem.'

Hij keek Carraro aan terwijl hij sprak en zag dat de arts hem geloofde, waarmee hij zijn doel had bereikt. Carraro liet zijn armen langs zijn lichaam vallen en mompelde iets terwijl hij inademde; Brunetti deed alsof hij het niet had verstaan.

Hij hield de deur open voor Carraro en ging de kamer

weer binnen. De man zat nu op een kant van de behandeltafel en zijn lange benen bungelden boven de vloer. Hij was bezig zijn overhemd dicht te knopen rond zijn tonvormige borst.

Zwijgend liep Carraro naar een kast met een glazen deur aan de andere kant van de kamer, opende die en haalde er een spuit uit. Hij bukte zich en zocht met veel lawaai tussen de dozen met geneesmiddelen die daar opgeslagen lagen, totdat hij de doos had gevonden die hij nodig had. Hij nam er een glazen flesje met een rubberen dopje uit en liep terug naar zijn bureau. Zorgvuldig trok hij een paar nieuwe rubberhandschoenen aan, opende het plastic omhulsel en nam de spuit eruit. Hij stak de naald door het rubberen dopje dat boven op het flesje zat. Hij zoog de vloeistof op met de naald, draaide zich om en liep naar de man die op de tafel zat, die zijn hemd in zijn broek had gedaan en een van zijn mouwen bijna tot aan zijn schouder had opgestroopt.

Brunetti keek toe hoe hij zijn arm uitstrekte in de richting van de arts, zijn gezicht afwendde en zijn ogen dichtkneep, bijna zoals kinderen doen wanneer ze worden ingeënt. Met onnodig veel kracht stak Carraro de naald in de spier van de man en spoot de vloeistof in diens arm. Hij trok de naald eruit, duwde de arm van de man ruw omhoog zodat het bloeden zou ophouden door de druk, en liep terug naar zijn bureau.

'Dank u, dottore,' zei de man. 'Is dat het geneesmiddel?'

Carraro weigerde te spreken, dus Brunetti zei: 'Ja, dat klopt. U hoeft zich nu nergens meer zorgen om te maken.'

'Het deed niet eens pijn. Niet echt,' zei de man en keek naar Brunetti. 'Moeten we nu weg?'

Brunetti knikte. De man deed zijn arm omlaag en keek

naar de plek waar Carraro de naald had ingebracht. Er kwam bloed uit.

'Ik denk dat uw patiënt een verbandje nodig heeft, dottore,' zei Brunetti, hoewel hij wist dat Carraro niets zou doen. De arts trok zijn handschoenen uit en wierp ze in de richting van de tafel, waarbij het hem niets leek te kunnen schelen dat hij niet ver genoeg had gegooid en de handschoenen op de grond terechtkwamen. Brunetti liep naar de kast en bekeek de dozen op de bovenste plank. In een ervan zaten pleisters van een standaardafmeting. Hij pakte er een en liep terug naar de man. Hij trok het steriele papiertje eraf dat de pleister bedekte en wilde hem op het bloedende wondje plakken, toen de man zijn andere hand opstak en gebaarde dat Brunetti moest stoppen.

'Misschien ben ik nog niet genezen, signore, dus dat kan ik beter zelf doen.' Hij nam de pleister, legde hem op de wond, wat moeilijk ging omdat hij zijn linkerhand moest gebruiken, en streek de klevende uiteinden glad op zijn huid. Hij stroopte zijn mouw af, stond op en bukte zich om zijn trui te pakken.

Toen ze naar de deur van de behandelkamer liepen, bleef de man stilstaan en keek omlaag naar Brunetti – hij was immers een stuk groter. 'Het zou heel erg zijn als ik het had, begrijpt u,' zei hij, 'heel erg voor de familie.' Hij knikte, waarmee hij zijn eigen woorden kracht leek te willen bijzetten, en stapte opzij om Brunetti als eerste door de deur te laten. Achter hen sloeg Carraro de deur van de medicijnkast dicht, maar overheidsmeubelen zijn stevig en het glas brak niet.

In de centrale gang stonden de twee geüniformeerde agenten die Brunetti naar het ziekenhuis had laten komen, en bij de aanlegsteiger wachtte de politiesloep, met de altijd zwijgende Bonsuan aan het roer. Ze kwamen de zij-ingang uit en liepen de paar meter naar de aangemeerde boot, waarbij de man zijn hoofd omlaag hield en zijn schouders vooruitstak, een houding die hij had aangenomen zodra hij de uniformen zag.

Hij liep zwaar en lomp en miste de vloeiende bewegingen van een normale tred, alsof er storing was op de verbindingslijn tussen zijn hersenen en zijn voeten. Toen ze de boot op stapten, met aan weerszijden van de man een agent, draaide hij zich om naar Brunetti en vroeg: 'Mag ik beneden zitten, signore?'

Brunetti wees op de vier treden die naar beneden leidden. De man klom het trapje af en ging op een van de langgerekte banken zitten die zich aan beide zijden van de kajuit bevonden. Hij klemde zijn gevouwen handen tussen zijn knieën, boog voorover en keek naar de grond.

Toen ze aankwamen bij de aanlegsteiger voor de questura, sprongen de agenten uit de boot en legden hem vast aan de steiger. Brunetti liep naar het trappetje en riep: 'We zijn er.'

De man keek op en ging staan.

Tijdens de terugtocht had Brunetti overwogen de man mee naar zijn kantoor te nemen om hem te ondervragen, maar hij had een beter idee: hij vond dat een van de onooglijke, raamloze verhoorkamers met hun kale muren en felle lampen gepaster was voor wat hij moest gaan doen.

Voorafgegaan door de agenten gingen ze naar de eerste verdieping, liepen de gang af en stopten bij de derde deur aan de rechterkant. Brunetti opende de deur en liet de man passeren, die zwijgend naar binnen liep en toen bleef staan terwijl hij omkeek naar Brunetti, die op een van de stoelen wees die rond een tafel vol krassen stond.

De man ging zitten. Brunetti sloot de deur en ging tegenover hem aan tafel zitten.

'Mijn naam is Guido Brunetti. Ik ben commissario van politie,' begon hij, 'en er hangen hier microfoons die alles registreren wat we zeggen.' Hij noemde de datum en de tijd en wendde zich toen tot de man.

'Ik heb u hierheen gebracht om vragen te stellen over drie sterfgevallen: de dood van een jongeman met de naam Franco Rossi, de dood van een tweede jongeman met de naam Gino Zecchino en de dood van een jonge vrouw van wie we de naam nog niet weten. Twee van hen zijn in een gebouw in de buurt van Angelo Raffaele overleden, en de derde is overleden na van een steiger te zijn gevallen die tegen datzelfde gebouw stond.' Hier wachtte hij even, en vervolgde toen: 'Voordat we verdergaan, moet ik u vragen hoe u heet en moet ik u verzoeken een legitimatiebewijs te overleggen.' Toen de man niet reageerde, zei Brunetti: 'Wilt u mij uw naam noemen, signore?'

Hij keek op en vroeg op een peilloos droevige toon: 'Moet dat echt?'

Brunetti zei met gelatenheid in zijn stem: 'Ik ben bang van wel.'

De man boog zijn hoofd voorover en keek omlaag naar de tafel. 'Ze wordt echt heel boos,' fluisterde hij. Hij keek op naar Brunetti en zei met dezelfde zachte stem: 'Giovanni Dolfin.'

24

Brunetti probeerde enige gelijkenis te ontdekken tussen deze onhandige reus en het magere, kromme vrouwtje dat hij in het kantoor van Dal Carlo had gezien. Hij ontdekte die niet en durfde niet te vragen in welke relatie ze tot elkaar stonden, omdat hij wist dat het beter was de man te laten praten terwijl hijzelf de rol aannam van degene die alles al wist wat er te weten viel en alleen nog maar enige vragen stelde over minder belangrijke punten en details betreffende het verloop van de gebeurtenissen.

De stilte greep om zich heen. Brunetti liet dat zo totdat de kamer ervan vervuld was – het enige geluid was de zware ademhaling van Dolfin.

Ten slotte keek hij Brunetti aan met een smartelijke blik. 'Ik ben een graaf, moet u weten. We zijn de laatsten; er komt niemand na ons, want Loredana, nou ja, die is nooit getrouwd, en...' Opnieuw richtte hij zijn blik op het tafeloppervlak, dat nog steeds weigerde hem te vertellen hoe hij dit allemaal moest uitleggen. Hij zuchtte en begon opnieuw: 'Ik zal nooit trouwen. Ik ben niet geïnteresseerd in al die, in dat soort dingen,' zei hij met een onduidelijke beweging van zijn hand, alsof hij 'dat soort dingen' weg wilde schuiven.

'Wij zijn dus de laatsten, en daarom is het belangrijk dat er niets gebeurt met de familienaam of met onze eer.' Hij hield zijn ogen op Brunetti gericht en vroeg: 'Begrijpt u?'

'Natuurlijk,' zei Brunetti. Hij had er geen idee van wat 'eer' betekende, vooral voor een lid van een familie die haar naam al meer dan achthonderd jaar voerde. 'We moeten een eervol leven leiden,' was het enige wat hij kon bedenken.

Dolfin knikte een paar keer. 'Dat zegt Loredana ook tegen mij. Dat heeft ze altijd tegen mij gezegd. Ze zegt dat het er niet toe doet dat we niet rijk zijn, helemaal niet. Wij hebben de naam nog.' Hij sprak met een nadruk die mensen vaak leggen wanneer ze zinnen of ideeën herhalen die ze eigenlijk niet begrijpen, waardoor overtuiging de plaats inneemt van begrip. Er leek in de hersenen van Dolfin een of ander mechanisme op gang te zijn gebracht, want hij boog zijn hoofd voorover en begon de geschiedenis te vertellen van zijn beroemde voorvader, doge Giovanni Dolfin. Brunetti luisterde en werd op een vreemde manier gerustgesteld door het geluid: hij werd erdoor teruggevoerd naar een periode in zijn jeugd waarin de vrouwen uit de buurt naar hun huis kwamen om samen de rozenkrans te bidden en hij gebiologeerd raakte door die gemompelde herhaling van dezelfde gebeden. Hij liet zich terugvoeren naar die andere gefluisterde woorden en bleef in die wereld hangen totdat hij Dolfin hoorde zeggen: '... aan de pest in 1361.'

Dolfin keek op en Brunetti knikte instemmend. 'Het is heel belangrijk, zo'n naam,' zei hij en overwoog dat dit de juiste manier was om hem door te laten praten. 'Je moet die heel zorgvuldig beschermen.'

'Dat is wat Loredana tegen me heeft gezegd, ze heeft precies hetzelfde gezegd.' Dolfin wierp een blik vol respect op Brunetti: hier zat een man die begreep met welke verplichtingen zij tweeën moesten leven. 'Ze zei tegen me dat we vooral deze keer alles moesten doen om onze naam te verdedigen en te beschermen.' Hij struikelde over de laatste paar woorden.

'Natuurlijk,' zei Brunetti meteen, '"vooral deze keer".'

Dolfin ging verder: 'Ze zei dat die man op kantoor altijd al jaloers op haar was geweest vanwege haar positie.' Toen hij Brunetti's verwarring zag, verduidelijkte hij: 'In de maatschappij.'

Brunetti knikte.

'Ze heeft nooit begrepen waarom hij haar zo haatte. Maar toen heeft hij iets met papieren gedaan. Ze heeft het me proberen uit te leggen, maar ik begreep het niet. Maar hij heeft valse papieren gemaakt waarin stond dat Loredana slechte dingen deed op kantoor, dat ze geld wegnam om dingen mee te doen.' Hij legde zijn handpalmen plat op tafel en drukte zich half uit zijn stoel omhoog. Hij verhief zijn stem tot een alarmerend volume en zei: 'Dolfins doen geen dingen voor geld. Geld betekent niets voor de Dolfins.'

Brunetti stak zijn hand op om hem tot kalmte te manen en Dolfin ging weer op zijn stoel zitten. 'Wij doen geen dingen voor geld,' zei hij op krachtige toon. 'Dat weet de hele stad. Niet voor geld.'

Hij vervolgde: 'Ze zei dat iedereen zou geloven wat er in de papieren stond en dat er een schandaal zou volgen. Onze naam zou te grabbel worden gegooid. Ze zei tegen me...' begon hij en verbeterde zichzelf toen: 'Nee, dat wist ik zelf ook, dat hoefde niemand mij te vertellen. Niemand kan liegen over de Dolfins zonder te worden gestraft.'

'Ik begrijp het,' zei Brunetti instemmend. 'Betekent dit dat u hem naar de politie moest brengen?'

Dolfin maakte een wegwerpgebaar, waarmee hij het idee dat er naar de politie moest worden gegaan, wegwuifde.

'Nee, onze eer stond op het spel, en dus konden we het recht in eigen hand nemen.'

'Ik begrijp het.'

'Ik wist wie hij was. Ik was er een paar keer geweest om Loredana te helpen als zij 's ochtends boodschappen had gedaan en de spullen mee naar huis moest nemen. Dan kwam ik om te helpen.' Dit laatste zei hij, onbewust, met trots: de man in de familie die laat zien wat hij waard is.

'Ze wist waar hij die dag naartoe ging en ze zei tegen mij dat ik hem moest volgen naar die plek en met hem moest proberen te praten. Maar toen ik dat had gedaan, deed hij net alsof hij niet begreep waar ik het over had en zei hij dat het niets te maken had met Loredana. Hij zei dat het die andere man was. Ze had me gewaarschuwd dat hij zou liegen en me aan mijn verstand zou proberen brengen dat het iemand anders was op kantoor, maar ik was erop voorbereid. Ik wist dat hij Loredana moest hebben omdat hij jaloers op haar was.' Op zijn gezicht was nu de uitdrukking te zien die hij bij anderen had waargenomen als ze iets zeiden waarvan men hem later had verteld dat het slim was, en Brunetti had opnieuw de indruk dat hij een tevoren ingestudeerd lesje opdreunde.

'En?'

'Hij zei dat ik een leugenaar was en duwde me toen opzij omdat hij weg wilde gaan. Hij zei tegen me dat ik aan de kant moest gaan. We waren in dat gebouw.' Zijn ogen werden groot door de herinnering aan wat er was gebeurd, althans, dat dacht Brunetti, maar het bleek te komen door de schandalige gebeurtenis waar hij nu mee op de proppen kwam: 'En hij zei *tu* toen hij tegen me praatte. Hij wist dat ik een graaf was, maar toch sprak hij me aan met *tu*.' Dolfin keek Brunetti aan, alsof hij wilde vragen of die ooit zoiets had meegemaakt.

Brunetti had zoiets nog nooit meegemaakt en schudde zijn hoofd om zijn verbazing hierover te tonen.

Toen Dolfin van plan leek niets meer te zeggen, vroeg Brunetti met oprechte nieuwsgierigheid in zijn stem: 'Wat hebt u toen gedaan?'

'Ik zei tegen hem dat hij tegen me loog en dat hij Loredana pijn wilde doen omdat hij jaloers op haar was. Hij duwde me nog een keer. Dat heeft nog nooit iemand gedaan.' Gezien de manier waarop Dolfin dit zei was Brunetti ervan overtuigd dat Dolfin dacht dat het lichamelijke respect dat mensen voor hem hadden, te maken had met zijn titel en niet met zijn postuur. 'Toen hij me duwde, deed ik een stap achteruit en mijn voet raakte een pijp die daar op de grond lag. Ik struikelde en viel neer. Toen ik opstond, had ik de pijp in mijn hand. Ik wilde hem slaan, maar een Dolfin slaat iemand niet van achteren, dus ik riep hem en hij draaide zich om. Toen hief hij zijn hand op om me te slaan.' Dolfin hield op met praten, maar hij kneep zijn handen, die in zijn schoot lagen, voortdurend dicht en ontspande ze weer, alsof ze ineens een leven onafhankelijk van hem waren begonnen.

Toen hij weer naar Brunetti keek, was er duidelijk wat tijd voorbijgegaan in zijn herinnering, want hij zei: 'Daarna probeerde hij op te staan. We waren bij het raam geweest en het luik stond open. Hij had het geopend toen hij was binnengekomen. Hij kroop ernaartoe en trok zichzelf omhoog. Ik was niet meer boos,' zei hij op onbewogen en rustige toon. 'Onze eer was gered. Dus liep ik naar hem toe om te kijken of ik kon helpen. Maar hij was bang voor me, en toen ik naar hem toe liep, stapte hij achteruit, kwam met zijn benen tegen de vensterbank aan en viel achterover. Ik probeerde hem vast te grijpen, echt waar,' zei hij terwijl hij de beweging die hij toen had gemaakt, herhaalde, waarbij zijn lange platte vingers tevergeefs in de lucht grepen, 'maar hij viel maar en viel maar en ik kon hem niet meer pakken.' Hij trok zijn hand terug en legde de andere hand op zijn ogen. 'Ik hoorde hoe hij op de grond terechtkwam. Het was een heel hard geluid. Maar toen was er iemand bij de deur van de kamer en ik werd heel bang. Ik wist niet wie het was. Ik rende de trap af.' Hij hield op.

'Waar bent u heen gegaan?'

'Ik ben naar huis gegaan. Lunchtijd was al voorbij, en Loredana maakt zich altijd zorgen als ik te laat ben.'

'Hebt u het aan haar verteld?' vroeg Brunetti.

'Heb ik haar wat verteld?'

'Wat er gebeurd was?'

'Dat wilde ik niet. Maar ze kon het wel raden. Ze zag het omdat ik niet kon eten. Dus moest ik haar vertellen wat er was gebeurd.'

'En wat zei ze ervan?'

'Ze zei dat ze heel trots op me was,' antwoordde hij met een stralend gezicht. 'Ze zei dat ik onze eer verdedigd had en dat wat er gebeurd was, een ongeluk was. Hij duwde me. Ik zweer bij God dat het waar is. Hij sloeg me neer.'

Dolfin wierp een angstige blik op de deur en vroeg: 'Weet ze dat ik hier ben?'

Toen hij zag dat Brunetti bij wijze van antwoord zijn hoofd schudde, bracht hij een van zijn enorme handen naar zijn mond en tikte met de zijkant van zijn samengebalde vuist tegen zijn onderlip. 'O, wat zal ze kwaad zijn. Ze zei tegen me dat ik niet naar het ziekenhuis moest gaan. Ze zei dat het een val was. En ze had gelijk. Ik had naar haar moeten luisteren. Ze heeft altijd gelijk. Ze heeft altijd gelijk gehad, in alles.' Hij legde zijn hand voorzichtig op de plek waar hij geprikt was maar zei verder niets. Hij streek met zijn vingers zachtjes over het plekje.

In de daaropvolgende stilte vroeg Brunetti zich af hoeveel er waar was geweest van wat Loredana Dolfin haar broer had verteld. Brunetti twijfelde er nu niet meer aan dat Rossi erachter was gekomen dat er corruptie werd gepleegd op het Ufficio Catasto, maar wel betwijfelde hij of het te maken had met de eer van de familie Dolfin.

'En toen u terugging?' vroeg hij. Hij begon zich zorgen te maken over de toenemende rusteloosheid van Dolfins bewegingen.

'Die andere, die aan de drugs was, die was erbij toen het gebeurde. Hij volgde me tot aan huis en vroeg de mensen wie ik was. Ze kenden me vanwege mijn naam.' Brunetti hoorde de trots waarmee hij dat zei, en daarna vervolgde de man: 'Hij kwam terug bij het appartement, en toen ik naar buiten kwam om te gaan werken, zei hij dat hij alles had gezien. Hij zei dat hij mijn vriend was en dat hij me wilde helpen om ervoor te zorgen dat ik geen problemen zou krijgen. Ik geloofde hem. We zijn samen teruggegaan en begonnen de kamer boven schoon te maken. Hij zei dat hij me daarbij wilde helpen, en ik geloofde hem. En toen we daar waren, kwamen de politieagenten, maar hij zei iets tegen hen, en toen gingen ze weg. Toen ze weg waren, zei hij dat, als ik hem geen geld zou geven, hij ervoor zou zorgen dat de politieagenten terug zouden komen en hun de kamer zou laten zien, en dan zou ik in de problemen zitten en dan zou iedereen weten wat ik had gedaan.' Dolfin hield op met praten, alsof hij nadacht welke gevolgen dit zou hebben gehad.

'En?'

'Ik zei tegen hem dat ik geen geld had, dat ik het altijd aan Loredana gaf. Zij weet hoe ze ermee om moet gaan.'

Dolfin drukte zichzelf omhoog totdat hij half overeind stond en bewoog zijn hoofd heen en weer, alsof hij naar een geluid luisterde dat hij achter zijn rug hoorde.

'En?' herhaalde Brunetti op dezelfde vriendelijke toon.

'Ik heb het natuurlijk tegen Loredana gezegd. En toen zijn we teruggegaan.'

'We?' vroeg Brunetti meteen, en had er onmiddellijk spijt van dat hij die vraag had gesteld.

Tot het moment waarop Brunetti sprak had Dolfin zijn hoofd voordurend heen en weer bewogen. Maar door Brunetti's vraag, of de toon waarop die werd gesteld, hield hij daarmee op. Brunetti keek naar hem en zag dat Dolfins vertrouwen in hem als sneeuw voor de zon verdwenen was en dat het tot de man aan het doordringen was dat hij zich in het kamp van de vijand bevond.

Nadat er minstens een minuut voorbij was gegaan, vroeg Brunetti: 'Signor conte?'

Dolfin schudde krachtig met zijn hoofd.

'Signor conte, u hebt gezegd dat u met iemand anders bent teruggegaan naar het gebouw. Wilt u me vertellen wie die persoon was?'

Dolfin zette zijn ellebogen op de tafel, boog zijn hoofd voorover en drukte zijn handpalmen tegen zijn oren. Toen Brunetti opnieuw tegen hem begon te praten, schudde hij zijn hoofd heftig heen en weer. Brunetti, die kwaad was op zichzelf omdat hij Dolfin een hoek in had geduwd waar hij hem niet meer kon uit kon krijgen, stond op. Hij wist dat hij geen keus had en liep weg om de zuster van conte Dolfin te bellen.

25

Ze nam op met: 'Cà Dolfin', meer niet. Brunetti was zo verrast door het geluid, als van een trompet waar opzettelijk alleen maar valse noten uit opklinken, dat het even duurde voordat hij zei met wie ze sprak en uitlegde waarom hij belde. Als ze al verontrust was over wat hij haar te vertellen had, wist ze dat goed te verbergen. Ze zei alleen dat ze haar advocaat zou bellen en snel naar de questura zou komen. Ze stelde geen vragen en toonde geen verbazing toen haar werd meegedeeld dat haar broer werd verhoord in verband met moord. Het had, gezien haar reactie, evengoed een zakelijk telefoontje kunnen zijn: enige verwarring over een streepje op een bouwtekening. Brunetti, die voor zover hij wist niet afstamde van een doge, had er geen idee van hoe zulke mensen omgingen met moord in de familie.

Brunetti hield geen seconde rekening met de mogelijkheid dat signorina Dolfin ook maar iets te maken had met zoiets ordinairs als een gigantisch omkoopsysteem dat Rossi had ontdekt en dat zich binnen en buiten het Ufficio Catasto afspeelde: 'Dolfins doen geen dingen voor geld.' Brunetti was hier absoluut van overtuigd. Het was Dal Carlo, met zijn gespeeld onzekere houding toen hem werd gevraagd of er iemand bij het Ufficio Catasto was die zou kunnen worden omgekocht, die het corruptiesysteem had opgezet dat door Rossi was ontdekt.

Wat had die arme, domme, en pijnlijk eerlijke Rossi gedaan – had hij Dal Carlo geconfronteerd met bewijsmateriaal, had hij gedreigd hem aan te klagen of hem aan te geven bij de politie? En had hij dat gedaan terwijl de deur van het kantoor van die Cerberus in haar twinset nog openstond, wier haardracht en hopeloze verliefdheid van twintig jaar terug dateerden? En Cappelli? Hadden zijn telefoontjes met Rossi zijn eigen dood bespoedigd?

Hij twijfelde er niet aan dat Loredana Dolfin haar broer al had verteld wat hij moest zeggen als hij werd verhoord: ze had hem immers gewaarschuwd dat hij niet naar het ziekenhuis moest gaan. Ze had dat nooit een 'val' kunnen noemen als ze niet geweten had dat hij die beet, die hem kon verraden, op zijn onderarm had gehad. Maar de arme man was zo bang geweest voor infectie dat hij haar waarschuwing genegeerd had en in Brunetti's val was getrapt.

Dolfin was opgehouden met praten op het moment dat hij in het meervoud was gaan spreken. Brunetti was zeker van de identiteit van de tweede component van die 'we', maar hij wist dat de kans om die leemte op te vullen, verkeken zou zijn als Loredana's advocaat met Giovanni zou praten.

Een klein uurtje later ging zijn telefoon en werd hem verteld dat signorina Dolfin en avvocato Contarini er waren. Hij vroeg of ze naar zijn kantoor konden worden gebracht.

Ze kwam als eerste boven en was in gezelschap van een van de geüniformeerde agenten die op wacht stonden bij de ingang van de questura. Achter haar dribbelde Contarini, een buitengewoon dikke man die voortdurend lachte – een man die altijd in staat bleek de juiste maas in de wet te vinden en ervoor zorgde dat zijn cliënten profiteerden van elk juridisch vormfoutje.

Brunetti nam niet de moeite hen de hand te schudden, maar draaide zich om en liep met hen naar zijn kantoor. Hij trok zich terug achter zijn bureau.

Brunetti keek naar signorina Dolfin, die was gaan zitten met haar voeten tegen elkaar en met een kaarsrechte rug, hoewel ze de achterleuning van de stoel niet raakte, en met haar handen keurig gevouwen op haar handtas. Zij keek ook naar hem, maar ze zei niets. Ze zag er niet anders uit dan de keer dat hij haar in haar kantoor had gezien: daadkrachtig, op leeftijd en met belangstelling voor wat er aan de hand was, maar niet volledig betrokken bij de zaak.

'En wat denkt u over mijn cliënt te hebben ontdekt?' vroeg Contarini met een beminnelijke glimlach.

'In een opgenomen gesprek dat hier vanmiddag op de questura is gevoerd, heeft hij toegegeven dat hij Francesco Rossi heeft vermoord, een medewerker van het Ufficio Catasto waar,' zei Brunetti terwijl hij met zijn hoofd in haar richting knikte, 'signorina Dolfin werkzaam is als secretaresse.'

Contarini leek nauwelijks geïnteresseerd. 'Was dat alles?' vroeg hij.

'Hij zei verder dat hij later naar dezelfde plek is teruggekeerd in het gezelschap van een man met de naam Gino Zecchino, en dat ze samen het bewijsmateriaal van deze misdaad hebben vernietigd. Ook zei hij dat Zecchino vervolgens heeft geprobeerd hem te chanteren.' Tot dusver leek niets wat Brunetti had gezegd, de belangstelling van een van de twee mensen tegenover hem te hebben gewekt. 'Zecchino werd later aangetroffen in datzelfde gebouw, vermoord, en dat geldt ook voor een jonge vrouw wier identiteit nog steeds niet bekend is.'

Toen hij meende dat Brunetti klaar was, pakte Contarini zijn aktetas, legde hem op zijn schoot en opende hem. Hij zocht tussen de papieren en Brunetti voelde dat de haren op zijn armen recht overeind gingen staan toen hij besefte hoezeer de pietluttige handelingen leken op die van Rossi. Met een knorretje van genoegen vond Contarini het papier waarnaar hij op zoek was en haalde het eruit. Hij strekte zijn hand, waarin hij het papier hield, uit naar Brunetti. 'Zoals u kunt zien, commissario,' zei hij, terwijl hij wees op de stempel boven aan het papier, dat hij niet losliet, 'is dit een certificaat van het ministerie van Volksgezondheid, dat al meer dan tien jaar oud is.' Hij trok zijn stoel dichter naar het bureau toe. Toen hij er zeker van was dat Brunetti zijn aandacht op het papier had gevestigd, vervolgde hij: 'Hierin wordt verklaard dat Giovanni Dolfin...' Hij wachtte even en trakteerde Brunetti opnieuw op een glimlach, als een haai die op het punt staat toe te slaan. Hoewel hij de brief op zijn kop in zijn hand hield, begon hij de tekst langzaam aan Brunetti voor te lezen: '"... dat Giovanni Dolfin iemand is met speciale behoeften, die bij het vinden van arbeid een speciale voorkeursbehandeling dient te krijgen en die nooit mag worden achtergesteld op grond van zijn onvermogen om taken uit te voeren die buiten zijn macht liggen."'

Hij schoof zijn vinger over het papier tot hij bij de laatste alinea was, die hij ook hardop voorlas. '"Hierbij wordt verklaard dat bovengenoemde persoon, Giovanni Dolfin, niet volledig beschikt over zijn intellectuele vermogens, en om die reden niet kan worden onderworpen aan de volledige tenuitvoerlegging van de wet."'

Contarini liet het papier los en zag hoe het langzaam op Brunetti's bureau dwarrelde. Hij lachte nog steeds en zei:

'Dat is een kopie. Voor in uw archief. Ik neem aan dat u bekend bent met dit soort documenten, commissario?'

Brunetti's gezinsleden waren fanatieke Monopolyspelers, en nu zag hij het in het echt: een verlaat-de-gevangenis-zonder-te-betalenkaartje.

Contarini deed zijn aktetas dicht en stond op. 'Ik zou graag mijn cliënt willen spreken, als dat mogelijk is.'

'Natuurlijk,' zei Brunetti en strekte zijn hand uit naar de telefoon.

Ze zaten met zijn drieën zwijgend in het kantoor totdat Pucetti op de deur klopte.

'Agent Pucetti,' zei Brunetti, die geroerd was toen hij zag dat de jongeman buiten adem was omdat hij na Brunetti's telefoontje de trappen was opgerend, 'begeleidt u avvocato Contarini, die zijn cliënt wil spreken, alstublieft naar kamer zeven.'

Pucetti salueerde. Contarini stond op en keek met een onderzoekende blik naar signorina Dolfin, maar ze schudde haar hoofd en bleef zitten waar ze zat. Contarini zei enige beleefdheden en verliet het kantoor, nog steeds lachend.

Toen hij weg was, ging Brunetti, die bij het vertrek van Contarini was opgestaan, weer zitten en keek naar signorina Dolfin. Hij zei niets.

Er gingen minuten voorbij, waarna ze ten slotte op een volkomen normale toon zei: 'Er is niets wat u tegen hem kunt ondernemen. Hij wordt beschermd door de staat.'

Brunetti was vastbesloten te blijven zwijgen en het benieuwde hem hoe ze hierop zou reageren. Hij deed helemaal niets: hij verschoof geen voorwerpen op zijn bureau, hij vouwde zijn handen niet ineen. Hij zat gewoon naar haar te kijken met een neutrale uitdrukking op zijn gezicht.

Er gingen weer een paar minuten voorbij en toen vroeg ze: 'Wat gaat u nu doen?'

'Dat hebt u me net verteld, signorina,' zei hij.

Ze zaten daar als twee grafbeelden, totdat ze uiteindelijk zei: 'Dat bedoel ik niet.' Ze wendde haar blik af, keek uit het raam van zijn kantoor en keek toen weer naar Brunetti. 'Niet met mijn broer. Ik wil weten wat u met hem gaat doen.' Voor het eerst bespeurde hij een zekere emotie op haar gezicht.

Brunetti had er geen belang bij een spelletje met haar te spelen, dus hij deed niet of hij haar verkeerd had begrepen. 'U bedoelt met Dal Carlo?' vroeg hij zonder de moeite te nemen diens titel te noemen.

Ze knikte.

Brunetti woog alles af, en daartoe behoorde zeker ook het besef van wat er met zijn huis zou gebeuren als het Ufficio Catasto zou worden gedwongen schoon schip te maken. 'Ik ga hem aan de wolven voeren,' zei Brunetti met veel voldoening.

Haar ogen werden groot van verbazing. 'Hoe bedoelt u?'

'Ik geef hem over aan de Guardia di Finanza. Ze zullen verguld zijn met de dossiers met zijn bankafschriften, de appartementen die hij bezit, de zaken waar zijn vrouw...' – vooral dat woord gebruikte hij met veel plezier – 'geld in heeft geïnvesteerd. En wanneer ze eenmaal om zich heen gaan vragen en iedereen die hem steekpenningen heeft gegeven, ontheffing van rechtsvervolging beloven, zal er een lawine naar beneden komen, en hij zal eronder begraven worden.'

'Dan raakt hij zijn baan kwijt,' zei ze.

'Dan raakt hij alles kwijt,' corrigeerde Brunetti haar en dwong zichzelf tot een vreugdeloos lachje.

Ze zat hem met open mond aan te kijken, perplex als ze was over zijn boosaardigheid.

'Wilt u nog meer?' vroeg hij, buiten zichzelf van woede in het besef dat hij nooit iets tegen haar en haar broer zou kunnen uitrichten, ongeacht wat er gebeurde met Dal Carlo. De Volpato's zouden als gieren op de Campo San Luca blijven staan, en de kans om de moordenaar van Marco te vinden was verkeken vanwege de gepubliceerde leugens die Patta's zoon uit de gevarenzone hadden geholpen.

Hij wist dat ze voor dat laatste niet verantwoordelijk was, maar wilde niets liever dan dat ze zou betalen voor haar wandaden. Hij vervolgde: 'De kranten zullen het met elkaar in verband brengen: de dood van Rossi, een verdachte met een door het vermoorde meisje toegebrachte beet die buiten schot blijft omdat hij door het gerechtshof geestelijk gestoord is verklaard, en de mogelijke betrokkenheid van de secretaresse van Dal Carlo, een oudere vrouw, *una zitella*,' zei hij en stond zelf verbaasd over de minachtende toon die hij in dat woord, 'oude vrijster', legde. '*Una zitella nobile*' – hij spuugde dat laatste woord bijna uit – 'die op een pathetische manier verzot was op haar baas – een jongere, getrouwde man,' bulderde hij terwijl hij die beschamende adjectieven benadrukte, 'die toevallig een broer heeft die geestelijk gestoord is verklaard door het gerechtshof en die daarom de persoon zou kunnen zijn die verdacht wordt van de moord op Rossi.' Hij wachtte even en zag hoe ze van pure ellende ineenkromp. 'En ze zullen vermoeden dat Dal Carlo zeer nauw betrokken was bij die moorden, en die verdenking zal hij altijd met zich meedragen. En u,' zei hij terwijl hij vanachter zijn bureau naar haar wees, 'u bent degene die hem dat heeft aangedaan. Dat zal uw laatste geschenk zijn aan ingeniere Dal Carlo.'

'Dat kunt u niet doen,' zei ze en haar stem sloeg over.

'Ik ga helemaal niets doen, signorina,' zei hij en was ontzet over het feit dat hij er zoveel genoegen aan beleefde dit allemaal te zeggen. 'De kranten zullen het schrijven, of suggereren, maar het doet er niet toe wie het zegt: u kunt er zeker van zijn dat de mensen die het lezen, het zullen begrijpen en het geloven ook. En het gedeelte dat hun het beste zal bevallen, is het spektakelstuk van de *zitella nobile* en haar meelijwekkende obsessie voor een jongere man.' Hij leunde voorover op zijn bureau en schreeuwde bijna: 'En ze zullen roepen om meer.'

Ze had haar mond open en schudde haar hoofd: een klap in haar gezicht had ze nog beter kunnen verdragen. 'Maar dat kunt u niet doen. Ik ben een Dolfin.'

Brunetti was zo verbaasd dat hij alleen maar in lachen kon uitbarsten. Hij wierp zijn hoofd tegen de bovenkant van de rugleuning en stond zichzelf deze dwaze lachbui toe. 'Ik weet het, ik weet het,' zei hij, en het lukte hem nauwelijks zijn stem onder controle te krijgen omdat er weer een nieuwe lachbui aan dreigde te komen. 'U bent een Dolfin, en de Dolfins doen nooit iets voor geld.'

Ze stond op, en haar gezicht zag er zo rood en gekweld uit dat hij meteen weer tot zichzelf kwam. En terwijl ze haar handtas zo stevig beetpakte dat het leer ervan kraakte, zei ze: 'Ik deed het uit liefde.'

'Moge God u dan bijstaan,' zei Brunetti en strekte zijn hand uit naar de telefoon.